月下のサクラ

Yuzuki Yuko
柚月裕子

徳間書店

月下のサクラ

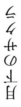

目次

装幀　岡孝治
写真　Cameron Watson / shutterstock.com
ghostrider / PIXTA
O.D.O.

プロローグ

週末の三ツ谷町《みつやちょう》は、賑《にぎ》わっていた。

メインストリート周辺は、大小様々な雑居ビルが林立している。闇を照らす原色のネオンが眩《まぶ》しい。路上では黒服の客引きとドレス姿の女が、道行く男を誘っている。

三ツ谷町は米崎《よねざき》市の歓楽街だ。東京ならば新宿の歌舞伎町のような場所にあたる。

前方の一点に神経を集中し、あたりに目を配りながら歩く。

向こうから三人組の男が近づいてくる。午後七時の時点で、すでに出来上がっていた。離れていても聞こえるくらいの、大きな笑い声をあげている。

男たちとの距離が縮まった。

伊達《だて》メガネのレンズ越しに、さりげなく三人を観察する。

向かって右側の男、推定二十代後半。吊《つ》り目のキツネ顔。明るいグレーのスーツに白のワイシャツ。茶色い革のビジネスバッグを持っている。靴は黒。オーソドックスなビジネスシューズだ。

真ん中の男は、推定三十代前半。顔が長い馬面《うまづら》。チェック柄の濃紺のスーツ。上着の襟が細い。ワイシャツは水色。黒いブリーフケース。靴は金具がついているシングルモンク。

左側にいる男は三人のなかで、一番若い。推定年齢二十代前半。前歯が出ているリス顔。ダークグレーのスーツに、白いワイシャツ。ブルーのネクタイを締めている。手にしている黒いビジネスバッグと履いている黒い靴は真新しかった。大学を卒業したばかりだろう。

視線を外そうとしたタイミングで、馬と目があった。キツネが話しかけているのに、じっとこちらを見ている。

パーカーのフードを深く被《かぶ》りなおした。こっちを見るな、と暗に伝える。道の真ん中を歩いてくる男たちと距離をとるため、路肩に寄った。

そのまま通り過ぎようとしたとき、馬がそばへ寄ってきた。馴《な》れ馴れしい態度で話しかけてくる。

「ひとり？　どこいくの？」

耳につけているイヤホンを直すふりをする。音は流れていない。馬の声は届いているが、聞こえない素振りで無視する。

馬が横につき、歩きながら粘りつくような声で囁《ささや》いた。

「俺たち出張で来ててさ、こっちのことよくわかんないんだよね。いい店があったら教えてよ。もちろん奢《おご》るから」

立ち止まらない。聞こえないふりを貫く。ナンパならほかを当たれ。

諦めたのか、馬は足を止めた。背後で軽い舌打ちの音がする。

「ちょっと可愛いからってお高くとまりやがって。ブス」

負け惜しみで吐いた言葉に、統一性はない。

一定の歩幅を保ち、歩き続ける。

馬に絡まれているあいだも、目はある人物を追っていた。十メートルほど先を歩いている男。緑色のくたびれたジャンパーに、すり切れたジーンズ。短い髪はぼさぼさで、姿勢が悪い。渡された書類には、男の年齢は四十三歳とあったが、五十代にしか見えない。

男は米崎駅で電車を降り、回り道をして三ツ谷町にきた。直進して普通に歩けば五分の距離を、四十分もかけた理由はわからない。もしかしたら、尾行を警戒しているのかもしれない。

三ツ谷町のアーケード街に入った男は、所在なさげにぶらぶらとうろついていた。見るからに懐が寂しそうな男に、声を掛ける者はいない。黒服の男も店の女も、男に目もくれなかった。

ジャンパーのポケットに両手を突っ込んだ男を、一定の距離をとりながらつけていく。

混みあっているにもかかわらず、男は誰にもぶつからない。男が道をゆずっているのではない。相手が汚い男を避けているのだ。

男が横道に逸れる。

距離を保ちながら、後をつけていく。

飲食店や風俗店が立ち並ぶ脇道のなかほどで、男が立ち止まった。

デジタル式の腕時計で、時刻を確認する。

七時三十二分。

男は角地にあるビルの一階をのぞき込んでいる。店の看板には「無料風俗案内所」とあった。

男の数メートル手前で立ち止まり、背を向ける姿勢を取った。

パーカーのポケットからスマートフォンを取り出す。

手帳型のケースを開き、扉の裏についているミラーを見る。化粧を直すかのように、手で口元をなぞりながら、鏡に映る男を監視した。

店の表に張り出されているパネルには、若い女性の顔写真が並んでいた。男は顔を前に突き出し、パネルをじっと見ている。

指で写真を弾く。

上から二段目。一番、右側の写真だ。

男は首を左右に振った。歩きだす。

鏡で、男との距離を測る。

十メートルほど離れるのを待って、あとを追った。

風俗案内所の前で、ちらりとパネルを見た。

男が指で弾いたキャバ嬢の名前を確認する。

サリー、二十二歳。どう見ても、三十過ぎにしか見えない。

男は裏道を歩き、右に曲がった。

コの字を描くかたちで、メイン通りに戻る。

通りの中心に差し掛かる。人が多くなってきた。目で追っていた男の頭部が、人混みに紛れる。

視線を落とし、路面の先に向ける。

男が履いているスニーカーの踵《かかと》が見えた。底が斜めにすり減った、黒のアディダス。

ブランドのマークを、見失わないように目で追う。

スニーカーのつま先が、左を向いた。

顔を下に向けたまま、目だけあげた。ぼさぼさのごま塩頭を探す。

男はブティックの前にいた。海外の有名な高級ブランドだ。

ショーウィンドーには、遠目でもカシミアとわかるコートが飾られていた。男は口を半開きにして、黒いコートを眺めている。

腕時計に目をやる。七時四十一分。

あとひと月もすればクリスマスだ。贈りたい女でもいるのだろうか。いたとしても、男には到底、手が出せない代物だと思える。

男が突然、こちらに顔を向けた。

心臓が大きくはねる。

――落ち着け。

自分に言い聞かせる。

そのまま歩を進め、男の横を通り過ぎた。

十メートルほど先の脇道に身を入れる。

頭のなかでカウントをはじめる。

大通りに目を向けたまま、パーカーを脱ぎ素早く裏返した。リバーシブル――グレーからネイビーに変える。

　五秒。

　肩にかけていたトートバッグから、紙袋とキャップを取り出した。トートバッグを畳み、紙袋にしまう。伊達メガネを外した。

　十秒。

　手首につけていたヘアゴムで、下ろしていた髪をひとつにまとめた。キャップを被り、髪をなかへ押し込む。

　十五秒。

　訓練通りだ。

　脇道から顔だけ出して、ブティックを見た。

　男はまだショーウィンドーを眺めていた。

　誰かと待ち合わせをしている風を装い、角に立つ。

　プレゼントを諦めたのか、男はゆっくりとその場を離れた。

　こちらに向かって歩いてくる。

　パーカーのポケットからスマートフォンを出し、ラインをしているふりをした。

　男が通り過ぎる。十メートルほど後方についた。

　歓楽街の端までくると、男は書店へ入った。

　時刻を確認する。七時四十九分。

　少し間を空け、男に続く。

店は地元の老舗《しにせ》で、なかはさほど広くない。

男は男性向け情報誌の棚の前にいた。雑誌を立ち読みしている。

棚の背は低い。裏側は女性誌だ。

斜向《はすむ》かいに立ち、雑誌を手に取った。

ページをめくりながら、男の様子を窺った。

老眼だろうか。男は雑誌を目の高さまで持ち上げ、顔を覆うように読んでいる。こちらを気にしている様子はない。

男が手にしている雑誌の表紙を見る。『ワールドサッカーライフ』——誌名を確かめた。

間違いないか、いま一度目を凝らしたとき、男が読んでいた雑誌をわずかに下ろした。

雑誌の上から、男の目が覗く。射るように鋭い視線は、明らかにこちらを向いていた。

男と目が合った。

息がとまる。

視線を落とし、女性誌を読む演技をした。

背中にじっとりと汗が滲《にじ》む。

男の視線を感じる。

いつものように、頭のなかで秒を唱えた。

六十まで数えたところで、男が雑誌を棚に戻す気配がした。

顔は動かさず、目で男を追う。

男が文庫のコーナーに移動する。

棚の陰から姿を窺った。
一冊の文庫本を棚から抜き出しかけて、そのまま戻した。
口元が動く。
なにかつぶやいた。読み取れない。
戻した本を、指で二、三度叩く。
新潮文庫。黒い背表紙。タ行の作家。おそらく、太宰治だ。
歩き出す。
男は平台の本を眺めながら、ゆったりとした足取りで店を出た。
雑誌を棚に置き、後を追う。
速足で歩きながら、腕時計を見やる。
八時十三分。
書店にいたのは、二十分ちょっとだ。
表に出たところで、通りを歩く男の背中を視認する。
安堵《あんど》の息を吐く。
ほっとしたとたん、男が駆けだした。
慌ててあとを追う。
男は人ごみを縫うように、走っていく。
通行人にぶつかりながら、必死で追いかける。

交差点が迫る。歩行者用の青信号が点滅している。
男は迷うことなく、横断歩道を渡った。
全力で後を追う。
途中で、歩行者用の信号が赤になった。
停まっていた車が動き出す。
車を手で制し、頭を下げながら走った。
クラクションが鳴り響く。
男が裏路地に入った。
全速力で、自分も飛び込む。
立ちつくす。
路地にひと影はなかった。
荒い息を鎮めながら、薄暗い路上に目を凝らす。
やはり男の姿はない。
腕時計に目を落とす。
八時二十九分。
——見失った。
力が抜ける。路面にしゃがみこんだ。
どの時点で、尾行に気づかれたのか。記憶を遡《さかのぼ》ろうとするが、頭が回らなかった。
——失敗した。これで、なにもかもお終いだ。

肩を落とし、大通りに戻ろうとした。

足を踏み出したとき、強い力で腕を摑《つか》まれた。

声をあげる間もなく、口を手で塞がれる。羽交い締めにされ、細道に引きずり込まれた。

腕から逃れようと身をよじる。が、びくともしない。

右腕を思い切り、後ろに振った。

肘打ちが当たる。

微《かす》かな呻《うめ》き声。

すぐに腕を取られた。

関節技——激痛が走る。

渾身《こんしん》の力で首を捩《ね》じった。

肩越しに見えた顔——尾行対象者だ。

冷たい目で、捕らえた女を見下ろしている。

悲鳴をあげたつもりだったが、声にならない呻きが、男の手の隙間から漏れただけだった。

——逃げなければ。

必死に身をよじる。

男の足を踏みつけようとした。が、簡単に躱《かわ》される。

——誰か！

心で叫んだとき、男は口を塞いでいた手を離した。

目の前に、手帳が差し出される。

悲鳴を呑《の》み込んだ。

——警察。

押さえつけていた男の手が離れる。全身から力が抜け、膝からその場に崩れ落ちた。

男は警察手帳を懐に戻し、上から見下ろしたままつぶやく。

「米崎県警捜査支援分析センター、機動分析係配属志望、森口《もりぐち》泉《いずみ》巡査。追跡テスト、落第」

下唇を嚙《か》み締《し》め、泉は男を見上げた。

第一章

森口泉は、ドアの前で大きく息を吐いた。

黒いジャケットの胸が上下する。襟と裾を整え、ドアをノックした。

「森口巡査、入ります」

ドアを開け、部屋に入る。

米崎県警本部の小会議室には、ふたりの男がいた。米崎県警捜査支援分析センター長の宮東《くとう》譲《ゆずる》警視、同本部分析センターの機動分析係長、黒瀬《くろせ》仁人《ひろと》警部だ。

学校の教室ほどの部屋のなかには、長机が並んでいた。ふたりは一番前の長机に、室内を見渡す形で座っている。

泉は自分に、落ち着け、と命じながら、ふたりの前に立った。

宮東が細身のメガネフレームのなかから、鋭い目で泉を見た。

「森口泉巡査だね」

泉は直立不動のまま答えた。

「はい」

「そこに座りなさい」

宮東と黒瀬が座っている長机の前には、少し広めのスペースがあった。ほかの長机を後ろへ押しやり、作られたものだ。今日の面接のため、配置されたのだろう。

スペースの中央に、一脚のパイプ椅子がある。宮東の言葉に従い、泉は座った。

銀色のメガネのフレームを指で押し上げると、宮東は手元の書類に目を落とした。

「米崎県警捜査支援分析センター、機動分析係配属志望──間違いないね」

声を張る。

「はい」

宮東は静かに、書類のページを捲《めく》りはじめた。

宮東が口を閉じると、部屋のなかが静まり返った。聞こえてくるのは、宮東がページを捲る音と、壁時計の秒を刻む音、遠くから聞こえる救急車のサイレンだけだ。

泉は宮東と黒瀬を、ちらりと見た。宮東はひたすら書類を捲り、黒瀬は椅子の上で腕を組み、目を閉じている。

センター長と係長、警視と警部という階級の違いはあっても、人の上に立つという意味で立場は同じだ。が、ふたりの見た目と雰囲気は大きく異なっていた。

宮東の服装は、ひと目で仕立てがいいとわかるダークスーツとネクタイ。光沢のある黒い革靴を履いている。髪は整髪料で、丁寧に後ろへ撫でつけられていた。頭髪に白いものが交じっているが、老けた印象はない。むしろ貫禄を感じる。宮東を犬にたとえるなら、狼狩りの猟犬という歴史を持つボルゾイといったところか。

一方、黒瀬の服装は、ひと目見て、自分の身なりに関心がないとわかるものだった。くたびれたグレーのスーツに、襟のよれたワイシャツ。一番上のボタンを開けて、形だけのネクタイを締めている。

茶色い革靴は、つま先が色あせていた。短い髪は、前後左右に分かれている。イケメンのタレントなら、有りの髪型かもしれない。だが黒瀬の場合、寝ぐせにしか見えない。黒瀬も宮東と同じく髪に白いものが交じっているが、貫禄には結びつかない。今年四十五歳という年齢を考えれば、年相応といった感じだ。

黒瀬を犬にたとえるなら、同じ狩猟犬でも足より鼻で追う、ビーグルといったところか。

年齢はふたりとも同じだが、見た目も雰囲気も、対照的だった。

宮東が書類から顔をあげた。泉を見ながら、経歴を読みあげる。

「二十五歳で、広報広聴課の事務職として米崎県警に採用。四年後、退職。三十で県警採用試験に合格。警察学校を経て、三十一で有田《ありた》署宮城野《みやぎの》交番勤務。三十二で有田署交通課。点数を稼いで、三十三で刑事に登用、か」

「はい」

短く答える。

米崎県警に事務職として採用され、その後、警察官採用試験を受けた。警察学校へ入校したのが、四年前だ。

警察官ならば誰もがとおる交番勤務を一年経験し、所轄の交通課に配属された。そこで実績をあげて、刑事講習を受けた。

男女の雇用均等が謳《うた》われて久しい時代だが、警察組織はまだまだ男社会だ。女性が刑事を目指しても、全員がなれるとは限らない。そもそも、枠が決まっている。それは男性も同じだ。大卒の男性でも、刑事になるには最短でも三年はかかる。

泉は人より遅れて警察官になった。そのうえ女だ。そんなハンデを背負った人間が、大卒男性の最短ペースで刑事になれたのは、執念が実った結果だと思っている。

警察官になる、と決めた日から、空き時間のすべてを勉強に充てた。米崎県警に採用されてからも、刑事になるため、寝る間も惜しんでテキストに向き合った。

学ぶことでなんとか対応できる筆記試験なら、それなりにいい点数が取れる自負があった。が、それだけでは、刑事になれるとは限らない。

女であり、加えて出遅れというハンデを背負う泉が刑事になるためには、自分が得意とする売りを身につけなければいけない。自分が刑事になれば、このような捜査に役立ちます、というアピールだ。

体力では男に敵《かな》わない。剣道初段の免状は持っているが、武道に秀でているわけではない。犯人の似顔絵を描ける画力もない。警察官としてのキャリアもない。

なにもない泉が、刑事として求められる職域はどこか。

泉は、どんな事件が増加傾向にあるかを調べた。その事件にかかわる部署ならば、人材を求めている可能性が高い。

少年や高齢者による犯罪が減少傾向であることに対し、増加傾向にあるのは、外国人による犯罪だった。不法滞在やカードの窃盗、偽造など、米崎県でも外国人犯罪が多発している。

ここだ、と泉は思った。

不法外国人検挙のためには、外国語ができる者が必要とされる。語学ならば、男女は関係ない。体力も必要ない。いまからでも充分に学べる。

泉は、中国語と韓国語を独学で学んだ。犯罪率と比例する在留率は、その二国が圧倒的だったからだ。いまでは、初歩的な会話程度なら、どちらの国の言語も操れる。

中国語、韓国語を学ぶ傍ら、パソコンのスキルもあげた。現在、ＩＴ犯罪は増加の一途をたどっている。時代の流れにともない警察の捜査も、防犯カメラやモバイル、パソコンといった電子機器の分析が求められるようになった。これからの捜査に、エンジニアの知識は必要不可欠だ。

執念と努力が実り、泉は刑事に任命された。配属先は、県警本部刑事部捜査二課、知能犯係だった。それがいまから一年前だ。

県警の捜査支援分析センターで、新たに人員の補充があると知ったのは、そのあとすぐだ。米崎県警は、東北管区で唯一、捜査支援分析センターを設置している。東北地区の他の県警は、独立したセクションではなく、捜査支援分析係として刑事部に組み込まれている。

泉は、捜査支援分析センター配属を志望した。

センター内には、ふたつのセクションがある。センターの庶務を担当する捜査第一支援係と、事件現場で収集した情報を解析しプロファイリングをする機動分析係だ。

泉は、機動分析係配属を望んだ。捜査の最前線で活動できるからだ。

捜査支援分析センターで働きたい。そう思った泉は、科学捜査の最新知識や通信技術のテキストを、遮二無二勉強した。最初は、はじめて目にする単語が多く、まるで異国語を読んでいるようだった。が、どんな困難も、強靭《きょうじん》な意志と粘り強さがあれば、乗り越えることができる。その覚悟が、挫《くじ》けそうになる気持ちを支えた。

筆記試験は、自分でもよく出来たと思う。不安を残した解答はない。

テストを終えて会場を出た泉は、合格の可能性は高い、と自信を持った。九割は、いける、そう思った。

それなのに──

泉は、目の端で黒瀬を見た。

追跡しろ、と命じられたジャンパーの男。それが黒瀬だった。

泉は、腿《もも》の上に置いた手を強く握った。

自分では、上手く行ったと思った。対象者《マル対》に気づかれていない、と思っていた。晴れて捜査支援分析センターの一員になれると確信していた。それなのに、あと一歩というところで、黒瀬を見失い、追跡実技テストは失敗に終わった。

泉の視線に気づいたのか、面を伏せていた黒瀬が、こちらを見た。

目が合う。

黒瀬が薄く口角を上げた。小馬鹿にしているような表情だ。

泉は咄嗟《とっさ》に視線を逸《そ》らせた。

悔しさが胸にこみあげてくる。落第とわかっている面接など必要ない。もう、早くこの場を去りたい。

宮東は長机に肘をつくと、顔の前で手を組んだ。

「変わった経歴だな。なんで広聴課職員を辞めたんだ。雇用条件は悪くなかったはずだが」

予想された質問だった。警察官採用試験面接でも、同じことを聞かれた。

世の中は理不尽だ。それは警察組織であってもかわらない。罪が常に正しく裁かれるとは限らない。どの世界も、綺麗ごとでは成り立たない。

本当の正義とはなにか。考えてもわからなかった。その答えは、捜査の最前線に立てば見つかるかもしれないと思った。だから、警察官になった。

泉のその考えは、正義を遂行する機関である警察への不信と取られるだろう。本音を明かせば、警察官への道が絶たれる。

泉は、警察官採用試験のときと同じ答えを返した。

「現場の第一線で、市民生活の安全を保つ仕事に就きたかったからです。私は、日本国憲法および法律を忠実に擁護し、命令を遵守し、警察職務に優先してその規律に従うべきことを要求する団体、または組織に加入せず、何ものにもとらわれず――」

答えている途中で、黒瀬が鼻で嗤《わら》った。欠伸《あくび》をしながら、泉の答えを遮る。

「何ものをも憎まず、良心のみに従い――か。誰が警察官服務宣誓を唱えろ、と言った」

泉は返す言葉に詰まった。本音ではないと見透かされている。

黒瀬は椅子の背にもたれ、足を組んだ。面接官の態度とは思えない。

「五年前の事件――俺たちが知らないとでも思ってるのか」

同級生の顔が浮かぶ。米崎新聞社の記者だった、津村《つむら》千佳《ちか》だ。

黒瀬が言葉を続ける。

「五年前、お前の親友の新聞記者が、水死体で発見された。県警がストーカー事案の被害届受理を怠り、その結果、若い女性が殺された。それを暴いたのが、お前の親友が所属する新聞社だ。その後、警察官を含む何人かが不審な死を遂げた。だが、真相はいまだ解明されていない。米崎県警はじまって以来のスキャンダルだ。県警上層部でいろいろあった、という話は聞いている。お前の噂も、な」

泉は唾を呑んだ。五年前に起きた事件の被害者が、泉の同級生だったことを知っている者はいるだろう。だが、面と向かって口にした者はいない。まして、ここまではっきり言われたのは、はじめてだった。

黒瀬の最後の言葉が気にかかる。

自分に関する噂、とはなんだろう。

本来、面接の場で、受験者が面接官に質問などすべきではない。しかし、もはや面接の結果はわかっている。いまさら、好印象もなにもない。

泉は思い切って訊ねた。

「どのような噂でしょうか」

黒瀬は探るような目で泉を見た。が、すぐに視線を明後日のほうへ飛ばし、話をはぐらかした。

「そんなことはどうでもいい。質問するのはこっちだ。志望動機を答えろ」

泉は黒瀬から目を外すと、真正面の壁にある掛け時計を見た。視線を保つ。

「自分は、パソコンが得意です。それに、これからの捜査は、科学的知見に基づくものでなくてはならない、そう思っています。もちろん、地道な地取りや鑑取りは重要ですが、単なる見立てや経験上の勘に頼るだけでは、真実は究明できない。そう感じて――」

そこまで答えたとき、またしても黒瀬が鼻で嗤った。

頬が紅潮するのが、自分でもわかった。

一度ならまだしも、二度もあからさまに馬鹿にされたのでは、こちらも黙っていられない。どうせ落ちる試験だ。やられっぱなしでは悔いが残る。

視線を、黒瀬の目に据えた。

「私、なにか可笑しいことを申し上げたでしょうか。黒瀬警部」

黒瀬は、手にしていたボールペンを、腹の前で器用に回した。

「科学的知見とは、ご大層だな。いいか、よく聞け。俺たちが重視するのは真実じゃねえ。事実だ」

回していたボールペンを止めて、黒瀬は泉を睨《にら》んだ。

「俺たちの仕事はな、刑事課の捜査員以上に、地道な仕事だ。藁《わら》のなかで釘を探すように、地に這《は》いつくばって、這いずり回る。それが仕事だ」

嚙んで含めるように言うと、黒瀬はそっぽを向いた。

「お前が考えてるような、甘っちょろいデスクワークじゃねえ」

なにか言い返したいが、口から言葉が出てこなかった。それほど、黒瀬の言葉には重みがあった。

ふたりのやり取りを黙って見ていた宮東が、咳払いをひとつ、くれた。

我に返る。頭に血が上ったとはいえ、やはり、受験者にあるまじき態度だった。

宮東は口元に笑みを湛《たた》えていた。受験者の合否を見定めている真剣な表情ではない。もはや、面接を終えたそれだ。

宮東は穏やかな口調で言った。

「君の考課は高い。筆記試験も優秀だ。ただ、なにぶん志望者が多い。予算も限られている。採用できる人員はひとりだけだ。そこは理解してもらいたい」

実質的な不採用の言葉だと、泉は理解した。自分でも、肩が落ちるのがわかる。

「以上だ」

宮東が手元の書類を整える。穏やかな声が、判決を言い渡す裁判官のそれのように聞こえた。

結果は出た。

椅子から立ち上がる。ふたりの面接官に向かって敬礼し、腰を折った。

踵《きびす》を返し、そのままドアに向かう。その背を、黒瀬の声が引きとめた。

「ちょっと待て」

泉は足を止めた。振り返る。黒瀬が目を細め、こちらを見ていた。

黒瀬が訊ねる。

「俺が風俗案内所のパネルを見たのは、何時何分だ」

咄嗟に、質問の意味が咀嚼《そしゃく》できない。

追跡試験当日の、黒瀬の行動を訊かれているのは飲み込めた。だが、試験は終わったのに、なぜいまさら訊ねるのかがわからない。

戸惑っていると、黒瀬が不機嫌な声で質問を繰り返した。

「俺がキャバ嬢の写真の前で立ち止まったのは、何時何分か、と訊いている」

面接の場でも、通常の勤務の場でも、上司の質問は絶対だ。部下は上司の問いに答える義務がある。

記憶の回路をたどるため、泉は目を閉じた。

警察官になると決めてから学んだことのひとつに、暗記力と記憶力の向上がある。周辺視力、注意力、視覚認知を鍛えるものだ。目にしたものを瞬時に記憶し、脳に写真のように刻み込む。

世の中には生まれつき、瞬間記憶と呼ばれる能力を持つ者がいる。見たものを写真のように記憶できるものだ。

当然、泉はこの能力を持っていない。先天的に備わっている能力には及ばないが、トレーニングを積むことで、ある程度の記憶力を身につけることはできる。例えば、一度しか会ったことがない者の人相はもちろん、そのときの服装や耳にしたエピソードを記憶したり、ばらばらに並べたトランプの配置をすべて暗記したりするものだ。

泉は数多《あまた》あるトレーニング方法から、オーソドックスなものをいくつか選んだ。見たものをイメージで覚える連想結合法や、歴史の暗記でよく使われる語呂合わせ、ほかにも数字を形に見立てて記憶する形態法などだ。

最初はうまくいかなかったが、根気よくトレーニングすることで、多少は記憶力を磨くことができた。その訓練の成果が、いま試されている。

泉は目を閉じて、意識を集中した。

泉の頭のなかには、追跡のときの記憶が録画したビデオテープのように残っていた。

三ツ谷町の裏路地で、黒瀬に腕を摑まれたところから、テープを巻き戻す。脳裏で再生される映像の隅には、数字が羅列されている。行動に異変があったとき目視した、デジタル式腕時計の時間だ。映像が巻き戻されるに伴い、数字も遡っていく。

脳内テープを、黒瀬が風俗案内所の前に立ったときまで巻き戻した。映像の隅にある数字は、一九：三〇——立ち止まっていた時間はおよそ二、三分だった。

泉は目を開けると、黒瀬と宮東を交互に見た。

「十九時、三十二分です」

なにをいまさら——といった顔で成り行きを注視していた宮東が、まなじりをわずかに上げ、眉根を寄せた。唇を、ほお、といった形に開く。

「指で弾いたキャバ嬢は、パネルのどの辺だ」

黒瀬は立て続けに質問した。

目を閉じ、頭のなかにあるパネルの映像をズームアップする。記憶のなかの黒瀬が、スローモーションでパネルを弾いた。

泉は目を開けた。

「上から二段目。一番右端です」

「名前は」

「サリー。二十二歳と書いてありました」

宮東の目が、大きく見開かれた。信じられない、といった表情だ。

黒瀬が、机を指でコツコツと叩く。

「本屋に入ったのは？」

記憶のテープは完全に巻き戻っている。即答した。

「十九時五十分。いえ、自分の時計では四十九分でした」

宮東が目の端で黒瀬を見た。当たっているか、と目が訊ねている。

視線に気づいた黒瀬は、机を叩いていた指を止め、軽く肯いた。

「ええ、合ってますよ。その前のふたつの質問も正解です」

宮東が感心したように、首をぐるり、と回す。

もしかして――

胸が高鳴る。

黒瀬は最後のチャンスをくれたのかもしれない。起死回生のチャンスを。

黒瀬は椅子に背を預け、胸の前で腕を組んだ。視線は相変わらず鋭い。

「本屋でお前は、本棚の陰から俺の様子を窺っていた。そうだな」

泉は胸を張って答えた。

「はい」

黒瀬の目がさらに尖《とが》る。泉を見やる視線に、落第すれすれの受験生を、なんとか引き上げようとする慈愛の色は、まったくない。むしろ、冷酷さを感じる。

心臓の鼓動が、別の意味で高鳴りを増した。

「お前、本屋に入ったとき、まずなにをした」

マル対の行動は把握していても、自分の行動となると覚束ない。すべてをカメラ目線で記憶しているからだ。

鼻から大きく息を吸った。口から細く吐き出す。

たしか死角を意識し、マル対を追尾した。間違っていないはずだ。

口を開きかけた。

泉を手で制し、黒瀬が突き放した口調で言う。

「自分じゃァ身を隠したつもりだろうが、本屋の万引き防犯ミラーには、俺を見張っているお前の姿がばっちり映っていた」

あっ――短い声が、口を衝いて出る。

鏡や防犯ミラーの確認は、追尾の際の「いろは」の「い」だ。その基本を、自分は怠った。

不甲斐《ふがい》なさに、顔が熱くなる。

「俺が文庫の棚で手に取った本は？」

黒瀬が追い打ちをかける。

動揺を押し殺し、必死に記憶を辿《たど》る。

黒瀬が手にしていた文庫は、新潮文庫だった。タ行の作家、黒い背表紙――おそらく太宰治だ。

脳内の映像を、クローズアップする。本の背表紙が拡大される。が、タイトルの部分は、判然としない。

泉の視力は両眼とも二・〇で、昔から目はいい。しかし本のタイトルの箇所だけ、霞《かすみ》が掛かったようにぼやけていた。

泉は小声で述べた。

「新潮文庫、太宰治かと。タイトルは――」

脳内の画像に目を凝らす。が、どうしてもタイトルが見えない。

「タイトルは？」

黒瀬が畳みかける。

「タイトルは――」

ダメだった。必死にタイトルを読み取ろうとするが、わからなかった。

項垂《うなだ》れる。つぶやいた。

「わかりません」

デスクを乱暴に叩く音が響く。

音に驚き、面を上げた。

黒瀬は立ち上がり、泉を見ていた。吐き捨てるように言う。

「俺が手にした本は『人間失格』。お前は、捜査員失格！」

黒瀬は大股で、ドアの前に立っている泉に近づいてきた。

すれ違いざま、肩がぶつかる。泉は反射的に頭を下げた。

うしろでドアの閉まる音がする。

泉は下を向いたまま、唇を嚙み締めた。

――終わった。

宮東に礼をすると、泉は会議室をあとにした。

泉は、食堂に張り出してあるメニュー表を前に、溜め息を吐いた。

食欲はまったくない。

泉はかけ蕎麦《そば》を頼み、トレイに載せて、一番隅のテーブルに座った。形だけ手を合わせ、箸《はし》をつける。

蕎麦を啜《すす》った。ネギが苦い。

泉は、県警から車で十分ほどのところにある官舎に住んでいる。1DKの単身タイプだ。

米崎市が地元の泉は、実家が市内にあった。母親がひとりで住んでいる。父親は泉が小学四年生のときに事故で他界した。サラリーマンの兄は東京で結婚し、北海道に単身赴任している。

県警の広報課に一般職として勤めていたときは、実家から通っていた。が、米崎県警巡査を拝命したのを機に、家を出た。

実家が通勤圏内にあることと、泉の家庭事情を考えて、総務からは実家通勤の許可が下りた。しかし、泉は断った。

ハンデを背負って警察官になった者が、特別扱いされることに抵抗があった。女だからとか、母子家庭だからという理由で、情けをかけられたくない。

母親は十年前に胃がんの手術をしているが、幸い、術後の経過は良好で、再発もない。いまでは、ちょっとした旅行に行けるほど回復した。休みの日に様子を見に行けば、さほど心配はない。

母親も、泉が家を出ることに賛成した。

泉が警察官になることに、母親は反対していた。ひとり娘を、危険が伴う仕事には就かせたくなかったのだろう。しかし、泉が警察官採用試験に合格すると、態度は一変した。腹を括《くく》ったらしく、警察官になったからには責務をまっとうしなさい、と励ました。泉が官舎に住むことも、むしろ勧めたくらいだった。

味気ないかけ蕎麦が、今日は一層味気なく感じる。半分残し、箸を置いた。トレイを持って立ち上がろうとしたとき、テーブルの向かいに誰かが座る気配がした。

新井美佐子《あらいみさこ》だった。泉が広報課にいたころからの友人だ。泉の七歳上だから、今年で四十一になる。ふくよかだった身体が、ここ一年でさらに丸くなった。美佐子がいうには、四十歳を回ると、代謝が落ちて体重が減らなくなるのだという。

美佐子がテーブルに置いたトレイには、カツカレーが載っていた。ダイエットはまたしても、断念したようだ。

スプーンを手に美佐子は、泉の顔を覗き込んだ。

「どうだった、面接?」

美佐子は、昨日が面接日だと知っている。あらかじめ、話してあった。

泉は両手を広げ、わざとお道化《どけ》てみせた。

「ダメダメ、てんでダメでした」

美佐子の顔が曇る。

広報課時代から、美佐子は泉を応援してくれていた。年齢制限ぎりぎりで警察官になり、今度は新たな部署へステップアップしようとしている。負けず嫌いで、なにごとも諦めない泉を見ていると、自分も元気が出る。事あるごとに、そう励ましてくれた。

美佐子はなにかを吹っ切るように、勢いよくスプーンを口に運んだ。

「まあ、またチャンスはあるって。泉ちゃんは頑張り屋さんだから、きっと次は合格するって」

慰めとも励ましともとれる言葉に、泉は精一杯の作り笑いを浮かべた。

地下にある食堂をあとにした泉は、重い足取りで階段をのぼり、三階の捜査二課へ戻った。突っ込んだ話題に触れない美佐子の心遣いが、胸に痛かった。

部屋には、ほとんど人がいなかった。まだ休憩時間を余している。

捜査二課の課員は、総員三十名弱。係は三つある。泉が所属している知能犯係、汚職犯罪係、選挙犯罪係だ。

泉が自席につくと、園辺誠《そのべまこと》が読んでいた新聞から顔をあげた。知能犯係の係長で、泉の直属の上司だ。

「今日は戻りが早いな」

泉は短く答えた。

「ええ、まあ」

園辺はいつも、自席で昼食をとっている。妻の手作り弁当だ。園辺は昨年、健診で糖尿病予備軍と言われた。四十も半ばになればなにかしら引っかかるさ、と園辺は笑うが、妻は楽観していないらしい。毎日、身体のことを考えた弁当を作って持たせている。

園辺は新聞に目を落としたまま言った。

「森口、お前なにかやらかしたか」

唐突な言葉に、泉は眉根を寄せた。

「課長が呼んでる」

「課長が？」

泉は聞き返した。

「席に戻ったら課長室へ来い、だとさ」

捜査二課の課長、葛西順二《かさいじゅんじ》は、一年前に警察庁から米崎県警に出向してきた、キャリア組の警視だ。まだ三十代前半で、泉とそう歳は変わらない。

キャリアのお偉いさんが、一女性巡査に声を掛けるわけもなく、就任以来、挨拶こそすれ、会話を交わしたことはない。

葛西に呼ばれるような心当たりはない。

あるとすれば、面接の件だろうか。面接の際の態度が問題視された可能性はある。が、キャリアの課長が、その程度のことでわざわざ巡査を部屋に呼ぶとは思えなかった。叱責案件なら、係長クラスで充分だ。

考えていると、園辺が新聞から顔をあげてこちらを見た。

「おい、聞いてるのか」

泉は慌てて席を立った。

「承知しました。すぐ伺います」

部屋を出て、足早に課長室へ向かう。

ドアをノックした。

「誰だ？」

なかから声がする。姿勢を正した。

「森口巡査、参りました」

「入れ」

ドアを開けると、葛西がデスクの椅子に腰かけていた。パソコンに向かい、キーボードを叩いている。

見た目は年相応だが、葛西からは威厳が感じられた。いつも無表情のため感情が読み取れないからか、重々しい声のせいか。怜悧《れいり》な顔立ちが、一層それを際立たせていた。

泉は後ろ手にドアを閉め、手を外腿に添えたまま腰を折った。デスクの前に立つ。

「お話があるそうで――」

葛西は動かしていた手を止めて、ノートパソコンを閉じた。椅子の背にもたれ、胸の前で腕を組む。

「センターの実技試験、散々だったらしいな」

警察関係者は、捜査支援分析センターのことを、略してセンターと呼ぶ。

宮東か黒瀬から聞いたのだろう。

――人間失格、お前は捜査員失格！

黒瀬の辛辣《しんらつ》な声が蘇《よみがえ》る。

泉は唇を噛み、はい、とだけ答えた。

葛西が組んでいた両腕を解いた。

「すぐ、引っ越しの準備をしろ」

「え？」

自分でもつい、間の抜けた声が出る。意味が摑めない。

「四階へ引っ越しだ」

戸惑っている泉にかまわず、葛西は言葉を続けた。

「十二月一日付で、センターへの異動が決まった。来月から四階へ移れ」

泉は立ちすくんだ。

言葉の意味はわかる。が、頭が内容を理解できない。

葛西が表情をわずかに崩した。

「おめでとう。試験、合格だ」

頭が白くなる。

合格――

喜びより先に、驚きが頭を支配した。

考える間もなく、言葉が口から溢《あふ》れてくる。

「でも、自分は実技で失敗して、防犯ミラーの確認を怠り、人間失格で――」

葛西は椅子の上で身を起こすと、下から泉の顔を覗き込んだ。

「ほかに有力候補がいたらしいが、黒瀬君が強引にお前を推したそうだ」

黒瀬警部が――

言葉が出なかった。捜査員失格の烙印《らくいん》を捺《お》した本人が、どうして推したのか。ますます、頭が混乱する。

葛西は口角をあげた。面白がっているように見える。

「彼は頑固だからな。相手が上司であっても、言いたいことははっきり言う。実技試験で失敗したお前を、なぜそこまで評価するのか、私にはわからない。ただ、ひとつ言えるのは、周りの風当りはきつくなるぞ。特別扱い、だからな」

葛西はいつもの、生真面目な顔に戻った。

「上司の顔に泥を塗らないよう、しっかり務めてこい」

葛西の叱咤《しった》で、我に返る。

万感の思いが込み上げてくる。

泉は深く腰を折った。

「ありがとうございます！」

「用件は以上だ」

葛西はパソコンを開くと、再びキーボードを叩きはじめた。

泉は階段の途中で、足を止めた。

踊り場の窓から、外を見る。街路樹のプラタナスはすっかり葉を落とし、寒々として見えた。

米崎市は、東京から新幹線で二時間の場所にある。東北の主要都市だ。都市の東側には米崎港があり、冬は冷たい海風が吹きつける。雪は少ないが、ひどく寒い街だ。

きつい冷え込みは、庁舎内にも入り込んでくる。

米崎県警の建物は古い。築四十年は経っている。空調は利いているが、どこかの隙間から暖気が逃げていく。

特に廊下は、部屋のなかより気温が低い。部屋から出てくる者は、その温度差に肩を竦《すく》める。踊り場で立ち止まっている泉も、肌に寒さは感じていた。が、身体の芯は熱い。きっと緊張のせいだ。

泉は階段をあがった。

四階に着き、右へ曲がる。廊下を進み、一番端にある部屋の前で止まった。

ドアにプレートが貼られている。捜査支援分析センターと書かれている。

泉はジャケットの襟を正した。

——今日からここのメンバーだ。

深呼吸して、ドアノブに手を伸ばす。

泉が開ける前に、ドアが開いた。男性がいた。鉢合わせになる。慌てて道を空けた。

「すみません」

泉は詫《わ》びながら、男性を観察した。白いシャツにグレーのパンツ。紺色のスニーカー。長身痩軀《そうく》。目つきが鋭い。短い髪をワックスで立てている。全身の雰囲気から、二十代後半と推察した。

男性は泉をちらりと見て、なにも言わずに部屋から出て行った。

廊下を歩いていく男性の背中を、目で追う。

こっちが詫びているのに、なんの反応もない。感じが悪い。配属初日から、嫌な気分になる。

泉は首を軽く振ると、気を取り直した。厳しい対応になるのは、承知済みだ。あの黒瀬が係長なのだ。

葛西は、黒瀬が泉を強引に採用したと言っていた。が、それが歓迎を意味するとは思っていない。泉を捜査員失格と言い切った人間が、歓待するはずがない。

泉は気合を入れなおして、部屋に足を踏み入れた。

後ろ手にドアを閉める。

部屋のなかを見渡した泉は、息をのんだ。いつ見ても、圧巻だ。

教室ほどの広さの部屋には、膨大な機器が置かれている。窓はない。

一番奥の壁には、備え付けの巨大なモニターがある。いくつかに区切られた画面には、街頭に設置された防犯カメラの映像が映っていた。それらは数十秒単位で、別のカメラの映像に目まぐるしく切り替わる。

向かって右側の壁には、フラットディスプレイがある。地下鉄の路線図のように、市街地の交通網が表示されていた。リアルタイムで交通情報が手に取るようにわかる。

ディスプレイの横には、大型液晶パネルが壁に埋め込まれていた。両側に三つずつ、合計六台ある。画面には、渋滞している箇所や、事件現場の映像が映っていた。

部屋の中央には、広めの机が七台あった。三台ずつ向かい合い、残るひとつは上座に置かれている。

上座と手前の五つの机には、パソコンと卓上電話があった。一番ドア近くの一台は、通信システム専用らしい。固定型の無線機とモニターがある。モニターの横には、四角い箱型の機材があった。GPS機器を搭載した車両の位置情報を受信する、GPS動態管理システムだろう。

はじめてこの部屋に入ったのは、刑事になるための任用試験に受かり、県警に配属された初日だった。

「県警に勤めていたといっても、一般職員だったんだ。入ったことがない場所もあるだろう」

そう言ったのは、直属の上司になる園辺だった。園辺は泉と同僚の課員に、庁舎内を案内するように命じた。

捜査支援センターの部屋にはじめて入ったときのことは忘れない。そのとき、メンバーのほとんどは出払っていて、年配の男性がひとりいるだけだった。

息が詰まるとはこういうことを言うのだ、とそのとき泉は感じた。

部屋のなかは捜査機材に溢れ、物々しかった。空気は重く、ぴりっと張り詰めている。聞こえてくるのは、男性が叩くキーボードの音と、無線機から流れている通信音だけだ。おなじ庁舎内なのに、ここだけ異質な雰囲気だったことを鮮明に覚えている。

当時を思い出していると、鋭い声がした。

「なにをぼさっと突っ立っている」

我に返り、声のほうを見る。

黒瀬だった。並んでいる机の上席から、泉を睨んでいる。今日も冴《さ》えない恰好だ。実技試験のときと、そう変わらない服装をしている。

泉は慌てて、黒瀬のもとへ向かった。机の前で、姿勢を正す。

「今日からこちらに配属になりました。森口泉です」

改めて名乗り、頭を下げた。

黒瀬が舌打ちをくれる。

「相変わらず、どんくさいやつだ」

そのどんくさいやつを、強引に採用したのは誰だ。

心でそう毒づく。顔には出さなかった。メンバーになれたのは、黒瀬のおかげだ。どのような扱いを受けても、文句は言えない。

黒瀬がだるそうに、椅子から立ち上がった。

「そのままでいい。耳だけ貸してくれ」

机に座っているメンバーたちが、手元の作業をやめて黒瀬を見た。

「新しいメンバーの森口泉だ」

泉は短い挨拶をしようとした。が、黒瀬は間を置かず話を続ける。

「ここのメンバーは俺を入れて五人。こいつは日下部真一《くさかべしんいち》。メンバー歴六年だ」

日下部は、椅子から立ち上がると、泉に挨拶をした。

「よろしくお願いします」

慌てて泉も返す。

年齢は泉の少し上のようだ。グレーのスーツのなかに、臙脂《えんじ》のベストを着ている。ネクタイは紺と臙脂のストライプだ。きちんとした服装と礼儀正しい挨拶は、教師を思わせる。

「真《しん》の隣が市場哲也《いちばてつや》。メンバー歴八年。こう見えて、今年で知命だ。ここの最年長だ」

市場は渋い顔をした。

「仁《じん》さん、嫌味かい」

役職では、市場より黒瀬が上だ。自分の直属の上司を下の名前で呼ぶところを見ると、ふたりは親しいのだろう。

「歳ばっかり食っても、なんにも知らん。ここのなかは、ガキのころから変わらんよ」

短く刈りあげた自分の頭を、市場は指で小突いた。

黒瀬の言うとおり、五十歳には見えない。顔の皺と髪の白いものは目につくが、全身から放つ熱さのようなものを感じる。事件現場の第一線で捜査している気概だろうか。ジョン・レノンがかけていた、ラウンドタイプの眼鏡が似合っている。

「哲さんの奥にいるのが、里見大《さとみまさる》だ。大《だい》、お前、何歳だった？」

里見と呼ばれた男性は、軽い感じで答えた。

「メンバーのなかで最年少、二十八。ここにきて二年です」

年齢だけではなく、見た目も若い。なにもいじってない髪をワックスで整え、チェック柄のスーツではなくカジュアルな服装にすれば、大学生でも通りそうだ。

里見と目が合った。形のいい唇に、笑みが浮かぶ。整った顔立ちと優しそうな雰囲気は、多くの女性を惹《ひ》きつけるだろう。

「そして、もうひとり。お前と入れ違いで出て行ったやつだ。春日敏成《かすがとしなり》。あいつが配属されてきたのは、根津《ねづ》のコンビニ強盗があった年だから――」

市場が続く言葉を引き継いだ。

「四年ですね」

黒瀬が肯く。

「春《はる》は当時から、頭の切れるやつだったな」

仁、哲、真、春、大。ここのメンバーは全員、名前を略して呼んでいるらしい。

市場が補足する。

「頭もだが、センスがいいんだろうな。同じデータを見ていても、まわりが気づかないところに、あいつは気づく」

泉は居心地が悪くなった。配属当初の春日を周りが褒めれば褒めるほど、皮肉を言われているような気がする。ふたりにそんなつもりはないのかもしれない。自分の劣等感が、そう思わせるのだと、自分に言い聞かせる。

「メンバー紹介は以上だ」

黒瀬は椅子に座った。

三人が仕事に戻る。

それぞれ、パソコンのキーボードを打ったり、書類を眺めたりしている。もう、新メンバーを気にしている者はいない。まるで泉がいないかのようだ。仕事に没頭している。

泉は、紙袋をぶら下げながら立ち尽くした。紙袋には、捜査二課から持ってきた私物が入っている。これからどうすべきなのか、指示があるのか、それとも勝手に動き回っていいのか、判断がつかない。

メンバー紹介が終わっても、まだ机の前にいる泉を黒瀬が見た。

「なにぼうっとしてるんだ。さっさと仕事しろ」

泉は戸惑いながら、黒瀬に訊ねた。

「机は、あの空いているところを使っていいのでしょうか」

黒瀬が苦い顔をする。

「ほかにどこがあるっていうんだ」

「じゃあ、ロッカーも——」

「適当に使え」

壁を隔てた隣の部屋が、資料室とロッカー室になっていた。

泉は黒瀬に頭を下げると、与えられた机についた。

ドアが開いて、春日が戻ってきた。

席にいる泉を見る。無表情だ。

春日に気づいた黒瀬が、そのままの姿勢で説明する。

「そこにいるのが、新メンバーの森口泉だ」

春日は無反応だった。黙って、泉の隣にある自席につく。

泉は横から挨拶をした。

「森口です。よろしくお願いします」

春日は自分のパソコンを開きながら、ぼそりと言った。

「スペカンね」

「スペカン？」

意味がわからない。首を捻る。

春日はパソコンの画面を見ながら、マウスを動かした。

「スペシャル捜査官の略」

しぼんでいた泉の心が、少し膨《ふく》れた。スペシャル――特別という呼び方には、ハンデを乗り越えてメンバーになった泉への敬意が含まれているのだろうか。

泉の考えを見越したように、斜め向かいにいる里見が、にやりと笑った。

「そのスペシャルはいい意味じゃないよ。刑事になってすぐに県警に配属されたのも、ここのメンバーになったのも、強い引きがあったから。森口さんは特別扱いという意味」

泉は、自分でも顔が強張るのがわかった。

すべては泉の実力ではない。人の力によるものだ。春日と里見はそう思っているのだ。いや、ふたりだけではない。誰も否定しないことから、ここのメンバー全員の共通認識なのだとわかる。

泉は唇を噛んだ。

メンバーたちの認識どおりだ。

県警に採用されたのは、泉が広報広聴課だったときの上司、富樫隆幸《とがしたかゆき》が口を利いたからだと噂で聞いた。ここのメンバーになれたのも、黒瀬の強引な引きがあったからだ。

富樫が泉を引っ張った理由は、泉が関わった事件――津村千佳が殺された事件に関する負い目によるものかもしれない。黒瀬が採用した理由はわからない。ひとついえるのは、自分が県警に配属されるのも、捜査支援分析センターのメンバーになることも、通常ならありえないということだった。

――でも。

泉はメンバー全員を睨んだ。

自分は精いっぱい努力した。やるだけやった。人がどのような思惑で動いているかなどどうでもいい。自分に与えられた仕事をするだけだ。

泉は紙袋から書類や本を取り出し、机の引き出しに納めはじめた。


泉は目を閉じると、指で目頭をつまんだ。

鼻の付け根を揉みほぐす。

目の疲れが、少しだけ和らいだ。目を開けて、再びパソコンの画面に見入る。

泉のパソコンの画面には、道路を走る車の往来が映し出されていた。市内の主要道路に設置されている、Nシステム——自動車ナンバー自動読取装置の映像だ。

今日の午前十一時二十五分、柏木町《かしわぎちょう》の路上で当て逃げ事件が発生した。被害者は六十三歳の女性で、近所のドラッグストアへ買い物に行くために歩いていたところ、後方から車が接触した。

柏木町は古くからある住宅地で、事故現場は国道から枝分かれした県道だった。犯行車両は、制限速度三十キロの道を、二十キロオーバーのおよそ五十キロで走行。サイドミラーに被害女性の腕が接触し、女性はその反動で転倒した。

車は少しスピードを緩めながらも、停止することなく、現場から逃走した。

意識があった女性は自分の携帯から警察へ通報し、救急車で近くの病院へ搬送された。命に別状はないとのことだった。

女性の証言では、車は白のカローラだという。乗車していた人間は、運転手ひとりだけだったことまではわかった。

現場は幹線から離れた一般道だ。防犯カメラやNシステムといった、防犯システムは設置されていない。普段から人通りが少なく、目撃者もいなかった。現在、所轄の刑事が地取りを行っているが、女性の証言以外に、犯人に直接結びつく情報は得られていなかった。

今朝、捜査支援分析センターに配属された泉にとって、はじめて捜査する事件だった。

全国各地で、重大と呼ばれるものから微罪と扱われるものまで、多くの事件が発生している。米崎県も同様だ。のんびりしている暇はない。

泉は時計を見た。午後一時半。防犯システムの映像確認をはじめてから、二時間が過ぎていた。昼食もとっていない。

「森口」

机がまとまっている島の上座から、黒瀬が呼んだ。

「なにか出たか」

泉は画面から顔を起こし、黒瀬を見た。首を振る。

「まだです。いま東側の県道をあたっているところです」

黒瀬が苦い顔をする。

現場の柏木町は、国道と県道に囲まれている。

柏木町に住んでいる者の大半は、親や祖父母の代から暮らしている。

十五年ほど前に、県から土地開発の話があったが、先祖から受け継いだ土地を手放したくない、と申し出る住人が多く、話がまとまらなかった。結果、周辺の町は近代的に様変わりし、柏木町だけ時間が止まったように残った。

土地開発を受け入れた周囲の土地は、たくさんの道路が切り開かれた。その道路に設置された数えきれないほどの防犯システムの映像を、泉は確認していた。

「白以外の車もチェックしているかな」

市場が横から口を挟んだ。

泉は肯いた。

「似たような色も探していますが、あまりに台数が多くて、まだ確定できません」

黒瀬から、探す車両の色は白に限定するな、という指示が出ていた。

車種は、ほぼカローラと断定できる。以前、女性自身が乗っていた車で、見間違えるはずはない、と本人が言っている。が、色は難しい。光の反射によっては、微妙に色合いが変わるものも出ている。白に見える可能性がある、淡い色の車両もチェックしろ、と命じられていた。

「禁句だから」

斜め向かいにいる里見が、いきなり言った。

泉は里見を見た。

「なにがですか」

声が尖るのが、自分でもわかる。

里見の上からの物言いが、癪《しゃく》に障った。里見は年下だが、ここでは先輩だ。そこに問題はない。しかし、あからさまに相手を見下すような言い方はどうかと思う。ものには言い方というものがあるだろう。

泉の気持ちなどおかまいなしに、里見は軽いノリで答えた。

「言い訳と愚痴と寝言、ここでは禁句だから。言うならこの部屋を出てからにしてほしいね」

違う、と言いかけた泉は、その言葉を飲み込んだ。

車の台数が多いことを言い訳に、確定ができないと言ったつもりではなかったが、そう取られてもしかたがない言い方ではあった。

天に向かって唾を吐く。いましがた、心で里見に突きつけた言葉が、そのまま自分に返ってきた。

泉は沈みそうになる気持ちを押しとどめた。パソコンの画面に視線を戻す。落ち込んでなどいられない。ここでの仕事ははじまったばかりだ。

探していた車両を見つけたのは、午後の二時半だった。事件発生からおよそ三時間が経っていた。

現場近くの幹線を走る白っぽいカローラは、早い段階から確認できていた。しかし、そこからが大変だった。

事故発生時刻と、該当車両が幹線道路を通過した時間を照らし合わせて、怪しい車を絞り込んだ。

その数は、五十三台にのぼった。

そのすべての車の行方を、泉は追った。

方法は、映像記録だ。幹線に設置されたNシステム、信号に取り付けられた監視カメラ、街中にある防犯カメラなどの映像を繋《つな》ぎ合わせて、行方を追う。

ある車は近隣のスーパーの駐車場に入り、別の車は建設会社の敷地に停まった。

なかには、途中で脇道に入り、行方が掴めなくなる車もある。そのような場合は、映像から消えた周辺の記録映像をあたる。どこかの道からカメラが設置されている大通りに出てくることもあるし、それ以降の確認ができないこともあった。

後者ならば、映像から消えた近くに、なにかしらの理由で車を停めたことになる。自宅なのか立ち寄り先なのかはわからない。が、ナンバーを照会し車庫証明の住所を手に入れれば、そのどちらなのかはすぐにわかる。

車庫証明の住所が消えた周辺ならば、そこが車の置き場所だ。所轄に捜査を求めればいい。住所が別な場合も、所轄の捜査員に周辺をしらみつぶしにあたってもらえば、車は発見できるだろう。いずれにしても、地道な捜査だ。

該当車両を見つけたのは、柏木町と隣町——上科町《かみしな》の境となる場所だった。

その車を最初に発見したのは、現場から一キロ近く離れた県道だった。

女性の証言どおりの白いカローラは、細道から県道へ出て、そのまま南下し、国道に入った。しばらく走ったのち、柏木町を抜けて上科町へ入る。

上科町のバイパスを通り、車は郊外型のショッピングセンターの駐車場に停まった。

少しの間があり、運転席から男が降りた。推定年齢三十歳前後、ジャンパーにジーンズというラフな格好だ。

男は車の周囲を、二、三周した。なにかを確認している。特に、左のサイドミラーの部分を、念入りに眺めていた。被害者女性にぶつかった箇所だ。

しばらく男はサイドミラーを見ていたが、やがて運転席のドアを開けた。

男の不可解な行動は、そこからはじまった。

運転席に乗り込んだ男は、そのままドアを閉めると、車を発進させた。

車が駐車場から出ていく。わざわざ隣町のショッピングセンターまできたのに、なぜ、店に寄らないのか。

車は駐車場を出ると、県道を通り、カーショップへ入った。店に入った男が出てきたとき、手にビニール袋を提げていた。なにか買ったらしい。

男は車に乗り込むと、柏木町に向かって走り出した。

車は柏木町と上科町のあいだにある地区で脇道に入り、そのまま消えた。

泉は黒瀬に、怪しい車両を発見した、と伝えた。

壁に設置されている大きなモニターに、泉が追い続けた映像が流れる。

黒瀬をはじめ、メンバー全員がモニターに見入った。みな、怖い顔をしている。軽口を叩く里見も、真剣な表情をしていた。

「すぐにナンバー照会をしろ。所轄に連絡して、車庫証明の住所を調べさせろ」

春日が、卓上電話の受話器をあげた。すばやい。担当部署に連絡するのだろう。

モニターが、通常の映像に戻る。現在の道路状況や、街中の様子が流れた。

黒瀬は厳しい顔のまま、椅子の背にもたれた。

「十中八九、この車だ」

黒瀬が確信をもって言う。

泉もそう思った。

男は、現場から離れた隣町で車の破損状況を確認し、そのあと、カーショップに立ち寄った。そこで、修理道具かボディカバーを買ったのだろう。衝突ではないが、接触すれば多少の擦れや傷はつく。そのままにしていて誰かに気づかれたら、ばれるかもしれないと思ったのだろう。

春日が電話を切ってほどなく、ＦＡＸが届いた。

該当車両の車庫証明だった。住所は、車がカメラから消えた地区になっている。

黒瀬は内線電話をかけた。相手はセンター長の宮東譲だった。

「ええ、該当車両と思《おぼ》しき車を発見しました。そうです。ほぼ、間違いないでしょう」

黒瀬は電話を切ると、泉を呼んだ。

「おい、これ、コピーを取って、捜査一課に行け。課長がいなかったら、誰かに渡してこい。ここに事故を起こしたと思われる車がある。そう所轄に伝えろとな」

「わかりました」

泉は指示どおり、部屋の隅でコピーを取ると、捜査一課へ向かった。

戻ってくると、部屋には黒瀬と市場しかいなかった。

泉が席に着くと、黒瀬が声をかけた。

「お前、昼飯食ってないだろう。なんか食ってきていいぞ」

泉は腕時計を見た。三時を過ぎている。

黒瀬は自分のパソコンを見たまま、言葉を続けた。

「あとは所轄の仕事だ。その車がクロならよし。シロなら一から調べ直しだ。その前に、腹ごしらえしてこい」

気が張っているせいか、お腹は空いているはずなのに、食欲が湧いてこない。

迷ったが、泉は黒瀬の言うとおりにした。食べられるときに食べておくのも、刑事にとっては必要なことだ。

「では、ちょっと出てきます。三十分で戻ります」

泉は、部屋に残っている黒瀬と市場に礼をすると、部屋を出た。

廊下に出ると、自然と息が漏れた。肩が痛いことに気づく。

疲れを感じてはいたが、気は昂《たかぶ》っていた。捜査支援分析センターの一員として仕事をしていることが、なんだか嬉しい。

泉は大きく伸びをした。

スペカンでもサバカンでもなんでもいい。捜査支援分析センターで仕事ができれば、それでいい。

食堂へ行くために階段を下りていくと、二階が騒がしかった。捜査員や事務員たちが、廊下を足早に行ったり来たりしている。

泉は二階で立ち止まると、廊下の左右を眺めた。

左手奥にある、会計課の前に人だかりができている。会計課の課員らしき者に交じって、鑑識課の捜査員がいた。ブルーの作業着を着ている。どうしてここに鑑識がいるのか。目の前を、広報広聴課に勤めている、新井美佐子が通りかかった。

泉は美佐子を引きとめた。

「なにかあったんですか」

泉に話しかけられた美佐子は、驚いた様子で立ち止まった。表情が険しい。やはりなにかあったのだ。

「美佐子さん、いったい――」

続く言葉を、美佐子は言わせなかった。泉の腕を摑むと、強引に階段を下っていく。

「ちょっと、美佐子さん。待ってください！」

美佐子はなにも言わない。そのまま一階へ降りる。泉を廊下の奥へ連れてくると、階段の下の隙間に身を寄せた。

あたりに人がいないことを確認し、美佐子はほっとしたように息を吐いた。

泉は摑まれている腕を、強く振りほどいた。

「どうしたんですか。びっくりするじゃないですか」

美佐子はすまなそうな顔をした。

「ごめん。あそこでは話せなかったから」

「あの騒ぎはなんですか」

泉は改まって訊ねた。

美佐子はいま一度、あたりに目を配り、泉の耳元に口を寄せた。

「お金がなくなったの」

泉はとっさに、誰かの財布が紛失したと思った。どこかに置き忘れたのか、それとも落としたのか。

泉がそう言うと、美佐子は首を横に振った。さらに声を潜め、囁く。

「なくなったのは、会計課の金庫にあったお金」

泉は美佐子の顔を見た。

「金庫に保管していたお金が？」

美佐子は、今度は肯いた。

「いま、会計課にやってきた刑事部の捜査員が、人払いをしているの。これから本格的な捜査に入るみたい」

　泉は狼狽えた。

「捜査って、まるで事件みたいな言い方……」

　美佐子は、呆れたように目を丸くした。

「金庫からお金が紛失したのよ。りっぱな盗難事件じゃない」

　美佐子の話によると、金庫のなかの現金がなくなっていることに気づいたのは、いまから一時間ほど前だった。

　会計課の課員が金庫を開けたところ、なかに入っていた現金がなくなっていた。報告を受けた会計課の課長、笹塚靖志《ささづかやすし》は課員たちに、なにかしらの事情で現金を持ち出した者はいないか確認した。が、名乗り出たものはいない。笹塚は県警本部長の大須賀定充《おおすかさだみつ》に連絡し、大須賀から指示を受けた機動捜査隊の捜査員と、鑑識が駆けつけたという。

　美佐子は深い溜め息を吐いた。

「外部に漏れるのは時間の問題。騒ぎを聞きつけた記者クラブの担当たちも、なにかあったのかって、もう広報課に来てるしね。しばらく、忙しくなるな」

　美佐子は泉の肩を、ぽんと叩いた。

「そっちも忙しくなるよ。お互い、過労死には気をつけようね」

　美佐子は他人事のような口調でそう言い、この場を立ち去った。

　ひとりになっても、泉は動けずにいた。

　事件を捜査する警察内部で盗難事件が発生した。そんなこと信じられない。いや、あってはならないことだ。なにかの間違いではないのだろうか。

ひとりで頭を巡らせていると、職務用の携帯が鳴った。警察から支給されたものだ。黒瀬からだった。

電話に出ると黒瀬は、不機嫌な声で言った。

「どこにいる。さっさと戻れ」

泉は腕時計を見た。食事をとってきていいと言われてから、十分しか経っていない。

黒瀬は短く伝えた。

「緊急事態が発生した。すぐ捜査に入る」

泉は息を飲んだ。おそらく、二階の騒ぎのことだ。

黒瀬は用件だけ伝えて、電話を切った。

泉は携帯を閉じると、四階に向かって駆けだした。

泉を除くほかのメンバーたちは、すでに部屋に戻っていた。

それぞれが、自分の席に着いている。

黒瀬だけがいない。

どうして呼び出した本人が不在なのか。

顔色から内心を悟ったのか、席に着くと向かいから市場が説明した。

「係長は、センター長から呼ばれて出ていった。まもなく戻る」

市場は、黒瀬がセンター長の宮東から呼ばれた理由を知っているのだろう。

泉が部屋を出るとき、市場は黒瀬とともに部屋にいた。センター長からの呼び出しの連絡をそばで聞いて、深刻な事態が発生したことを察したはずだ。市場のきびしい表情が、それを物語っている。

市場の隣で、里見が不満を口にする。

「俺、飯の途中だったんですけど、いったいなにがあったんですか。午前中に起きたひき逃げ事件の車がシロだったとか」

泉はぎくりとした。

本部内で起きた事件で、当て逃げ事件が頭から薄れていた。

里見に市場が答える。

「それなら解決した。森口さんが目をつけた車で間違いなかった」

よかった。思わず安堵の息が漏れる。

里見の愚痴は終わらない。椅子の背にもたれ、足を前に投げ出した。

「これでなんてことない用件だったら、俺、文句言いますよ」

市場と里見のやり取りを黙って聞いていた日下部が、里見にぴしゃりと言った。

「黒瀬さんが戻るまで、通常の仕事をしていろ。犯罪はこうしているあいだも起きているんだ」

里見は子供のように、口を尖らせた。

「教室で騒ぐ生徒に、自習を命じる教師のような言い方ですね。それなら、そっちの劣等生にまず言ってください」

里見は意地悪な目で泉を見た。

泉は里見を睨んだ。ここまであからさまに喧嘩《けんか》を売られたら、買うしかない。言葉にはしないが、目で抗議の意を示すくらいなら許されるはずだ。

泉が覚悟を決めたとき、横から思わぬ助っ人が現れた。

隣にいた春日が、パソコンで作業をしながらぼそりと言う。

「新入りが劣等生なら、お前は問題児だな」

こんどは里見が春日を睨んだ。顔が赤い。感情が表情に出るタイプのようだ。ポーカーフェイスは苦手らしい。

機動分析係のメンバーの立ち位置がわかってきた。学校にたとえるならば、黒瀬が校長、市場が教頭、日下部が教師、春日が生徒会長、里見が問題児、自分は劣等生といったところか。

これ以上やりあうのは大人げないと思ったのか、言い返せないだけなのか。里見はなにも言わず大人しくパソコンに向かった。

部屋が静かになる。

無線から流れてくる音声と、通電の唸《うな》る音しか聞こえない。

泉は腕時計を見た。泉が部屋に戻ってから、三十分が過ぎようとしている。

ドアを見た。出入口とは別の、センター長室へ通じるものだ。

まだ黒瀬は戻らない。上層部で、今後の捜査の在り方と、マスコミにどう説明するかで揉めているのか。

泉は背筋を伸ばした。

なにもわからない状況で、いろいろ考えても無駄だ。いまは黒瀬が戻るのを待つしかない。

机に置かれている別件の捜査資料に手を伸ばしたとき、センター長室へ通じるドアが開いた。

弾かれたように、そちらを見る。

黒瀬だった。

部屋を大股で横切り、黒瀬は自席に着いた。声をかける者はいない。黒瀬の顔は、話しかけるのも躊躇《ためら》われるほど険しかった。

黒瀬はメンバー全員の顔を順に見ると、朗読のように伝えた。

「いま、センター長から話があった。本部内で事件が発生した。盗難事件だ」

やっぱり。泉は思った。

市場はゆっくりと腕を組んだ。落ち着いている。やはり知っていたのだ。

ほかの三人は固まったように動かない。黙って黒瀬を見つめている。

黒瀬は説明をはじめた。

「会計課の金庫から、現金が紛失した。気づいたのは、会計課の課員だ。賄賂事件で押収した百二十万円を金庫に納めるために開けたところ、保管していた現金がなくなっていた。その額、九千五百三十万円だ」

「ええ！」

里見が短い声をあげた。

「ほぼ一億じゃないですか！」

里見の驚きの声を無視して、黒瀬は話を続ける。

会計課の金庫には、署の経費や詐欺事件などで押収した現金が、およそ一億二百万円入っていた。そのなかの一部が、紛失したと判明した。

金庫は差し込み式の錠と、ダイヤル式の錠の二重ロックになっていた。差し込み式の鍵は会計課の課長——笹塚が、自分の机の引き出しに保管している。

引き出しの鍵は、毎朝、笹塚がチェックをしていた。今朝も引き出しのなかを確認したが、なにも変わったところはなかったという。

「いまわかっているのはそれだけだ。現在、機捜と鑑識が現場を調べている」

「それだけって、なにもわかってないのと同じじゃないですか」

里見が躊躇《ためら》いながら言う。事の重大さに当惑しているのだろう。目が泳いでいた。

日下部が冷静な声で訊ねた。

「会見は何時からですか」

世間の耳目を集める事件が発生した場合、報道関係者を集めて、会見を行わなければいけない。

黒瀬は自分の腕時計を見た。

泉もつられて、自分の腕を見る。午後の四時を回っていた。

黒瀬が答える。

「本部長からまだ正式な発表はないが、あと二時間以内には開くだろう。本部としてはもう少し遅らせたいところだが、すでに事件に感づいた記者たちが騒ぎはじめているからな。無理には引き延ばせない」

会見を仕切るのは、美佐子がいる広報広聴課だ。いまごろ、県警記者クラブに所属しているマスコミ各社への連絡や、すでに課に駆けつけている記者の対応に追われているはずだ。

黒瀬は独り言のようにつぶやいた。

「もう少し、状況を把握したいんだが」

ぼやく黒瀬に、市場が言い聞かせた。

「状況は常に変わる。俺たちはいまできることを全力でするだけだ——いつもそう言っているのは黒瀬さんですよ。早く指示をください。俺たちはなにをすればいいんですか」

仕事上での立場を重んじているのか、市場は年下の黒瀬に敬語を使う。言い方も、黒瀬に対する敬意がうかがえた。

一見、他人行儀のように思えるが、一線を引く付き合い方が、逆にふたりの親密さを感じさせた。むしろ、砕けた話し方をしている里見のほうが、無理に距離を縮めようとしているように見える。

市場に促された黒瀬の表情がかわった。不機嫌そうだった顔が、なにかが吹っ切れたように引き締まる。

「哲さんの言うとおりだ」

そう言うと、黒瀬は声を張った。

「いまから本部の周辺に設置されている監視カメラの映像を調べる。本部に出入りした者すべてのリストを作れ。いつ本部に入り、いつ出て行ったか。ひとりか、連れがいたのか。年齢、髪型、背格好、バッグの有無、そのほか目についた特徴を全部書き出せ」

外部からの出入口があるのは、一階だけだ。監視カメラが設置されているのは四か所。正面玄関、東口、西口の関係者用出入口、駐車場だ。

日下部が黒瀬に訊ねた。

「現金が盗まれた日時はいつですか」

黒瀬が首を横に振る。

「まだわからん。紛失に気づいたのは今日だが、いつからなくなっていたのかは、調べがついていない。いま会計課の課員から、事情を聞いているところだ」

「では」

市場が続きを引き継ぐ。

「いまから——まあ、切りのいいところで午後四時としますか。そこから遡って一週間分をとりあえず拾うってのはどうですか。そうこうしているうちに、新しい情報が入るでしょう」

警察は二十四時間体制だ。なにかあれば内部者、外部者問わず、いつでもなかへ入れる。が、外部者の大半は、各種手続きの受付がはじまる午前九時から来庁する。今日の来訪者から洗うつもりなのだ。

皆の表情が引き締まる。

黒瀬はパソコンを開いた。操作しながら泉に命じる。

「森口、情報管理課へ行け。課長には俺から連絡しておく。保管庫から哲さんが言った時間のデータをもらってこい。今日の分はNVRで確認する。データは四人で手分けをして調べる」

NVRとは、防犯システムの映像を録画する機器だ。一定時間の映像をハードディスクに保存できるが、レコーダーが破損した場合、なかのデータは消えてしまう。

県警では一週間ごとに、県警内の敷地に設置されている監視カメラすべての映像を、外部記録装置のUSBメモリに保存していた。

続いて黒瀬は、ほかのメンバーへ指示を出した。

「データの確認場所は、哲さんが正面玄関。真は東口、春は西口、駐車場は――」

黒瀬はパソコンの画面を見ながら言う。

「新米だ」

泉は驚いた。

世の中への影響や被害の大きさに関係なく、どのような案件も同等に扱わなくてはいけない。が、黒瀬の指示に泉は動揺した。

今回の事件は、警察の威信がかかっている。万が一にも、間違いがあってはいけない。そのような重大な捜査に、なぜ経験が浅い者をあてるのか。

泉の困惑をよそに、黒瀬は指示を続ける。

「大は、メンバーが調べたデータをまとめろ。それを機動分析係の共有情報とする。以上だ」

「ちょっと待ってください」

里見が声をあげた。

メンバーたちの目が、里見に注がれる。里見は黒瀬を睨んでいた。

「なんだ」

黒瀬は面倒そうに訊ねた。

「駐車場のデータ、俺が調べちゃダメですか」

泉は息を呑んだ。

里見も泉と同じことを思ったのだろう。新米のスペカンより、自分のほうが優秀だ。俺を捜査の第一線に据えて、新入りに記録係をさせろ、そう訴えているのだ。

黒瀬は里見の要求を退けた。パソコンに目を戻し言う。

「もう一度言う。指示は以上だ。各自、よろしく頼む」

メンバーたちが、一気に動いた。

斜め向かいの日下部が、椅子から立ち上がった。

「会計課に行ってきます。担当する事件の現場は見ておきたいので。ついでに同じ階にある広報広聴課の様子も探ってきます。どれだけの騒ぎになっているか気になるので」

日下部の言葉を受けて、春日がつぶやいた。

「探るまでもなく、もうかなりの騒ぎですよ」

自分のパソコンの画面を見て、眉間に皺を寄せている。

「すでに大勢のマスコミが駆けつけている。ああ、テレビの中継車までいるのか。まだ正式に会見すると言ってないのになぁ」

春日は大きな息を吐いて、椅子の背にもたれた。

「まるで死体に群がる蠅《はえ》だ。浅ましい」

不快な喩《たと》えに、気分が悪くなる。

日下部と市場が椅子から立ち上がり、春日の後ろに立った。背後からパソコンの画面を見る。泉もつられて、隣からのぞいた。

画面には、本部前の駐車場が映し出されていた。敷地内に設置されている監視カメラの映像だ。

画面下に映っているデータを見る。現在のものだった。

五十台ほど駐車できるスペースは、ほぼ車両で埋まっていた。その大半が報道陣のものだ。車のドアに、各社の名前が入っている。白の営業車がほとんどだが、ワゴンタイプの車両も数台ある。日下部が言っていたテレビの中継車だ。七台いる。

市場が曲げていた腰を伸ばし、黒瀬を見た。

「どれ、私は鑑識課に行ってきますか。なにか新しい情報があがっているかもしれません。森口さんがデータを取ってくるまでには戻ります」

市場のあとに続く日下部が、だるそうに言う。

「マスコミに気をつけないといけないな。捕まったら面倒だ」

市場が肩越しに振り返った。

「捕まっても、知らぬ存ぜぬでいいだろう。実際、まだなにもわかってないんだ」

日下部は納得したように肯いた。

「ごもっとも」

ふたりが部屋を出ていく。

ドアが閉まる音で、泉は我に返った。

ぼさっとしている場合じゃない。自分もデータを取りにいかなければいけない。

椅子から立ち上がろうとしたとき、里見の声がした。

「さっさとデータを持ってきてくださいよ。捜査が進まないでしょう」

斜め向かいの席で、里見が手元の書類を捲っていた。口がへの字に曲がっている。明らかにふてくされていた。

「すぐ、取ってきます」

泉は急いでドアに向かった。

情報管理課に行くと、すでに話は通っていた。泉が部屋を出たあと、黒瀬がすぐに内線を入れたのだろう。

泉は情報管理課の課員と、地下へ降りた。そこに保管庫がある。

保管庫につくと、課員はドアの鍵を開けた。

教室ふたつ分ほどの部屋には、スチール製のラックがずらりと並んでいた。ラックのなかには、泉が取りに来た防犯カメラのデータや、いままで扱ってきた事件記録などが収められている。

「署に設置されている防犯カメラのデータは、八番の列にあります」

女性の課員はそう言いながら、部屋の奥に向かった。泉もあとに続く。

八番の列につくと、課員は並んでいるラックの扉をひとつひとつ眺めた。扉のプレートに『県警設置監視カメラデータ』と記されている。その下には、年月日が書かれていた。

「ここですね」

課員はひとつのラックの前で立ち止まった。プレートに、二年前の四月の日付が書かれている。二年前からのデータが、ここに収められているのだ。

課員は、保管庫とは別の鍵を上着のポケットから出し、ラックを開けた。一番下の棚に収められている収納ケースを取り出す。なかがプラスチック製の板で区切られていた。釣りのルアーをしまっておくケースに似ている。

たくさんのUSBメモリのなかから、課員はふたつを手に取り泉に渡した。

「これが、先週の日曜日から土曜日までのデータ、こっちが昨日の分です。データは一日単位で保存しています。これには今週の残りの分を収めますから、本体は今日中にお戻しください」

ＵＳＢメモリにはネームタグがついていた。そこに、一週間分の日付が書かれている。

泉は肯いた。

「わかりました。昨日までのデータが入っているＵＳＢは、今日中にお返しします」

ＵＳＢメモリのデータをパソコンにコピーすれば、本体は必要ない。

課員と別れた泉は、すぐに自分の部署へ向かった。

「いま戻りました」

ドアを開ける。

メンバーたちは、席についていた。市場も日下部もいる。

泉は黒瀬の前に立つと、ふたつのＵＳＢメモリを差し出した。

「先週の分と、今週の昨日の分です」

黒瀬は受け取らずに、指示を出した。

「メンバー全員、各自のパソコンに取り込め。作業をはじめろ」

泉は市場にＵＳＢメモリを渡した。

市場が受け取り、自分のパソコンに差し込む。

自席へ戻ろうとした泉に、黒瀬が話しかけた。

「記者会見の時間が決まった」

泉は黒瀬を振り返った。

「六時半から、大会議室で開かれる」

黒瀬は手元の書類を読みながら言う。

泉は腕時計で時間を確認した。五時五十五分。およそ三十分後だ。

「あれから、なにか新しい情報はありましたか」

泉が問う。

黒瀬は目だけをあげて、泉を見た。

「新しい情報を探すのが、俺たちの仕事だろう。すぐ捜査に取り掛かれ」

泉は返す言葉に詰まった。黒瀬の言うとおりだ。無言で頭をさげて、自分の席についた。

今日の開庁——朝九時からの映像の確認をはじめる。再生速度は二倍速だ。

パソコンの画面に見入る。

駐車場には、多くの車両が出入りしている。一般車両や覆面パトカー、バイクもいる。車両に乗り降りする人物は、老若男女さまざまだ。勤め人と思しきスーツ姿もいれば、部屋からそのまま出てきたようなジャージ姿もいる。

怪しいと思えば犯人に見え、事件に関与していないと思えば善人に見える。

泉は頭を軽く振った。根拠のない憶測を振り払う。

確かな情報がない状態で、あれこれ推測すべきではない。いまは映像を頭に刻むだけでいい。疑わしい人物が捜査線上に浮かび上がってきたら、記憶の引き出しからすぐに情報を引き出せるようにしておくのだ。

泉がパソコンの映像に集中していると、いきなり騒々しい音が部屋に流れた。

メインモニターに、本部の大会議室が映っている。画面では、マイクを持った女性アナウンサーがカメラに向かっていた。

「私はいま、米崎県警の大会議室にいます。まもなく、県警内で発生した事件についての記者会見が開かれます」

民放の夕方のニュースだ。地域枠で放送している。黒瀬が防犯カメラの映像から切り替えたのだ。メンバー全員が、作業の手を止めてメインモニターに見入る。

カメラには、右から県警本部長——大須賀定充、会計課を指導すべき立場の総務部部長——橋元《はしもと》圭介《けいすけ》、県警副本部長——志鎌高志《しかまたかし》が映っていた。部屋の前方で、報道陣と向き合っている。橋元が真ん中にいるということは、橋元が事件について説明するのだろう。

県警本部の長である大須賀は、普段の厳しい顔つきがさらに険しくなっている。

警察官には、キャリア組とノンキャリア組がいる。前者は国家公務員で、後者は地方公務員だ。大須賀はキャリア組だ。

東京大学法学部卒業後、警察庁に入庁。愛知県警本部刑事部長や警察大学校の交通教養部長を歴任し、米崎県警本部長に就任した。

組織と名のつくものには、キャリア組とノンキャリア組の摩擦がつきものだ。それは警察も同じで、むしろ階級がすべてであることにより、ほかの組織よりも顕著かもしれない。

実際、米崎県警でもキャリア組のやり方に不満をいだく現場の声は、泉も耳にしている。が、大須賀は違った。ほかのキャリア組に対する現場の見方は厳しいが、大須賀の評価は高かった。キャリア組にしてはめずらしく現場への理解が深く、理不尽な要求もしない。キャリア組のなかではめずらしく、ノンキャリア組から信頼を得ていた。

ノンキャリア組のなかでも、特に大須賀を信認しているのは、大須賀の補佐役にあたる志鎌だった。志鎌は会議などの席でふた言目には大須賀の名前を出す。大須賀本部長の意向に従い——大須賀本部長の信頼を裏切ることなく——といった感じで、大須賀に少しでも異議を唱えようものなら、大須賀の返答より先に志鎌の叱責の言葉が飛んでくる。

もと同僚で、噂話が好きな友人——美佐子から聞いた話では、志鎌が大須賀を敬っている理由は、大須賀がかつて扱った事件にあるという。

大須賀が埼玉県警捜査一課長でまだ警視だったとき、さいたま市内で殺人事件が起きた。アパートに住む一人暮らしの高齢者が殺され、財布が盗まれたのだ。すぐに県警に捜査本部が設置され、大須賀が指揮をとった。

事件発生から三日後、市内のスーパーに設置されているATMで、盗まれたカードで現金十五万円が引き出された。すぐに防犯カメラの解析が行われ、ひとりの男が浮かびあがった。

この事実を知った一部の捜査員は、ホシが見つかったと喜んだが、大須賀はまだ決めつけるのは速いと部下を諫《いさ》めた。

防犯カメラに写っている男が事件と関係があるのは確かだろう。しかし、まだホンボシと断定はできない。男は事件とは関係なく、真犯人から現金の引き出しだけを頼まれたのかもしれないし、共犯者がいる可能性もある。ここは慎重に動いたほうがいい。マスコミにも伏せ、決定的な証拠をつかむまで水面下で調べを進めるべきだ、と命じた。

大須賀の指示が埼玉県警本部長の耳に入ったのは、翌日だった。

口の軽い部下が同期の刑事に漏らし、本部長の耳に入ったのだ。

本部長は大須賀を呼び出し、ホンボシが割れたことを報告しないことを責めた。

大須賀は報告しなかった理由を説明したが、本部長は大須賀の意見を無視し、その日の記者会見で、ホンボシが割れた、と記者たちに伝えてしまった。当時、警察大学校校長のポストが空く予定があり、本部長はその席につくための点数稼ぎに躍起になっていたという。本部長としては事件の犯人を速やかに検挙し、評価を得たかったのだろう。

マスコミに知られた以上、本部としては防犯カメラに映っている男の情報を開示しなければならない。

男の特徴を記したチラシを作成し、市内の交番の掲示板に張ったり、犯行現場付近の住人に配り情報提供を求めた。

捜査員の調べと寄せられた情報から、ひとりの男が捜査上に浮かびあがった。

市内に住んでいる男だった。妻子はおらず、警備会社に勤めている。

任意同行をかけるために、男が住んでいるアパートへ行ったところ、男は部屋で首を吊って死んでいた。検死の結果、不審な点がなかったことと、遺体のそばに自分が事件の犯人であると認めた遺書があったことから自殺と断定された。

事件は被疑者死亡のまま書類送検となり解決したが、本部では、捜査に問題があったのではないか、との声があがっていた。急いた捜査が男を自殺に追い詰めたのではないかという。

男の情報公開を見切り発車で行ったのは本部長だ。本部長に非がある。しかし、本部長は自分の非を認めなかった。精度の低い情報を安易に漏らした捜査員——大須賀の部下に責任がある、と上司である大須賀を責めた。

本部長は捜査員の減俸と謹慎を命じた。

大須賀は部下をかばったが、保身に走った本部長の意を変えることはできず、部下に減俸と謹慎処分を下した。しかし、話はここで終わらなかった。大須賀は、部下ひとりに責任を負わせるわけにはいかないと、自らの処分を申し出たのだ。

捜査一課長にまで責任を負わせるとなると大事になる。そう本部長は考えたらしく、大須賀の要求を一度は却下したが、大須賀が強硬に引かず、やむなく減俸処分を下した。

部下を守るべく自らも責任を負った話は広く知られ、多くの捜査員が大須賀を敬慕した。そのなかのひとりに志鎌がいた。

椅子に座る志鎌は、たたき上げらしい無骨な風貌で、大須賀同様、いつも厳《いか》めしい顔つきをしているが、今日は一段と不機嫌そうだ。

ふたりに挟まれた橋元は、いまにも泣きそうな情けない顔をしていた。生え際が後退した額に、汗が浮かんでいるのがモニター越しでもわかる。まるで証言台に立つ被告人のようだ。

橋元が、準備されたマイクを手にした。

「ただいまから、記者会見を行います」

騒《ざわ》めいていた会議室が、静かになる。

「本日、午後二時十分、会計課の金庫から現金九千五百三十万円が紛失していることが発覚しました。各関係者から事情を聞き、県警では窃盗事件と判断し、現在、捜査を行っております」

一度は静かになった会議室に、驚きの声があがる。

まだ質疑応答に入っていないのに、報道陣の至る所から質問の声があがった。

「その現金は、どのような理由で金庫に収められたんですか」

「保管の方法に問題があったんじゃないんですか」

「内部の者の犯行ですか」

マイクを通していないためよく聞き取れないが、概《おおむ》ね、そのような内容だった。

「お静かに願います。お静かに」

橋元が宥《なだ》める。

報道陣が少し静かになったところを見計らって、橋元が会見を続けた。

内容は、泉たちが知っていることと、ほぼ変わりはなかった。

盗まれた現金は詐欺事件に関わるものであること、現金がなくなっているのに気づいたのは今日だが、実際に盗まれたのがいつかはまだ不明とのこと。

新しい情報としては、金庫は鍵が二重になっていて、差し込み式の錠の鍵は会計課長が保管していたが、鍵を入れていた引き出しの錠が壊されていたことが判明したくらいだった。

橋元はハンカチで額をぬぐった。

「警察内で事件が発生したのは誠に遺憾であり、県民のみなさまの信頼を損ないかねない事態を重く受け止めています。全力で捜査にあたり、一日も早く、県民のみなさまに真相をお伝えしたいと思っております」

橋元がマイクを置くと、報道陣が再び声をあげた。

画面に美佐子が映った。質問者にマイクを渡すため、報道陣のあいだを行ったり来たりしている。

報道陣からの質問は、ほぼ、会見がはじまったときに聞き取れたものと同じだった。

保管方法に問題があったのではないか。危機管理が甘いのではないか。関係者しか入れない場所で起きたということは、内部の者の犯行ではないのか、と本部の体制を責める。

すべての質問に、橋元は同じ答えを返した。

「詳しいことは捜査に支障がでるためお答えできません。お伝えできる新たな事実が判明しましたら、改めてご報告します」

そう繰り返す。

報道陣から、男の声が響いた。

「身内を庇《かば》おうとして、事件を隠蔽しようとしてるんじゃないでしょうね」

マイクを通さなくても、はっきりと聞こえた。

大須賀がおもむろに、椅子から立ち上がった。

会見終了の合図だ。志鎌と橋元もあとに続く。

報道陣からの怒声を浴びながら、三人は退室した。

第二章

取調室には、小型のカメラが設置されていた。

可視化の問題を受けて、四年前から置かれたものだ。

カメラは、部屋の突き当りの天井に取り付けられている。ドアを背にして座る被疑者や参考人の姿が、よく見える位置だ。

泉と黒瀬は、取調室の隣にある小部屋にいた。壁際の机には、モニターが置かれている。取調室の小型カメラと繋がっているものだ。ふたりはモニターの前にある椅子に座っていた。

画面には、香取京子《かとりきょうこ》が映っていた。現金盗難事件が起きた、会計課の課員だ。椅子の上で身を縮め、いまにも泣きそうな顔をしている。

座っているため正確ではないが、身長はおよそ百六十五センチ。なにかスポーツをしているのだろうか。身体の線は細いが、肩幅は広かった。

黒のジャケットに、白いブラウス、グレーのスカート、踵が低いパンプスを履いている。きちんとした服装は、銀行の窓口にいる行員を思わせた。

膝の上で指を組みなおしたとき、左手の薬指に指輪があるのが見て取れた。

黒瀬から、香取の事情聴取の立ち会いを命じられたのは、出勤してすぐだった。

泉が席に着こうとしたとき、黒瀬が呼んだ。

「森口、十時から会計課の課員の事情聴取がある。お前も来い」

事件発覚から、いち日が過ぎた。

県警は昨日のうちに、事件の捜査本部を立ち上げた。戒名は「米崎県警における盗難事件特別捜査本部」だ。

黒瀬いわく、今日から会計課の課員の本格的な事情聴取がはじまる。取り調べには同席できないが、隣の部屋から、取調室に設置されたカメラを通してなかを見ることができる。様子を見にいくから同行しろ、というのだ。

会計課の課員は、全員で八人いる。課長の笹塚靖志、課長補佐の梅沢祐司《うめざわゆうじ》、ほか六名だ。香取はそのなかのひとりだ。

なぜ自分が、黒瀬の同行者に選ばれたのか。

戸惑っていると、目の端に里見が映った。机に肘をつき、不満そうに口を尖らせている。昨日の監視カメラの件に引き続き、なにかと声がかかる泉が面白くないのだろう。

泉は里見の視線を無視した。

やつあたりは御免だ。自分は命令に従うだけだ。

「承知しました。同行します」

泉はそう答えて、自席に着いた。

黒瀬と泉は、十時十分前に取調室の隣の部屋に入った。

十時になると、黒瀬が泉の隣で腕時計を見ながらつぶやいた。

「時間だ」

黒瀬のつぶやきと同時に、取調室が映っているモニターの画面から声が聞こえた。

「いまから取り調べをはじめます」

今日の取り調べを担当する、田部和也《たべかずや》だ。捜査一課の刑事で、課長補佐を務めている。階級は警部だ。机を挟んで、香取と向き合っている。

田部の隣には、浅見克典《あさみかつのり》がいた。田部の部下で、階級は巡査だ。まだ若い。取り調べの補佐役を務める。

田部が手元の書類を捲り、香取の情報を読み上げた。

「香取京子さん、三十二歳。二年前から会計課に勤務していますね。間違いないですか」

香取は小さな声で答えた。

「そうです」

田部が笑顔で、宥めるように言う。

「まあ、そう硬くならずに。知っていることを答えればいいだけですから」

厳つい顔には似合わない、穏やかな声をしている。

つられるように、香取も笑う。少しは緊張がほぐれたのだろうか。

「まず、香取さんの日頃の業務からお聞きしましょうか」

田部は、香取の業務内容の確認からはじめた。

会計課の業務は、大きく分けて三つある。遺失、拾得物の受理と返還。それに伴う窓口対応。署内の備品管理と予算の作成だ。

香取は素直に答える。

「遺失、拾得物、会計の担当をしています」

「担当はひとりですか」

香取は首を振った。

「いいえ、愛川《あいかわ》亜実《あみ》さんとふたりです」

田部が自分の書類をぱらぱらと捲った。

「愛川亜実さん――二十六歳。三年前から会計課の事務員をしていますね」

香取は肯く。

「愛川さんと、午前と午後の交代制で窓口に座っています。ひとりが窓口にいるとき、もうひとりは交番から届いた拾得物の照合や書類の作成をしています」

「届いた拾得物を金庫に納めるのは誰ですか」

一度は緩んだ香取の表情が、また硬くなる。

「私です。私がいないときは、愛川さんがしています」

会計課勤務は愛川のほうが長いが、年齢が上なことと課長の笹塚の指示によって、香取が行っていた。

「あなたひとりに拾得物の管理を任せるとは、よほど笹塚さんに信頼されているんですね」

香取は否定した。

「いえ、そういうことではないと思います」

「というと？」

香取は躊躇うように意を決したように、俯いていた顔をあげた。

「私が信頼されているんじゃなくて、愛川さんが信頼されていないんだと思います」

「ほお」

泉の隣で、黒瀬が声をあげた。

画面のなかの田部が訊ねる。

「愛川さんに、なにか問題があるんですか」

香取は背筋を伸ばして、毅然《きぜん》とした態度をとった。

「彼女、だらしないんです」

香取が言うには、愛川は時間や物の管理にルーズだった。

待ち合わせをしても、必ず時間に遅れてくる。約束を破ることもめずらしくない。ハンカチやボールペンといった小物を貸しても、返ってこない。

窓口に届いた落とし物の腕時計を、金庫に入れ忘れて机の上に出しっぱなしにしていたこともある。帰り際に香取が気づき、問題にならなかったが、もし腕時計が紛失した場合、会計課の管理体制を責められることになる。

我が身可愛さか、普段から溜めていた鬱憤が堰《せき》を切ったのか、一度開いた香取の口は止まらなかった。

「だらしない人って、すべてにおいてそうなんですね。愛川さんはお金の面もそうです。一緒にコンビニとか食堂に行ったときに、小銭がないから貸してって言われて出してたんだけど、いつになっても返ってこないんです。気づいたらまとまった額になってて、返してほしいって言ったんだけど、次の日になると忘れちゃうんです。何回も催促するのは面倒だし、同じ課員で角を立てたくないし、あのお金はあげたんだって思うことにしたんです」

「それは、愛川さんがお金に困っていた、ということですか」

香取は少し考えてから答えた。

「それはないと思います。収入に不釣り合いな高級ブランドを身に着けているわけでもないし、お金がかかる趣味を持っている話も聞きません。市内にある実家から通っているし、むしろお金には困ってないと思いますよ。お金にだらしがないのは、逆に懐に余裕があるから、細かいお金にこだわらないいんじゃないでしょうか」

香取の話を聞きながら、泉はなるほどと思った。

同じ千円でも、大金と思う者もいれば、小銭と思う者もいる。愛川にとって小銭は、貸し借りを忘れてしまうだけの額でしかないのだ。

取調室に、浅見がキーボードを打つ音が響く。

田部は質問の内容を変えた。

「書類によると、金庫に保管されていた現金が紛失していることに気づいたのは、香取さんになっていますが、間違いないですか」

威勢がよかった香取の態度が、再び小さくなる。とにかく事件に関わりたくないのだろう。

「はい、私です」

香取が答える。

「紛失に気づいた経緯を教えてください」

香取はぼそぼそと話しはじめた。

昨日、香取は午前中の窓口担当で、午後は会計課の部屋にいた。

持ち主が判明した拾得物の返還を終えた香取は、各部の予算の照合をするつもりでいた。今年もそろそろ終わる。年内に、予算の不足や余剰がないか確かめておこうと思ったのだ。

金庫には、事件絡みの現金や拾得金のほかに、各部の予算も保管されている。布製の巾着袋に入れて、案件ごとに分けていたという。

「袋はプラスチックの四角い箱に入っているんです。各部の予算は金庫の奥にあるから、取り出すために手前の箱を引いたら、すごく軽かったんです。前、出したときは重かったのに。私、金庫の出し入れの記録を取っているんですけど、最近、金庫の中身の出し入れはありませんでした。それで、おかしいなと思って箱のなかを見たら、入っているはずの現金がなくなっていたんです」

「それは巾着ごとですか」

香取は肯く。

「はい、そうです」

田部は書類に目を落とした。

「盗まれた現金は、九千五百三十万円。一年前に県内で発生した詐欺事件で押収したものですね。金額と内容に間違いはないですか」

香取は自分で確かめるように、盗まれた額を繰り返した。

「九千五百三十万円——間違いありません」

「金庫のなかには、盗まれた現金が入っていた箱のほかに、五つの箱があった。案件ごとに分かれていて、そのなかには十万円から二十万円の現金が入っていた。総額、八十三万円。ほかにも、各部の予算が金庫のなかに、百五十四万円あった。合計二百三十七万円の現金は、そのまま残されていた。これも合っていますか」

香取は目を閉じて答えた。

「ええ、合っています」

泉の胸に疑問が浮かんだ。

なぜ犯人は、残りの現金を盗まなかったのか。

口元に手を添えていた仕草から泉の心内を読み取ったのか、黒瀬が独り言のように言う。

「現金一億円の重さはおよそ十キロ、大きさは縦横約四十センチから三十センチ、高さ十センチだ。それを人に気づかれずに運ぶとなると、一度では無理だ。おそらく、数回に分けて盗んだんだろう。今回、事件が発覚しなければ、残りの金を全部いただこうと思っていたかもしれん」

「ということは、会計課に何回も出入りしている人物が犯人ということでしょうか」

「そうとも限らん」

黒瀬は泉の考えを否定した。

「犯人がひとりなら、そうだろう。だが、複数犯だったら、違ってくる。ひとりで五回運び出さなければいけないものを、犯人が五人いれば、ひとり一回盗めばそれで済む」

泉は黒瀬の意見に納得がいかなかった。

誰でも出入りできる状況なら、黒瀬の推測もあり得る。しかし、現場は庁内だ。しかも、窓口がある一階と違い、関係者しか出入りできない場所だ。一般の者が出入りするとしたら、遺失物を受け取りにくるときくらいだろう。それも、大概は窓口で事足りる。加えて、なんども訪れるには無理がある。

そう伝えると、黒瀬は泉に向かって軽く舌打ちをくれた。

「そんなことはお前よりわかっている。が、俺たちは一パーセントでもその可能性がある限り、そこを疑うんだ。その推察を捨てるのは、百パーセントその可能性はない、と判断したときしかない。ひよっこが余計なことを考えるな」

役立たず、そう言われたような気がした。言い返しそうになる自分を抑える。

黒瀬やメンバーからどう思われていてもいい。自分は自分ができることをするだけだ。

泉はモニターに向かって姿勢を正した。

画面のなかでは、取り調べが続いている。

田部は新たな質問を香取に投げた。

「香取さんは、前に出したときは重かった、そう言いましたが、それはいつですか」

明らかに、香取は動揺した。勢いよく、顔を横に背ける。

香取の異変に、田部も気づいたのだろう。机に身を乗り出して、同じ問いを繰り返した。

「答えてください、香取さん。前回、金庫のなかの現金を確認したのはいつですか」

香取はしばらく黙っていたが、詫びるような口調で答えた。

「私が最後に確認したのは、十月一日です」

泉は息を呑んだ。

二か月間、金庫の中身を確認していなかった。それは、捜査の範囲が二か月という長期に及ぶことを指している。

泉は黒瀬を見た。

黒瀬は眉間に深い皺を寄せて、モニターを睨んでいた。

モニターに目を移すと、画面のなかの田部も、黒瀬と同じ表情をしていた。

田部の穏やかだった声が、詰問のそれに変わる。

「私の記憶違いでなければ、金庫の中身の確認は、出し入れが行われるごとにしなければいけなかったはずだが」

香取は椅子の上で、身を縮めた。すっかり怯えている。

「はい、そうです」

声がか細い。

「金庫の中身の出し入れは、どのくらいの頻度で行われているんですか」

「少ないときで、週に二日くらいかと――」

「多いときは?」

間髪いれずに、田部が訊ねる。

香取の声がさらに小さくなる。

「多いときは一日おきくらいです」

「一日おき」

田部の声が尖る。香取の肩がびくりと跳ねた。

「多いときは、二日に一度金庫を開けていたのに、中身の照合をせず、拾得物を出し入れしていただけだった、ということですか」

詰問ではなく、叱責に聞こえる。

香取は深く項垂れた。参考人なのに、すでに落ちた犯人のようだ。

黒瀬が横で、舌打ちをくれた。

「課員失格」

吐き捨てる。

「規則を守っていれば、事件は未然に防げたかもしれん。起きてしまっても、早急な犯人逮捕は難しくない。この女は、自分がなにをしでかしたかわかってるのか。警察の権威に傷をつけやがって。俺が本部長なら、こいつは今日付けで懲戒免職だ」

失格という言葉を使うのは、黒瀬の口癖なのかもしれない。

非難めいた取り調べは続く。

「確認を怠っていたのは、いつからですか」

香取は黙っている。いや、恥ずかしさのあまり、答えられないというのが本当のところだろう。

「思い出せないくらい前からですか」

田部の声が苛立ってくる。

香取は項垂れたまま、小さく首を振った。

「いえ、そんなことは――」

「じゃあ、今回二か月ものあいだが空いたのは、たまたまですか」

香取がまた黙る。答えづらいようだ。

田部は書類を捲り、質問を変えた。

「香取さんが金庫の中身を確認したのは、十月一日。今回、事件が発覚したのは、十二月三日です。二か月あいだが空いたのは、今回がはじめてですか」

香取は再び黙り込んだ。

人は自分に都合が悪くなると口を閉ざす。香取も同様だった。愛川に関しては自ら進んで口を開いていたのに、自分の話になったとたん、口が重くなる。

予定より調べが進んでいないのか、田部は前に身を乗り出し香取を諭した。

「香取さん、私はあなたの職務怠慢に関する事情聴取をしているわけではありません。昨日、発覚した盗難事件について、話を聞いているんです」

田部は前のめりにしていた身体を、椅子に戻した。

「これから順番に、課員全員の事情聴取を行います。遅かれ早かれ、課内の事情は私たちの耳にすべて入る。あなたの口からなのか、ほかの人間の口からなのかはわかりませんがね」

俯いていた香取が頭をあげた。顔に動揺の色が浮かんでいる。自分がいないところで、課員がどのようなことを話すのか、気になったらしい。

田部は椅子の背にもたれながら、腕を組んだ。少し芝居がかった声で言う。

「ねえ、香取さん。もう少し前向きに、捜査に協力してもらえませんか」

浅見がタイミングを見計らったように、田部に具申する。

「香取さん、お疲れみたいですからこのくらいにして、次の課員を呼びましょうか」

田部は身体を反らしながら浅見を見た。

「ああ、そうするか」

「待ってください」

香取があいだに割って入った。

田部と浅見が、香取を見る。

香取は気まずそうに、ふたりの顔を交互に見た。

「私、疲れていません。事情聴取を続けてください」

田部と浅見が顔を見合わせた。してやったり、といった表情をしている。相手の感情を揺さぶり、自ら口を開くように仕向ける。情報を引き出す常套《じょうとう》手段だ。

「では、もう少し続けましょうか」

田部が姿勢をもとに戻す。

香取も椅子の上で姿勢を正した。

「では、改めて聞きます。二か月あいだが空いたのは、今回がはじめてですか」

香取は首を横に振る。

「いいえ。違います」

さきほどまでの歯切れの悪い言い方と違い、きっぱりと答える。

「金庫にある現金を確認していた頻度は、どのくらいですか」

「保管していた現金の遺失者が見つかるとか、各部の予算の引き出しがあるとか、急遽、現金を取り出さなければいけないとき以外は、二か月に一度にしてました」

覚悟を決めたらしく、言葉がすらすらと出てくる。キーボードを叩く浅見の指の動きもなめらかだ。

黒瀬がぼやく。

「天に向かって唾を吐くか。同僚をだらしないと言った口で、己のだらしなさを白状する。恥もいいとこだな」

田部が、いま一度、書類に目を落とした。

「十月と十二月は、確認している日がともに月頭ですね。この符合は偶然ですか」

「いえ、そう決めていました」

田部が書類から顔をあげる。

「一日にした理由は？」

「やっぱり、二か月以上もあいだが空くのは心配だなと思ったし、日にちを決めていれば忘れないかなと思ったので」

「言い換えれば、二か月間なら規則を破っても問題ない、と思ったんですね」

「田部さん」

記録を取っていた浅見が、名を呼んだ。諫《いさ》めるような声だ。

香取を田部が咎《とが》めたい気持ちはわかる。が、取り調べに私情を挟んではいけない。そう浅見は言いたいのだろう。

言われなくてもわかっている、とでもいうように、田部は浅見を手で追い払うようなしぐさをした。肩こりをほぐすように首を回し、事情聴取を進める。

「二か月ごとということは、偶数月の初出勤日に確認していたということですね。偶数月を選んだのはなぜですか」

「四月は年度初め、十月は後期開始、十二月は年末、二月は申し送りの前月です。節目にあたる月が偶数月のほうが多かったので、そう決めました」

「そのことを知っているのは誰ですか」

香取は口ごもった。首を捻り、独り言のように言う。

「みんな、知っていたんじゃないかな――」

「課員全員が?」

香取は肯いた。

「はい」

「そう言い切れるのはなぜですか」

「金庫はみんなの目に付く場所にあります。私が金庫の中身をチェックしていないことは、自然にわかると思います」

泉は、前に会計課を訪れたときの記憶を辿った。会計課は、ドアを開けて右の壁に課員用のロッカーがあり、左の壁に書類を収める棚がある。部屋の中央に机の島がふたつあり、それを見渡す形で課長の席があった。

問題の金庫は、出入り口のすぐ横にあったはずだ。たしかに、目に付く場所だ。香取のいうとおりだとしたら、課長の笹塚、課長補佐の梅沢、以下五人の部下が、全員、香取の怠惰を知りつつ見逃していたことになる。仮にそうなら、香取ひとりが責められることではない。黙認していた課員全員が同罪だ。

泉はちらりと黒瀬を見た。

黒瀬は前かがみの姿勢で、モニターを睨んでいる。目つきが鋭い。なにか言おうとしたが、やめた。声をかけられる雰囲気ではない。

泉はモニターに目を戻した。

田部が壁に掛かっている時計に、目をやったところだった。浅見に顔を向ける。

「事情聴取は一時間だったな」

浅見は動かしていた指を止めて、自分の腕時計を見た。

「はい、十一時までの予定です」

泉も自分の腕時計を見る。十時五十三分。まもなく時間だ。

田部が香取に訊ねる。

「香取さんが、最近、気になったことはありませんか。今回の事件に関することに限りません。不審者を見かけたとか、なにか変わったことがあったとか」

香取は首を捻った。懸命に考えているらしい。やがて、顔を田部に向けた。

「特にありません」

田部は浅見を見た。目が、今日はここまでだ、と言っている。浅見が軽く肯く。ふたりの阿吽《あうん》の呼吸から、互いにコンビを組んで長いのか、息が合うかのどちらかなのだろう、と感じる。

田部は書類を閉じると縦にして、机の上で整えた。

書類を浅見に渡し、香取に向き直る。

「お疲れさまでした。今日の事情聴取はここまでです」

画面越しでも、香取の全身から力が抜けるのがわかった。

「必要に応じ、またお話を伺うことになるかもしれません。そのときはご協力お願いします」

田部が軽く頭を下げた。浅見も倣う。香取は慌てた様子で、ふたりよりも深く頭を垂れた。

香取が取調室を出ていくと、黒瀬が椅子から立ち上がった。

「行くぞ」

行き先も告げず、黒瀬が部屋を出ていく。泉は急いであとに続いた。

黒瀬は廊下へ出ると、隣の取調室のドアを開けた。

なかにいた田部が、黒瀬を見た。椅子に座ったままだるそうに訊ねた。

「ご覧になりましたか。いまの事情聴取」

「一部始終、な」

黒瀬はさきほどまで香取が座っていた椅子に腰を下ろした。泉はドアの横に立ったまま待機する。

ずっとため込んでいたかのように、田部は大きく息を吐いた。

「あんな杜撰《ずさん》な仕事、言語道断です」

黒瀬と田部の階級は、同じ警部だ。が、田部の敬語に対し、黒瀬は対等もしくは部下に対する言葉遣いだ。見た目はそう変わらないが、実際の年齢は黒瀬のほうが上なのだろう。

黒瀬は、机の上にあったボールペンを手にした。田部が使っていたものだ。

「よく怒鳴らなかったな。俺なら胸倉を摑みあげてたところだ」

田部は困ったように笑った。

「相変わらず鼻息が荒いですね。いまのご時世、参考人に少しでも荒っぽいことをしたら、人権派の弁護士団体が飛んできますよ」

指でボールペンをもてあそびながら、黒瀬は誰に向けるでもなくつぶやく。

「犯行が行われたのは、十月一日から昨日までの二か月間。俺たちはそのあいだの映像記録を、徹底的に調べる」

黒瀬は器用に回していたボールペンを、ぴたりと止めた。

「昨日からずっと考えていたが、いまの事情聴取で確信した。俺は内部の犯行だと思う」

ボールペンの先を田部に向ける。

「お前の見立ては？」

田部は黒瀬の手からボールペンを取り、手にしている書類にクリップ部分を挟んだ。

「外部犯を想定する方が難しい状況です」

「もう洗いはじめてるのか」

田部が肯く。

「県警に勤務している者、全員を調査しています。千円でも借金がある者は、名前が挙がってきますよ」

「俺も対象に入ってるのか」

田部が笑う。こんどは本当の笑いだ。

「後ろめたいことがなければ、怖がることはないでしょう」

黒瀬が椅子から立ち上がる。

「裁判官だろうが、警察官だろうが、人間やってりゃ誰だって叩けば埃が出るもんだ」

田部は少し首を傾けた。同意とも反意とも受け取れた。

黒瀬がドアへ向かう。

その背に、浅見が声をかけた。

「次の取り調べは午後二時からです」

黒瀬は振り返らず、片手を挙げて部屋を出た。

捜査支援分析センターに戻るまで、黒瀬は無言だった。険しい顔で、廊下を歩いていく。その形相は、すれ違う者が目を逸らすほどだった。

黒瀬は、機動分析係のドアを開けると同時に、声を張った。

「現金が盗まれた時期が判明した。今年の十月一日から事件発覚までの二か月間だ」

部屋には、メンバー全員がいた。黒瀬の言葉に、誰もが驚きを隠せずにいる。

ようやくといったように、里見が訊ねた。

「二か月って、なんでそんなに長期なんですか」

部屋に入った黒瀬は、足を止めず、センター長室へ続くドアへ向かった。

「それは新入りに聞け。俺は宮東さんに報告してくる」

聞き返す間も与えず、黒瀬は部屋を出ていった。

立ち尽くしている泉に、里見が詰め寄る。

「どういうことだよ。早く説明しろよ」

答えを預けられた泉は、取り調べの内容を端的に伝えた。

部屋のなかが、重い空気に包まれる。

春日が、抑揚のない声でつぶやいた。

「汚物でも堆肥になるのに、人に害をなすだけのそいつは糞尿以下だな」

香取のことを言っているのだ。春日のたとえは、やはり気分が悪くなる。

市場は、椅子の背もたれから身を起こすと、腰に手を当てた。

「やっと楽になったのに、しばらくパソコンに張りつきか。座り仕事は、腰痛によくないんだ」

市場が席を立つ。

「小便ついでに、少し歩いてくるか」

腰を伸ばし、机から離れかけた。が、市場は動きを止めた。隣にいる日下部の顔を覗く。

「おい、どうした。そんな難しい顔して。気持ちはわかるが、いい男が台無しだ。気持ちを切り替えろ」

「課長――」

日下部がつぶやく。

捜査支援分析センターに、課長はいない。課長と同じ役割を担っているのは、センター長だ。日下部は誰のことをいっているのか。

日下部はゆっくりと横を向いて、市場を見た。

「会計課の課長が代わったのは、いつでしたかね」

市場が真顔になる。

ほかのメンバーの、顔色も変わった。

市場は日下部に、諌めるように言う。

「その件は、黒瀬さんが戻ってからだと言っただろう」

「あの――」

泉は話に割って入った。

メンバーの視線が、泉に集まる。

「会計課の課長が代わったって、なんの話ですか」

里見が軽く舌打ちをした。そんなことも知らないのか、そんな感じだ。

市場は眉間に皺を寄せて、首筋を手で掻《か》いた。

「会計課の課長だが、笹塚さんの前に保科賢吾《ほしなけんご》さんという人が務めていた。保科さんは、定年前に早期退職希望を出して、警察を辞められた」

去年の秋に、県の条例に基づき、県警で早期退職者を募集した。記憶によれば、九人の警察官が早期退職希望の認定を受け、今年の三月で辞めているはずだ。そのなかに、保科がいたのだろうか。

泉は、組織の人事や出世事に関心がない。自分のことで精一杯で、他人のことを考える余裕がないのだ。

保科の早期退職のことも、どこかで耳にしていたかもしれない。だとしたら、関心がなく忘れてしまったのだろう。

「すみません。覚えてなくて――」

泉がそう言うと謝らなくていい、というように、市場は首を横に振った。

「保科さんは、募集で辞めていない。一身上の都合で、認定とは別な期日で辞められた」

先ほどの日下部と、同じ質問をする。

「それは、いつですか」

市場は重い口調で答えた。

「今年の九月三十日だ」

泉は息を呑んだ。

現金が盗まれた時期に、保科はもう辞めていた。それは、課長が笹塚に代わってすぐに、盗難が発生した可能性があることを示している。

まさか——

あってはならない推測が、頭に浮かぶ。

泉の考えを遮るように、市場はメンバー全員に命じた。

「黒瀬さんの指示どおり会計課課長が代わった件は、絶対に外へ漏らさないように。このことをマスコミが知ったら、憶測であることないこと騒ぎ立てる。不用意なひと言が、捜査に大きな支障をきたすことを、頭に入れておいてくれ」

無言が了承の意味だった。

メンバーたちは、黙って自分の仕事に戻る。

泉も自分の席に座り、パソコンを開いた。いましがた見てきた取り調べの内容を、打ち込みはじめる。が、落ち着かない。

センター長室へ続くドアが開き、黒瀬が戻ってきた。

わき目も振らず自分の席に着くと、腕を組んだ。なにか考え込んでいる。が、メンバーの視線が自分に注がれていることに気づいたらしく、全員を見渡した。

「なんだ、俺の顔になにかついているのか」

里見が口を開いた。

「いま、保科さんと笹塚さんについて話していたところです。笹塚さんが会計課課長になった日から盗難の捜査時期に入るなんて、偶然とは思えません。笹塚さんが、事件に関与している可能性はあると思います」

里見は思ったことをすぐ口にする。裏表がないといえば聞こえはいいが、裏を返せば思慮に欠ける。

市場は小声で、黒瀬に報告した。

「不用意な発言は控えろと、さっき言ったばかりなんですが――」

黒瀬は、続く市場の言葉を手で制した。里見に向かって言う。

「遅かれ早かれ、マスコミは課長交代を嗅《か》ぎつける。そうなったら、やつらは笹塚さんの周辺に土足で入り込むだろう。そうなるまえに、こっちが先に事実を調べ上げなければいかん」

保科と笹塚に関しては、捜査一課と連携をとりながら、慎重に捜査を進めていくことになっている、そう黒瀬は付け加えた。

「俺はこれから、阿久津《あくつ》さんと飯を食う」

阿久津一《はじめ》、刑事部捜査一課長だ。

腕時計を見る。あと五分で正午だ。

黒瀬は椅子から立ち上がり、泉を見た。

「新入り、お前も来い」

驚いて黒瀬を見た。戸惑う。なぜ自分を同席させるのか。

黒瀬は、机の書類を乱暴に掻き集めた。

「予定があるなら断れ。弁当があるなら持って来い、ないなら売店でなにか買ってこい」

里見が机を指で小突いている。明らかに不機嫌な態度だ。

黒瀬がドアへ向かう。

言われるまま、動くしかない。

泉は自分のロッカーから財布を取り出し、黒瀬を追った。


売店でパンと牛乳を買い、三階にある会議室へ行く。

ノックしてなかに入ると、黒瀬と阿久津はすでにいた。もうひとりいる。センター長の宮東だった。

阿久津は、前から二列目の長机に座っている。その隣が宮東だ。

一列目には黒瀬がいた。椅子に後ろ向きに座る形で、ふたりと向き合っている。

「こっちだ」

黒瀬が、手にしていた箸《はし》で泉を呼ぶ。泉が側へいくと、自分の隣の席を箸先で指した。

「ここに座れ」

三人の上司を前にして、泉は緊張した。深く頭を下げて、黒瀬の隣に座る。黒瀬のように、脚を開いて椅子の背もたれを抱えるわけにもいかず、椅子の向きを逆にした。

「さっそく、こき使われているみたいだね」

宮東がコーヒーを飲みながら言う。持ち帰り用のカップの横に、フランチャイズコーヒー店のマークがある。外で買ってきたのだろう。

「鉄は熱いうちに打て、ですよ」

弁当を食べながら、黒瀬が言う。宮東は微かに笑った。

「屑鉄《くずてつ》ではなかったようですね」

宮東の言葉に、面接のときのことが蘇った。宮東は捜査支援分析センターへの配属試験で、泉を落とすつもりだった。黒瀬が引っ張ってくれなかったら、泉は機動分析係のメンバーにはなれなかった。

黒瀬はあっという間に弁当を食べ終えると、空になった弁当箱に蓋をした。

阿久津の昼飯は、コンビニの握り飯だったのだろう。握り飯を包んでいたビニールが、机の上に置かれていた。三個分ある。

阿久津はビニールを手でまとめると、そのまま上着のポケットにねじ込んだ。

「早速だが、これを見てほしい」

阿久津は側に置いていた書類袋から、中身を取り出した。

黒瀬と宮東に渡す。泉の分はない。

阿久津は泉を見た。

「ほかに人が来ると思わなかったから、人数分しか用意してこなかった。あとでコピーをもらってくれ」

この場に泉を連れてきたのは、黒瀬の独断だったようだ。

泉は肯き、横から黒瀬の書類に首を伸ばした。

A4の紙に、警察関係者の名前が連なっている。氏名の横に、年齢、階級、所属警察署、部署が書かれている。その横には、なにかしらの数字と金融機関と思しき名称があった。

阿久津が、黒瀬と宮東の顔を見た。

「いま渡したものは、銀行および金融機関から借入金がある者のリストだ。住宅ローンなどで警察共済組合を利用し、滞納記録がない者は外してある。捜査二課知能犯係が調べたものだ」

泉が前にいた部署だ。

知能犯係は、詐欺、横領事件などの捜査にあたる。銀行口座の照会や、金銭の動きを調べる。

リストに載っている者は、三十九名だった。本部十三名、中央署八名、小塚《こづか》署三名、ほか十五名は、各警察署および派出所に散らばっている。

「金融機関名の前に記載されている数字が、その者の現在の借入額だ。単位は千円で見てくれ」

リストの一番上の者は三〇〇〇千円、三百万円の借金がある。その下は五〇〇千円。一番大きい借入金は、一〇〇〇〇千円――一千万円だった。

泉は無意識に、リストのなかに笹塚の名前を探した。

ない。

リストに記載されている人物のなかに、泉が知っている者はいなかった。少なくとも、名前だけで思い出せる人物はいない。

阿久津はリストを見ながら説明する。

「今日の午前中、志鎌副本部長と本馬《ほんま》警備部長、私の三人で、今回の事件に関する捜査の見通しを立てた。この度の事件が、内部の犯行か外部の犯行か、まだわからん。どちらにせよ、内部に事件関係者がいる可能性は極めて高い。そのことから、金の工面をしている者から調べることにした。そして出てきたのが、これだ」

リストを見ながら、黒瀬がつぶやく。

「額がでかいやつが怪しい、といいたいところだが、そう簡単じゃない」

宮東が同意した。

「数億円の脱税をしてもなんとも思わないやつもいれば、数万円で人を殺すやつもいますからね」

黒瀬は泉に顔を向けた。

「このリストにあがっている人物のデータが必要だ。もちろん顔写真付きだ。ほかにもネットの画像など、特徴が映っているものを集めろ。防犯カメラの映像と照合する」

黒瀬の指示に、阿久津が付け加えた。

「ほかに、会計課の課員全員分も頼む。前任の課長、保科さんもだ」

場の空気が張り詰める。

内部の犯行である可能性は、泉も持っていた。が、どこかで信じていなかった。捜査に携わる者が罪を犯すことはない、と思いたかったのかもしれない。実際、捜査段階になり現実味を帯びてくると、事の重大さを改めて感じる。

「鑑識から、新しい情報は入っていませんか」

宮東が訊ねる。

阿久津は、いや、と言いながら首を横に振った。

「指紋や足跡《ゲソ》の照合はいま進めているところだ。いま判明しているのは、事件現場の会計課のドアおよび窓の錠は、どこも壊された形跡がなかったということだ」

強盗の線がないとなると、内部の犯行説がさらに強まる。外部の犯行だとしても、なかに引き入れた人物がいる可能性は否定できない。

背中に汗を感じた。泉は口のなかに溜まった唾を、飲み込んだ。

上司三人と、味のしない昼食を終えた泉は、一足先に会議室を出た。

その足で情報管理課へ向かう。黒瀬に命じられた、借入金がある人物と会計課の課員、前会計課課長である保科の記録を探すためだ。

昼休みはまだ十五分残っていたが、のんびりと昼休みをとっていられる気分ではなかった。

情報管理課に行くと、昨日、対応してくれた女性課員がいた。

事情を説明し、保管庫の鍵を貸してもらう。今日は、同行を断った。黒瀬から、特定の人物の記録を集めていることは極秘だ、と言われたからだ。

本部の保管庫には、米崎県で勤務する捜査員すべての雇用記録がある。戸籍から初任地、その後の経歴などが書き留められているものだ。顔写真も載っている。

現役で勤めている捜査員の記録は、配属先ごとに分かれていた。五十音順に並んでいる。

リストを片手に、本部から探していく。

借入金がある三十九名の記録を揃えると、会計課の課員のものを探した。

保科の記録は、退職した者をまとめている棚にあった。

記録を目で追う。

氏名、保科賢吾。住所は米崎市内になっているが、赤で二重線が引かれていた。おそらく退官とともに移転したのだろう。退職時の年齢は五十六歳だった。

基本的な記録が記載されている欄の横に、保科の証明写真が貼られていた。

任官したときのものなのだろう。かなり若い。表情は硬く、こちらを睨んでいるように見える。がっしりした顎と太い眉が、意志の強さを思わせた。耳が潰れていることから、柔道経験者だとわかる。

情報管理課に鍵を返し、捜査支援分析センターの部屋に戻ったときには、一時半を過ぎていた。

黒瀬に、記録を差し出す。

「言われた記録です」

黒瀬は受け取ると、全員分あるか確認し、泉に返した。

「コピーを取って、メンバーに渡せ。それが終わったら、取り調べに同行しろ」

メンバーには、この記録がなにを意味するか説明してあるのだろう。メンバーたちは、なにも聞かずにコピーを受け取った。

取調室の隣にあるモニター室に入ったのは、取り調べがはじまる五分前だった。

田部と浅見は、すでに席についていた。

ふたりと向かい合う形で、若い女性が座っている。

「会計課の愛川亜美だ」

泉の隣で、黒瀬が説明する。

愛川の服装は、白いニットにベージュのスカート。ウェーブのかかった長い髪を、後ろでひとつに束ねている。化粧は、淡いピンクの口紅が鮮やかに見えるほど薄い。意味もなく首を左右に軽く曲げるのは、癖だろう。背筋を伸ばして椅子に座っている姿は、面接を受けにきた女性を思わせた。

田部は二時になると、香取と同じ質問を、愛川にしていく。事情聴取をはじめた。人定確認をし、愛川の業務内容を尋ねる。

愛川の答えは、香取と同じだった。

「遺失、拾得物の管理をしているんですね」

愛川が肯く。

「おひとりで？」

田部は、なんの前情報もない形で、質問をする。まっさらな状態で、事情聴取を進めるのだろう。余計な情報を耳に入れれば、参考人は保身のために様々な思惑を巡らせる。自分を守るための供述は、ときに捜査員の思い込みを生み出し、捜査の目を鈍らせてしまいかねない。田部がいま求めているのは、事実のみなのだ。

愛川は田部の質問に答える。

「香取さんとふたりです」

少し鼻にかかった高い声だ。どこかで耳にしたアニメ声とは、このようなものをいうのだろう。

田部は香取と同じ質問を、愛川にしていく。

愛川は田部の顔を見ながら、すらすらと答える。

田部は金庫の質問に移った。

「金庫の管理も?」

愛川は首を横に振った。

「それは香取さんです。私は香取さんがお休みのときだけです」

田部が手元の書類を捲る。

「愛川さんは、会計課勤務は三年ですね。いつから香取さんが金庫の管理をしているんですか」

「二年前です。香取さんが会計課に来てから一年間は交代でしていたんですけど、金庫の管理は香取さんだけに頼むって言われて、それからしていません」

「香取さんに頼む、と言ったのは誰ですか」

「前の課長の保科さんです」

後ろめたいことがないのか、愛川は淀みなく答える。

「保科さんは、金庫の管理をどうしてふたりからひとりにしたんですか」

愛川の口が止まった。少し考える。首を傾《かし》げながら答えた。

「理由はよく覚えていません。ほかの仕事の手が足りないから、そっちを手伝ってくれとか、そんなものだったように思います」

金銭にだらしない、という理由で外されたことは、本人は知らないようだ。

田部は、事件が起きた十月一日から十二月三日までのあいだに、金庫の中身を確認したか訊ねる。

愛川は他人事のように答えた。

「香取さん、月に一度は有給取っているから、二回は確認していると思います。香取さんの勤務表を見れば、正確にわかります」

「そのとき、金庫の中身の照合はしなかったんですか」

咎められたと思ったのか、愛川の表情が厳しくなった。

「金庫に関する私の仕事は、拾得物を出し入れするだけです。中身の管理は香取さんの仕事です」

「普段から、金庫のなかに現金がいくらあったかは知っていましたか」

愛川は首を横に振った。

「金庫の中身に関しては、すべて香取さんの仕事です」

明確には言わないが、自分に非はない、と強く訴える。

田部が質問を変える。

「香取さんがどのくらいの頻度で、金庫の中身の照合をしていたか、知っていますか」

愛川は即答した。

「知りませんが、滅多にしていませんよね」

「どうしてそう思うんですか」

愛川は、香取と同じ答えを口にした。金庫はドアのそばにある。誰の目も行き届く場所だ。香取が、金庫の保管物の照合リストを手に、中身を確認している姿は、滅多に見ることはないという。

「香取さんが、金庫の中身の照合をしていた日は、覚えていますか」

愛川は、視線を斜め上に向けた。頭を巡らせているらしい。

答えは、否、だった。

「気がついたときに、照合しているな、って思うだけで、日にちまでは覚えていません」

愛川は、自分の仕事以外、関心がないのだろう。

今回の事件は、個人の怠慢の問題ではない。会計課の――いや、米崎県警全体の不祥事なのだ。当然、愛川も事件の当事者だ。が、愛川が責任を感じている様子はない。まるで他人事だ。

その後の取り調べは、香取と同じ流れを辿った。

不審な人物を見た覚えはないか、なにか変わったことはなかったか、田部は訊ねる。

愛川の答えは、香取と同じものだった。特に気づいたことはないという。

田部は、新たな協力を求める場合があることを伝えて、事情聴取を終えた。

愛川が部屋を出ていく。

モニターを見ていた黒瀬が、吐き捨てた。

「問題意識皆無」

黒瀬が取調室へ向かう。泉はあとに続いた。

ちょうど、田部と浅見が部屋から出てきた。黒瀬を見ると、肩を竦《すく》めた。息を吐く。

「内部の犯行か、外部の犯行か。どちらであっても、県警の勤務体制は厳しく非難されますね」

田部の愚痴を、黒瀬は無視した。

「今日の事情聴取は、ここまでか」

田部が肯く。

「このあと、捜査会議があります。残りの課員は明日です」

「笹塚課長はいつだ」

田部の隣で、浅見が答えた。

「明日は、朝いちから課員三名、午後に課員一名と、梅沢課長補佐、笹塚課長の事情聴取は、午後四時からの予定です」

「明日は一日、モニター室に閉じこもりだな。煙草《たばこ》を吸う暇もない」

このときはじめて、黒瀬が喫煙者であることを泉は知った。

「いい加減、止めたらどうですか」

田部が言う。

黒瀬はズボンのポケットに両手を突っ込んだ。

「止めたいやつは止めればいい。俺は最後の喫煙所がなくなるまで吸う」

田部が困ったように、泉に笑いかけた。

「君も大変だな。頑固で気難しい上司の部下になるとは」

泉は首を振った。

「捜査支援分析センター配属を希望したのは自分です。そこの上司である黒瀬さんの指示に従うのが、自分の役割です」

田部が意外そうに、目を大きくする。その目を黒瀬に向けた。

「捻《ひね》くれてないな。使えそうじゃないか」

黒瀬は関心がなさそうに、首を回した。

「それが本心ならな」

廊下の向こうから人が来た。

田部と黒瀬は、互いに軽く手をあげ、どちらからともなく別れた。

泉はアパートの鍵を開けると、乱暴に靴を脱ぎ、部屋へあがった。

玄関から狭い廊下をとおり、八畳のリビングに入る。買ってきたコンビニ弁当をローテーブルに置き、ひとり用のソファに倒れ込んだ。

仰向けになり、壁に掛かっている時計を見る。夜の九時を回っていた。大きなあくびをした。お腹は空いている。が、食欲がなかった。それより、このまま眠りたかった。テレビをつける気にもなれない。

天井を見ながら、捜査支援分析センターに配属されてからの二日間を、思い返す。昨日と今日、目まぐるしくその日が過ぎた。黒瀬の指示のままに動くだけで、そこに自分の意思はない。まるでロボットの手足のようだ。

事件のこと、メンバーたちとの関係を整理したいが、そんな余裕はなかった。冷静に考えられるのは、いつだろうか。

とりとめもなく考えていると、強い睡魔が襲ってきた。コンビニで買ってきた弁当の消費期限は、今日の夜十一時までだった。それまでに食べなければ、そう思うが閉じた瞼を開けられない。

心地いい眠りに身を委ねそうになったとき、携帯が振動した。眠りの淵から呼び戻され、床に置いたバッグを手に取る。バッグのなかには、警察から支給された携帯と、プライベートで使っているスマートフォンが入っている。

震えているのは、スマートフォンだった。電話だ。母親からだ。

泉は電話に出た。

「なあに」

スマートフォンの向こうから、少し怒ったような声がした。

「なあにじゃないでしょう。心配してるのに」

母親の道枝《みちえ》に電話をしたのは、捜査支援分析センターに配属が決まった夜だった。母は喜び、近いうちに一緒に食事をしよう、という話をして電話を切った。

今回の窃盗事件は、新聞かテレビのニュースで知ったらしい。昨日の夜に着信が入っていて、泉を案ずる留守番電話が吹き込まれていた。

捜査に関することは、身内であっても話してはならない。それは母親も知っている。

折り返してひとこと、大丈夫、と伝えればいいだけだったが、その余裕すらないまま、今夜になってしまった。

いくつになっても、母親にはつい甘えてしまう。ぶっきらぼうな言い方をしたことを、素直に詫びた。

「ちゃんとご飯食べてる？　忙しくても、三食きちんとご飯とらないとだめよ。あと睡眠も」

泉もいい大人だ。娘が母親を案じなければいけない歳なのに、逆に心配をかけている。情けないとともに、申し訳ない気持ちになる。

母親の問いに、筋違いの返事をする。

「ごめんね」

少しの間があり、母親は心配そうに訊ねた。

「本当に大丈夫？　いまから行こうか？　夕飯に作った大根の煮物があるの」

泉は母の優しさを断った。母親が作った手料理は恋しかったが、そこまで甘えられない。

「大丈夫よ。帰る途中で手頃な夕食買ってきたから」

「本当に大丈夫？」

母親の心配性は、いまにはじまったことではない。物心ついたときから、つねに母親から心配されていたように思う。父親を亡くしてからは特にそうだ。

親は子供がいくつになっても、心配なのだろう。

泉は努めて明るい声で答えた。

「大丈夫だって。これからご飯食べて寝るから。こんどはこっちから連絡する」

母親の優しさに感謝しながら、泉は電話を切った。

買ってきた弁当を袋から取り出し、蓋を開ける。いまはなにも考えずに、食べて寝る。それが、明日の仕事と母親のためになる。

泉は、勢いよく弁当を食べはじめた。


朝礼を終えた泉は、黒瀬とともに、取調室に向かった。

取調室へ着くあいだ、黒瀬はひと言もしゃべらなかった。不機嫌そうに、大股で廊下を歩く。泉は急ぎ足で、黒瀬のあとを追った。

午前の事情聴取は、会計課の課員、河元《かわもと》、瀬尾《せお》、本多《ほんだ》だった。課員のなかでは、中堅だ。事情聴取は九時からはじまり、ひとり一時間の予定だった。

時間五分前に、田部と浅見が部屋に入ってきた。田部が、カメラ目線で軽く手をあげる。モニター室に、すでに黒瀬と泉がいることがわかっているらしい。

事情聴取は、時間どおりにはじまった。

田部の質問は、香取と愛川の事情聴取をしたときのものと、ほぼ同じだった。が、中身は前日のふたりより、薄いものとなった。

香取と愛川は、中身が盗まれた金庫に関係する業務担当だが、ほかの課員は、金庫に直接関わってはいない。返答は事件の当事者ではなく、目撃者に近いものとなった。

三人目の課員、本多の事情聴取が終わったのは、予定どおりの正午きっかりだった。

泉は昼食を、自分の机で食べた。下の売店で買った、サンドイッチを頬張りながら、三人の事情聴取の内容と特徴を、パソコンに打ち込んでいく。

事情聴取の記録は、まとめた時点で、里見のパソコンに送っていた。今回の事件では、それぞれのメンバーが入手した情報を一括し、共有情報としているのが、里見だった。

午後の事情聴取は、一時からだった。午後のひとり目は永野瑞希《ながのみずき》。年齢は泉と同じ三十四歳だった。

十分前に、泉は黒瀬とモニター室に戻った。

時間になり、事情聴取がはじまる。

永野をひと言で表すならば、社長秘書、といったところか。

ダークカラーのスカートスーツを着て、黒髪をアップにまとめている。細いフレームのメガネが、クールな印象を与えた。

田部の質問に対する永野の返答は、明晰だった。自分の感情を交えず、事実だけを淡々と述べる。

返答の内容は、ほかの課員とほぼ同じだった。金庫の管理に関しては、香取に一任していたという。同じ答えなのに印象が違うのは、ほかの課員の返答が自己保身的であるのに対し、永野は、与えられた仕事を責任をもって行う、という姿勢が伝わってくるからだろう。

田部は、香取と愛川の関係性について訊ねた。

「ふたりの仲は、どうでしたか。あなたが感じたままでいいです。仲がよかったとか、その逆だったとか」

身近な者の遺恨が、事件に関係していることはめずらしくない。男の耳には入ってこない情報も、女性なら知っているかもしれない。田部はそう考えたのだろう。

田部の質問に永野は速やかに答えた。

「仲がいいとか悪いとか、そう言えるほどの関係性ではないと思います。小さな摩擦はあるけれど、同じ課員というだけの希薄なものだと思います」

「冷静沈着」

隣で黒瀬がつぶやいた。

「事件に関与していないからでしょうか」

泉が訊ねる。

黒瀬は椅子の背にもたれた。

「それとこれとは関係ない。関与しているから、あえて平静を装うこともある」

田部が、手元の書類を捲りながら訊ねた。

「永野さんは予算係ですね」

泉は手にしていた、永野の情報が記された書類に目を落とした。

永野が会計課に配属されたのは四年前だ。当初から予算係を担当している。各部の予算編成や調整、配当を担っている係だ。

永野は、はい、と答えた。

田部の質問は続く。

「各部の予算は、金庫のなかに保管されていますよね」

「そうです」

「予算は年度初めに各部に渡されますが、その後、予算調整のために、金庫を開けたことはありますか」

「必要があれば」

普段からなのか、永野は余計なことは言わない。聞かれたことにだけ、端的に答える。

「いつ開けたか覚えていますか」

少し考えるような間があり、永野は答えた。

「その都度とっている記録を見れば、正確な日にちと部署がわかりますが、いま記憶しているのは、六月末に広報広聴課、九月初めに装備課、十月下旬に交通企画課だったはずです」

それぞれの部が予算の調整を求めた理由は、広報広聴課は、五月の大型連休で行われた交通イベントで予算以上の経費が掛かったこと、装備課は、複数の警察車両に不備が見つかり、その修理費がかさんだこと、交通企画課は、秋の交通安全運動に関わる費用が予定よりオーバーしたことだった。

「金庫を開けたとき、中身に関しておかしいと感じたことはなかったんですか」

「ありません」

永野は即答した。

「金庫の中身は、各名目によって分かれています。拾得物の箱、事件がらみの箱、予算の箱などです。私は自分が担当している予算の箱にしか触れていません。だからわかりません」

「予算を取り出すときに、ほかの箱をずらしたり、触ったことはありますよね」

永野は肯いた。

「それはあります」

「そのときに、重さが違うといった変化に気がつきませんでしたか」

永野は、理路整然と答える。

「自分が担当している予算は、各部にいくら入っているか知っていますから、なにかおかしいことがあればすぐに気づきます。だけど、担当以外の箱は、なかにいくら入っているのか知りません。だから、重さが変わっていても、なにか理由があるんだろうな、くらいしか思っていませんでした」

泉は息を吐いた。

結局、課員全員が、自分が担当している業務以外には無関心だったということだ。

黒瀬が隣で、舌打ちをくれた。

「おれはこういう、我関せず、といった人間が嫌いだ。てめえの課で起きた事件だろうが。当事者意識を持てよ」

誰に言うでもなくぼやく。

のちほど、永野がとっている予算調整の記録を資料として提出するよう命じ、田部は永野の事情聴取を終えた。

続いて、会計課課長補佐の梅沢祐司の事情聴取に入る。

永野とは対照的に、梅沢は見るからに萎縮していた。ひと言で言い表すなら、怯えるネズミといったところか。

そう思うと、姿かたちもネズミに見えてくる。

小柄な身体に、小さな目、鼻が高く、少し前歯が出ている。加えて、今日のいで立ちはグレーのスーツだった。

同じ警部という階級に敬意を払っているのか、田部の言葉遣いが丁寧になる。

「参考人として、いろいろお話を伺います。事件解決のため、ご協力お願いします」

梅沢は猫背の姿勢のまま、顔だけあげて肯いた。

田部の梅沢に対する質問は、言葉遣いは違うが、ほかの課員と同じだった。

一時間の事情聴取のなかでの、梅沢の主張は、自分は課員たちを信頼し業務を任せていた、というものだった。

「私の業務は、会計課業務の取りまとめです。課員から上がってきた書類を確認し、問題があれば正して指示を出す。上層部の判断が必要なものは、誤りがないか確かめ、課長の決裁をいただき上に回す。現場の仕事は課員たちに一任していました」

課員たちを信頼していた、その言葉は聞こえはいいが、言い換えれば管理責任を怠っていたことになる。誰もかれもが自己保身だ。

今日の事情聴取では、梅沢の口から、事件に関わりがあると思える話は出なかった。必要に応じてまた捜査の協力を願う、との言葉を結びに、田部は梅沢の事情聴取を終えた。十分の休憩を挟んで、会計課課長、笹塚靖志の事情聴取に入った。

相手は警視だ。

笹塚が部屋に入ってくると、田部と浅見は席を立ち一礼した。椅子に座るのを待ち、田部と浅見が椅子に腰を下ろす。

笹塚は、胸を張る形で田部と対峙した。事情聴取を受ける側なのに、笹塚のほうが堂々として見える。

スーツの上からでも、筋肉質であることがわかる。五十三歳とは思えない身体だ。日ごろから、鍛えているのだろう。

笹塚に対する質問は、ほかの課員とは違っていた。日ごろの金庫の鍵の管理と、前任者である保科に関するものが重点的になった。

田部は、金庫の鍵に関わる質問から入った。

金庫は二重ロックになっている。ひとつはダイヤル式で、もうひとつは鍵を使って開ける錠だった。

規則では、錠の鍵は管理責任がある課長が、自宅へ持ち帰り保管することになっている。が、笹塚は、自席の鍵付きの引き出しに入れていた。

「なぜ、そのような管理をしていたんですか」

田部が訊ねる。声に咎める色はない。が、警視に対して臆している様子もなかった。

笹塚は椅子の背に身を預け、腹の上で手を組んだ。

「前任者がそのようにしていたので、そのとおりに引き継ぎました」

「保科さんが、そうしていたということですか」

「そうです」

組織では、規則よりも経験者である前任者のやり方に従うことが少なくない。実際、そのほうが、効率がいい場合もある。

「引き出しの錠が壊れていることが発覚したのは、機捜による調べによってです。それまで、警視はそのことに気がつかれませんでしたか」

笹塚の眉間に、皺が寄った。

「そのことは機捜からの報告書に記載されているはずだが」

泉は急いで、手にしていた捜査記録を捲った。里見が作成したものだ。

現場状況の欄に、目を通す。

笹塚の机の引き出しの錠が壊されていた状況に関しては、キリのような鋭角な先端で、開けられていたとある。じっくりと確認しなければ、壊されていることに気がつかないほど巧妙だったらしい。

田部は質問を変えた。

「警視は、退庁時には毎日、引き出しに鍵をかけておられましたか」

笹塚の声がわずかに弱る。

「そう心掛けている」

「一番新しい記憶で、引き出しに鍵をかけられたのはいつですか」

田部が言葉を選びながら訊ねる。

錠が壊された場合、施錠はできなくなる。笹塚が、毎日引き出しに鍵をかけていたならば、壊されたときにすぐ気づくはずだ。

笹塚は右手で額を掻いた。

「私が出張で二日間、会計課を空けたときには、確かに鍵をかけた。あれは、宮城に出張のときだったから、十月の十日だったはずだ」

泉は黒瀬を見た。

事件の捜査時期が、十月一日から十日間短縮された。今後の捜査に、大きな影響を与える重要な情報だ。

新情報に、黒瀬も意気込んでいるかと思ったが、黒瀬の顔色は冴えなかった。むしろ険しい。

黒瀬は言葉を吐き出した。

「俺が本部長なら、香取だけでなく、警視含めて課員全員、懲戒免職だ」

黒瀬は捜査の進展より、課員の怠惰が許せないらしい。

田部は、金庫の管理について訊ねた。

「盗難にあった金庫の管理は、香取さんひとりが行っていましたね。本来、担当者はふたりのはずです。担当者を香取さんひとりにしたのは、保科前課長だと聞きました。警視が引き継がれたときに、担当をふたりに戻すことは考えられなかったのですか」

笹塚は、田部を睨んだ。

「それも、前の答えと同じだ。保科さんのやり方を、私はそのまま引き継いだ。それとも君は、保科さんのやり方を否定するのかね」

「いえ、けっしてそのような――」

田部が口ごもる。

調べる側と調べられる側という立場より、階級が重視される事情聴取に、泉は不条理を感じた。黒瀬を見る。黒瀬の顔にも、憤怒が滲んでいた。

第三章

男を追っている。

顔は見えない。黒に赤いラインが入った、キャップが目印だ。

キャップは、雑踏にうごめく者たちの隙間を、縫うように進んでいく。

十字路に差し掛かったとき、キャップが消えた。首を伸ばし、探す。見えない。

どこかの店に入ったのだろうか。

路上に立ち並ぶ店のなかを、順に窓から覗いていく。

古い喫茶店のなかに、探しているキャップを見つけた。薄暗い店内で、赤いラインが浮いて見える。

店に入ると、カウンターのなかに、マスターと思しき老人がいた。客が入ってきたのに声もかけない。サイフォンで、コーヒーをたてている。

キャップに近づき、声をかけようとした。さきに、相手が振り返った。

笹塚だった。

背中から、汗が噴き出た。

目を閉じて、顔を左右に振る。

瞼を開けた。笹塚が、保科になっていた。

保科が、黒瀬の声で言う。

——捜査員失格。

声をあげようとした。

そこで目が覚めた。


泉は歯を磨きながら、いましがた見た夢を思い出した。夢は、いまの自分の憂慮を、如実に表していた。

笹塚の事情聴取から、三日が経った。あれから毎日、防犯カメラの映像とにらめっこしている。

泉とともに笹塚の事情聴取を終え、機動分析係に戻った黒瀬は、メンバーに指示を出した。

金庫の鍵は、笹塚の引き出しに入っていた。笹塚が、その引き出しに最後に鍵をかけた日付は、十月十日。以上のことから、盗難があった時期は、今年の十月十日から事件発覚の十二月三日までとされる。そのあいだの防犯カメラの映像を確認しろ、とのことだった。

指示を受けたメンバーが、顔色を変えたのは、黒瀬が指示の最後に付け足した言葉だった。

——捜査の重点人物は会計課の課員、および保科前課長だ。

保科が事件に関わっているのではないか、それは、メンバーの誰もが思っていたことだ。が、実際にその名があがると、身構えた。

翌日、捜査二課から保科に関する資料があがってきた。保科の借金の有無と、銀行口座の取引記録だった。

現役の捜査員の調べは、事件発覚後すぐに行ったが、退官した者は捜査から外れていた。

銀行口座は、保科名義のものが三口あった。ひとつは地方銀行で、ふたつが都市銀行だ。それぞれ五年分ある。

資料は、センター長の宮東から黒瀬が受け取ってきた。

内容をメンバーに伝えたときの黒瀬の顔は、夢に出てきたものだった。目が吊り上がり、唇は固く結ばれている。目の前に保科がいたら殴るのではないか、そう思えた。

「保科さんには、借金があった」

黒瀬は、そう切り出した。

「五年前から、複数の消費者金融から金を借用し、一時は三千万円近くあった」

メンバー全員が、息をのむ気配がする。

里見が怒ったように言う。

「一時ってことは、どこかの段階で返済されているってことですか」

黒瀬が答える。

「そうだ」

市場が、黒瀬を見た。目が、いつだ、と問うている。市場の視線に、気づいたのだろう。黒瀬は、メンバーに向かって答えた。

「借金は全額、まとまった時期に、各社に返済している。その時期は、今年の十一月二十日から二十五日の間だ」

部屋が、静まり返る。盗難があったとされる時期とぴったり合う。

日下部が口を開いた。

「退職金で返済した、とは考えられませんか」

わずかな希望を、春日が打ち消す。

「我々の退職金は、平均二千五百万円だ。保科さんは警視で退職したから、本来ならばもっと出るはずだが、自己都合での早期退職となると目減りはするだろう。二千万円としても、借金を返しきるには、一千万円足りない」

里見が言い返す。

「ほかに資産があったんじゃないですか。定期預金とか、株とか。家や土地を、売ったのかもしれない」

こんどは、黒瀬が否定した。

「そこも調べがついている。保科さんに、まとまった資産はない。退職したあと、出身地の大矢部《おおやべ》町に戻り、親から譲り受けた家に住んでいるが、家は築四十年と古く、場所も駅の周辺から離れている。売ったとしても、二束三文だそうだ」

大矢部町は、米崎県と隣県の県境にある。県庁所在地の米崎市まで、車で一時間半はかかる土地で、人口の半分以上が高齢者だった。県の特産品である苺の生産が盛んで、栽培用のビニールハウスが多く目につく。

「いま、保科さんはなにで生計を立てていらっしゃるんですか」

日下部が訊ねる。

黒瀬が、首を横に振った。

「わからん」

黒瀬の言葉に、泉は疑問を抱いた。

警察官の多くは、それまでの職務経験を活かし、退職後に再就職をしている。警備会社の顧問になったり、地域の交通安全協会の顧問になったり、泉が知っているだけでも十数人はいる。警視まで務めた保科ならば、働き口はいくらでもあるはずだ。

警察組織は、繋がりが強い。現役を退いたからといって、そこで縁が途切れるわけではない。OB同士に限らず、OBと現役の捜査官が連絡をとることも多く、退職後の来し方は、自然と耳に入ってくる。それがわからないのは、なぜか。

黒瀬は、言葉を続ける。

「保科さんの退官理由は、一身上の都合だそうだ。詳しいことはわからない。早期退職を受理した総務部長も、それ以上のことはわからないと言っている。聞いても保科さんは、明確な答えを言わなかったそうだ」

春日が、吐き捨てる。

「クロもクロ。下水道にいるゴキブリくらい、真っ黒だ」

黒瀬は春日を睨んだ。

「クロかシロかは、まだわからん。それを調べるのが、俺たちの仕事だ。指示はさっきのとおりだ。各自、作業に入れ」

泉は、今年の十月十日から事件発生の日までの防犯カメラの映像を、順に確認していった。

泉の担当は、庁舎の駐車場だった。

敷地に出入りする車と、乗り降りする人間をチェックしていく。再生速度は八倍だ。かなりの集中力を強いられる。

パソコンの画面のなかを、車と人が独楽鼠《こまねずみ》のように動き回る。その映像を一日中チェックして、夜の九時に庁舎を出たときは、目の奥がしびれて瞼を開けているのすら辛かった。

歯磨きを終えた泉は、いつもの出勤着に着替えると、冷蔵庫から栄養補給ゼリーを取り出した。キャップを開けて、一気に飲み干す。一本では足りず、二本飲んだ。

もともと、朝が強いほうではない。が、盗難事件が発生してからは、捜査に追われて寝るのが遅く、朝食を摂る時間も惜しくなった。結果、コンビニで夕食を買うときに、わずか数秒で栄養補給ができるゼリーを購入するようになった。

母親の教えに従うならば、栄養は適切な食事から摂るべきなのだが、いまの泉にその余裕はない。落ち着くまでの緊急対応だ。

今日は日曜日だ。いつもならゆったりとした朝を過ごすが今日はそうはいかない。少しでも捜査を進め、一日も早く事件を解決しなければならない。

泉は職場につくと、すぐに自分のパソコンを開いた。

電源を入れて、指紋認証で画面を開く。いくつものセキュリティをとおり、共同ネットワークにたどりつく。そのなかにある、駐車場の防犯カメラの映像を再生した。

昨日は、十月二十日まで確認した。今日は、二十一日からだ。

車と人の独楽鼠を目で追っていると、ふいに肩を叩かれた。

振り返ると、日下部が立っていた。手に、泉のマグカップを持っている。日下部も休日を返上したのだろう。

日下部はマグカップを差し出した。

「少しは、休憩を入れたほうがいい。頭を適度に休めたほうが仕事の効率がよくなる、そう本に書いてあった」

マグカップには、コーヒーが入っていた。

機動分析係では、自分の飲み物は自分で用意することになっている。泉は椅子から立ち上がり、日下部に頭を下げた。

「お気遣い、ありがとうございます」

頭をあげた泉は、メンバーが全員が席についていることに気づいた。皆、考えることは同じらしい。時計を見ると十時を過ぎていた。二時間近く、映像を見ていたことになる。

泉は椅子に腰を下ろすと、コーヒーを啜った。先輩が見かねて飲み物を用意するほど、仕事に没頭していたらしい。

昔から、なにかに夢中になると、まわりが見えなくなる質《たち》だった。その集中力のおかげで、捜査支援分析センターのメンバーになれたのだが、日常の社会生活においては、いい結果を生まないことが多かった。

泉は、興味があることは、納得がいくまで知りたいと思うし、極めたいと思う。それが、学生時代の友人たちには、変わっている、と言われた。関心があることには、誰もが熱中する。が、泉の場合は度を越しているというのだ。

好きな本を読んだり、映画を観ているときは、誰が声をかけても気がつかない。時間が経つのも忘れている。昼から図書館でレポートを書いていると、いつのまにか閉館時間になっていることはざらで、ときには朝からなにも食べずに、なにかに集中していることもあった。

変わっていると言われても、泉には変えようがない。変えようとも思わない。が、変わった生き物を見るような視線には、いつまでも慣れなかった。

泉はコーヒーを飲み終えると、肩をぐるりと回した。

十年以上前の感傷に、浸っている暇はない。本部内で起きた不名誉な事件の犯人を、一刻も早く発見しなければならないのだ。

泉は、防犯カメラの映像の再生ボタンをクリックした。

一時停止していた映像が、動き出す。

目まぐるしく動く独楽鼠を目で追っていると、ある瞬間、手が勝手に動いた。気がつくと、停止ボタンを押していた。自分でも、どうして止めたのかわからない。ただ、自分の意思とは関係がないところで、この場面になにかがあると判断したのだ。

泉は画面に食いついた。

画面のなかの駐車場には、十六台の車が停まっていた。最後に入ってきた車は、グレーのセダンだった。これといって特徴がない。交差点に立っていれば、すぐに見かけるほど多く走っている大衆車だ。

その車から、降りた男を見る。車と同じ色のジャケットに黒いズボン、ハンチング帽を目深に被っている。

泉は、この男が気になった。顔を下に向けていることと、帽子のつばが邪魔をして顔は見えない。が、泉はこの人物を知っていると思った。

誰だ。

必死に考える。動いている姿や、声は浮かんでこない。おそらく、会ったことはないのだ。なにかで見たのだ。

そこまで考えて、泉はやっとわかった。

耳だ。この男の耳に見覚えがあるのだ。柔道経験者によく見られる、潰れた耳——通称、餃子耳《ギョーザみみ》だ。耳の先端が尖り気味のため、余計に似ている。

耳は、顔を構成しているパーツのなかでも、特徴があるものだ。警察の似顔絵捜査員が、そう言っていた。それを頭のどこかで、覚えていたのだ。

この耳を、いつ、どこで見たのか。そう昔ではない。記憶はまだ鮮明だ。

額に手を当てて、目を閉じる。意識して、記憶を逆回転させる。

高速で戻っていく映像のなかに、いまパソコンの画面で見た耳が見えた。その場で、記憶の逆回転を止める。脳裏に見えている耳から、周囲を広げていく。頬、鼻、唇が次第に現れてくる。

目が見えたとき、泉は瞼を開けた。

わかった。車から降りた男が誰か、判明した。

泉は、停止している防犯カメラの映像を拡大した。

男の耳がアップになる。わずかだが、頬から顎にかけての輪郭が見えた。

保科だった。

泉は、画面の下に表示されている、日時を確認した。

十月二十七日、土曜日、夕方の五時四十八分だ。

退官した者が、古巣を訪ねることはよくある。用件は様々だ。かつて自分が関わった仕事に関するものだったり、近くまできたから顔を出したという程度のものだったりする。

保科は、なんの用事で本部にきたのか。

泉は映像の再生速度を速めた。保科が、いつ本部を出ていったのか、確認する。

保科が再び駐車場に現れたのは、六時四十五分だった。車に乗り込み、駐車場を出ていく。計算では、保科は一時間ほど、本部にいたことになる。

いや――泉は、自分の頭に浮かんだ思い込みを打ち消した。

必ずしも、保科が一時間ほど本部にいたとは限らない。別な場所から、外へ出入りしていたとも考えられる。

泉はパソコンから顔をあげて、メンバーを見渡した。

「至急、確認してほしいことがあります」

自分の作業をしていたメンバーたちが、一斉に泉を見た。

「なんだ」

黒瀬が代表して訊ねる。

泉は黒瀬を見た。

「十月二十七日の、夕方五時四十八分から、六時四十五分までのおよそ一時間、保科さんが本部を訪ねています」

部屋のなかの空気が、張り詰めた。

「それは、確かか」

泉は肯いた。

「顔は映っていませんが、ほぼ、間違いありません」

「保科さんだと思う理由は」

市場が訊ねた。

即答する。

「耳です」

人間の耳が、いかに個性を持っているか、端的に説明する。

泉は、メンバーの顔を見渡した。

「服装は、グレーのジャケットに黒いズボン。ハンチング帽を被っています。保科さんが、駐車場に車を止めているあいだ、ほかの場所から出入りしていないか、調べてください」

メンバーたちは、すぐさま自分のパソコンに向かった。マウスを素早く動かし、操作する。問題の日時の映像を、調べているのだ。里見は、いま泉が述べた情報を、共有フォルダに置いているデータに、記録しているのだろう。

「車の車種とナンバーは」

黒瀬が、矢継ぎ早に訊ねる。泉は、映像を確認して答えた。

「グレーのセダン。ナンバーは、ね３００、43・××です」

「大、いまの車の所有者を調べろ」

黒瀬の指示に、里見はパソコンの画面を見ながら、片手を挙げることで了解の意を示した。黒瀬は、泉に目を戻した。

「ほかに、保科さんが本部に立ち寄った日はないか」

「これから、調べます」

「待て」

黒瀬が、止める。大を除くメンバーに、指示を出す。

「十月二十七日以降の駐車場の映像を、手分けをして調べる。二十八日から事件発生まで、ちょうど五週ある。森口、哲さん、真、春、俺の順に、一週間ごとに確認する」

泉が調べる期間は、二十八日の日曜日から、十一月三日の土曜日までだ。

当該映像を開き、作業に入る。

泉は、画面に意識を集中した。再生速度は、十六倍だ。

このスピードで、特定の人物を追える者は、そういない。捜査支援分析センターのなかでも、ほんの数人だろう。多くの者は、性別も年齢も、識別できないはずだ。が、泉には、わかる。

泉は、画面は見ているが、映像を目で追ってはいない。目に映る映像の内容は、意識下ではなく、脳が判断している感じだ。読書に喩えるなら、速読に近いように思う。

この特技は、訓練である程度は身に付くが、その者が持つ記憶力や集中力によるところも大きい。泉は、そのふたつを持ち合わせていた。

泉は、奥歯を噛みしめた。

——追跡実技テストでの失敗は、必ず取り返す。誰にも、スペカンなどとは言わせない。

ひとつのことに集中すると、まわりが見えなくなる。泉は、里見の声で我に返った。

「二十七日の例の時刻ですが、保科さんは本部から出ていません」

「確かか」

黒瀬が、念を押す。

里見は、自信がこもった声で答えた。

「正面玄関、東口、西口、すべての映像を確認しました。保科さんは、東口の関係者入り口からなかへ入り、同じ東口から帰っています。そのあいだ、どこの出入り口からも、外へ出ていません。およそ一時間、本部のなかにいます」

黒瀬が、難しい顔をした。

警察署内に、防犯カメラは設置されていない。事件を取り締まる場所で、事件が発生する想定はしていないからだ。

保科は本部でなにをしていたのか。それを知るには、本部内での聞き込みしかない。かなり、大掛かりなものになる。

黒瀬は、ほかのメンバーを見やった。

「作業を続けてくれ。車、服装は、変わっている可能性がある。見落とすな」

作業に戻った泉は、再生した動画をすぐに止めた。

駐車場に、グレーの車が停まる。ナンバーは、前日に保科が乗ってきたものと同じだ。

再生速度を、四倍に落とす。

車から男が降りてきた。

保科だった。白いポロシャツに、濃紺のジャンパー、ベージュのズボンを身に着けている。服装は異なるが、耳の形だけは変えられない。

時刻は、午後の六時五分。駐車場を出ていったのは、昨日と同じく、ほぼ一時間後の七時十二分だった。

土日に訪れている理由は、なにか。

人に会いにきたのではない、と泉は思う。

土日に出勤している者の多くは、警察事務の者だ。彼らは、捜査員ではない。地方公務員の一般職だ。土日や祝日などに交代で出勤し、電話番や時間外の窓口業務といった仕事をこなしている。

保科が地元の大矢部町から、一時間半かけて、事務員に会いに来るとは考えづらい。

仮に、捜査員の誰かが、何かしらの用事で出勤し、そこに合わせてやってきたとしても、連日とは考えづらい。

考えれば考えるほど、保科がクロである線が濃厚になってくる。

泉は、メンバーに伝える。

「翌日の二十八日、午後六時五分から七時十二分まで、保科さんが本部に来ています。車は同じ車種、服装は――」

里見がすぐさま、調べはじめた。

全員が、自分が担当する一週間の映像確認を終えたのは、作業を開始してから四時間後だった。

時刻は、午後三時を回っている。

情報をまとめた書類を見ながら、黒瀬は言う。

「退官してから、事件発生日までのあいだに、保科さんが本部を訪れたのは、四回だ」

十月二十七日の、午後五時四十八分から午後六時四十五分、翌日二十八日の、午後六時五分から午後七時十二分、翌月十一月三日の午後五時十五分から六時二十五分、翌日四日の午後五時十五分から六時三分までだった。

いずれも、土日祝日の勤務日以外の日で、夕方の五時前後から六時前後のおよそ一時間だった。

「使用車両は、四回ともグレーのセダン。服装はそのつど違うが、頭に被っているハンチング帽は同じだ」

「四回に分けて、金庫の中身を盗み出したんですかね」

里見が言う。里見の悪い癖だ。口にする言葉が、軽率すぎる。

黒瀬は、里見を咎めなかった。その余裕がないのだろう。里見に訊ねる。

「その四日とも、保科さんは本部から一歩も外へ出ていないんだな」

里見が肯く。

「四日とも、保科さんは本部内にいます」

黒瀬が、内線電話の受話器をあげた。電話はすぐに繋がったらしい。

「俺です。黒瀬です。阿久津さんに、至急お伝えしたいことがあります」

相手は、捜査一課長の阿久津だ。

黒瀬は、椅子の向きをぐるりと回して、メンバーに背を向けた。壁にある、大きなモニターを見ながら、阿久津に報告する。

「保科さんが、退官してから本部を訪れています」

黒瀬は、防犯カメラで確認した事実を告げる。

「ええ、そうです。いずれも、勤務日以外です。保科さんは、東口から入り、出て行っています。これは、四回とも変わりません。保科さんが本部を訪れた日に、東口で時間外窓口にいた者の事情聴取を、お願いできませんか。保科さんが、来庁した理由がわかるかもしれません」

お願いします、そう言って、黒瀬は内線を切った。

黒瀬は、泉と里見を見た。

「ふたりには、いまから大矢部町に行ってもらう」

保科の地元だ。

里見が訊ねる。

「そこで、なにをすればいいんですか」

「保科さんの、身辺調査だ」

いまの時点で、保科が犯人であると断定するには、材料が少なすぎる。が、事件に関与している可能性は濃厚だ。

泉は腕時計を見た。

午後三時二十五分。スムーズにいけば、五時には大矢部町に着ける。

泉は、スチールラックから、ゼンリンの地図を取り出した。保科の書類に記載されている、実家がある住所を照らし合わせる。

保科の住所の周辺は、畑や田圃《たんぼ》のマークが目立った。長閑《のどか》な光景が、目に浮かぶ。

里見が、椅子から立ち上がった。椅子の背にかけていたジャケットを羽織りながら、泉に指示を出す。

「総務に連絡して、公用車を手配してくれ」

泉は、内線の受話器をあげた。

隣で春日が、ぼそりと呟《つぶや》く。

「大騒ぎした割には、簡単に解決しそうですね。こんな単純な事件を起こすなんて、頭がバクテリア並みしかないんだ」

顕微鏡のなかを蠢《うごめ》く、単細胞生物が思い浮かぶ。想像して、気持ちがいいものではない。頭に浮かんだ光景を、泉は首を左右に振り、振り払った。

相手が電話にでた。車はすぐに、手配できるという。受話器を置き、里見に伝えた。

里見が、意気込みながら、泉に命じる。

「行くぞ」

泉は急いで、机に散らばっている、事件の関係書類をまとめた。書類カバンに入れて、席を立つ。

ドアに向かったとき、市場が誰にでもなく呟いた。

「そんなに、単純な事件ですかね」

里見が足を止めて、市場を振り返る。春日も、パソコンから顔をあげた。

市場は、メンバー全員を見渡した。

「保科さんは、本部内を知りつくしている。防犯カメラがどこに設置されているかもだ。その人間が、すぐに足がつくようなことをするだろうか」

誰もが黙る。

黒瀬が、口を開いた。

「俺も、市場さんと同じことを思っていた。曲がりなりにも、長年、警察にいた人間だ。俺だったら、正面切って盗むような真似はしない。もっと、捜査の目を欺く方法を考える」

もっともだと思ったのだろう。春日と里見の表情が、翳《かげ》る。

士気を下げてしまったと思ったのか、市場が背を伸ばし、声を張った。

「いずれにせよ、保科さんの行動が不可解なことは確かだ。黒瀬さんの指示に従い、しっかり調べてきてくれ」

黒瀬は市場を見て、ほっとしたように息を吐いた。

メンバーのモチベーションを高めるのも、上司の仕事だ。その役割を補佐してくれる市場に、感謝をしているのかもしれない。

里見は黒瀬と市場に向かって頭を下げると、部屋を出た。泉もあとに続く。

総務部に立ち寄り、車の鍵を受け取ると、泉は公用車が置いてある駐車場へ向かった。

運転は里見がした。

大矢部町に入ると、里見は最初に目についたコンビニに、車を入れた。駐車場に車を停めて、店からコーヒーをふたり分買ってくる。運転席に乗り込むと、助手席の泉に、ひとつを差し出した。

里見はコーヒーを飲みながら、泉に訊ねた。

「保科さんの家は、どのあたりだ」

泉はドリンクホルダーにコーヒーを置いて、大矢部町の地図を開いた。ゼンリンをコピーしてきたものだ。

「大矢部町の西側、国道から県道に入り、さらに細道を進んだところ」

「近くに、目印のようなものはあるか」

泉は地図に目を凝らした。民家と畑、果樹園のマークしかない。首を横に振る。

「ないわ」

「駅、学校、病院、なんでもいい」

もう一度、確認する。やはり、見当たらない。

「やっぱりない。一番近い目印は、大矢部西保育園だけど、一キロ近く離れている」

里見は呟いた。

「やりづらいな」

泉も、心のなかで、同じことを思っていた。

地図からもわかるように、保科の自宅は、ひっそりとした場所にある。その地区を訪れるのは、住人とその身内、定期的にやってくる郵便や宅配業者といったところだろう。

交通量が多い場所なら、見慣れない車が通っても、だれも不審に思わない。が、滅多によそ者が訪れない土地となると別だ。だれかの目にとまり、口にのぼるかもしれない。それを耳にした保科が、警察が自分を調べていることに気づく可能性がある。

捜査支援分析センターは、文字どおり、捜査の支援をする部署だ。捜査そのものは、刑事課がする。泉たちは、参考人や被疑者に自分たちの存在を気づかれてはならない。接触も駄目だ。調べることに徹する。

「どうしよう」

泉は訊ねた。

里見は、フロントガラスの前方を見ながら答える。

「車は使わない方がいい。近くまで行って、歩きで調べよう」

本部を出てから、里見は軽口を叩かなかった。泉に対する憎まれ口も言わない。常に真剣な顔をしている。

目印の大矢部西保育園の近くまでくると、里見は車のスピードを落とした。

「こっち」

泉が、地図を見ながら誘導する。

里見は泉が指さした方向へ、ハンドルを切った。

かつては農道だったと思われる道路を、まっすぐに進む。

道の両側は畑だった。ところどころに、ビニールハウスがある。おそらく苺《いちご》を育てているのだろう。

国道から県道に入り、三百メートルほど進んだ場所に、農園が営む野菜の販売所があった。この時期は営業していないのか、人気がない。そこの空き地に、里見は車を停めた。

里見はエンジンを切り、泉に手を差し出した。

「地図をくれ。歩いて調べてくる」

「じゃあ、一緒に行きましょう」

泉は車を降りようとした。里見が引き留める。

「いや、森口さんはここで待っていてくれ」

里見は後部座席から自分のリュックを取ると、なかから黒のキャップを取り出した。里見が羽織っているジャンパーと同じ、スポーツブランドだ。

里見はキャップを、頭に被った。

「見ず知らずの人間が、ふたりでうろうろしていたら人目につく。俺ひとりで、様子を探ってくる」

車を降りようとする里見を、こんどは泉が引き留めた。

「それなら、やっぱり私が行ったほうがいい」

ドアを開きかけた里見が、泉を振り返る。

「スーツ姿ならまだしも、大の男が普段着であたりをうろついていたら、それこそ人目につく。パンツスーツにコートを羽織った女なら、保険やなにかしらの営業だと思うでしょう。そっちのほうが怪しまれないと思う」

泉の意見は、もっともだと思ったのだろう。里見は口ごもった。

膝の上に置いていたトートバッグを持つと、泉は素早く車から降りた。

「なにかあったら、携帯で連絡する。うまくやるから、ここで待ってて」

「おい、待てよ！」

呼び止める里見を無視して、泉は保科の自宅に向かった。

歩きながら、地図を見る。この道をまっすぐ進み、ふたつ目の角を右へ曲がる。距離は、およそ

五、六百メートルだ。多少道に迷っても、片道十分もあればたどり着ける。
泉はあたりを見渡した。

定規で測ったように、畑が畦道《あぜみち》で区切られている。そのところどころに、民家があった。どの家も庭つきで、敷地内には、車が三台は入る大きさの倉庫がある。

泉の横を、軽トラックが通り過ぎた。橙《だいだい》色のリアランプが、やけに光って見える。

西側に里山が連なっている大矢部町は、陽が暮れるのが早い。山の向こう側はまだ明るいが、山の陰になる土地は、もう薄暗くなっていた。山の稜線《りょうせん》が、影絵のように浮かび上がっている。

泉はコートの襟を、片手で閉じた。夕暮れの北風は、突き刺すように冷たい。自然に足が速くなる。

ふたつ目の角を右に曲がると、道はさらに細くなった。車がやっとすれ違えるほどだ。古い町なのだろう。一本道は、右に左にうねっている。横を見ると、側溝があった。

泉は、民家の塀の陰に身を潜めると、地図で保科の家を確認した。道は合っている。このまま進み、次の角を右に曲がって三軒目だ。

泉は地図を、肩にかけているトートバッグに入れた。顔を隠すように、コートの襟を立てる。息をひとつ吐いて、歩き出した。

次の角を右に曲がると、道が長く続いていた。向かって右手は、すべて畑だ。家が連なっている左手に、目を凝らす。

保科の自宅は、すぐに見えた。家と家との距離があるため、軒数はすぐに数えられる。

家屋は、木造の二階建てだった。かつては赤かったと思われる屋根は、いまは色が褪せて、錆《さび》色に見える。

泉は、足の速さを緩め、ゆっくりと保科の家のほうへ向かった。

庭先まで見える場所にきて、泉は止まった。母屋の前の敷地に、車が一台停まっている。グレーのセダン。ナンバーは、ね300、43・××。退職したあと、保科が本部に乗り付けた車だ。

里見の調べで、該当車両の所有者は、保科であることがわかった。車があるということは、保科は在宅なのだろう。

あたりに人がいないことを確認し、泉は保科の家の前を通った。ゆっくり歩きながら、目の端で家の敷地を隅々まで見る。

保科の自宅は、ひっそりと静まり返っていた。

敷地には車が一台あるだけだ。このあたりの民家の多くで目にする、盆栽や鉢植え、陶器の置物などは一切ない。車がなければ、空き家と言われても肯けるほど、生活感がなかった。

保科に妻子はいない。身内は、年老いた母親ひとりだ。父親は保科が幼いころに、病で他界した。母親は女手ひとつで保科を育てあげた。

その苦労はかなりのものだっただろう。泉も早くに父親を亡くし、母親に育てられたからわかる。泉がそうであるように、保科も母親には言葉では言い表せないほどの感謝の念を抱いているはずだ。

老人と中年の男の毎日は、静かなものだろう。そうだとしても、人が住んでいる気配がなさすぎる。保科は本当に、ここに住んでいるのだろうか。

泉は、保科の家を通り過ぎ、しばらく歩いて振り返った。道の端に寄り、コートのポケットから携帯を取り出す。里見に電話をかけた。

里見はすぐに電話にでた。

「いまどこだ」

里見の問いに、泉は答えた。

「保科さんの自宅から少し離れた路上。気になることがあるから、もう少し調べたいの。待っててもらえるかしら」

里見が即答する。

「黒瀬さんには、俺から戻りが遅れることを伝えておく。いったいなにが気になるんだ」

泉は、保科の自宅の様子を、端的に説明した。

「ここに、保科さんが住んでいることを確かめたいの。もしかしたら、車だけここに置いて、別の場所にいるのかもしれない」

携帯の向こうで、里見が迷う気配がする。

「確かにそれは確かめたいが、いつ戻るか出ていくかもわからない。まさか、夜中まで張り付いてるわけにはいかないだろう」

「大丈夫」

泉はきっぱりと言った。

「そんなに何時間もかからない。たぶん、三十分もあればわかると思う」

「どうして、そう言い切れるんだ」

泉は、山の向こうに沈みかけている夕陽を見た。

「まもなく、陽が暮れる。家にいれば、部屋の灯りがつく。つかなければ、家にはいない」

里見は、得心したようにつぶやく。

「たしかに」

泉は、保科の家のほうを見た。

「だから、もう少しだけ――」

続く言葉を、泉は飲み込んだ。

保科の敷地にある車に、ヘッドライトが灯った。

車に誰か乗っている。保科か、別の人物か。

急に黙った泉を、不思議に思ったのだろう。里見が訊ねる。

「どうした、なにかあったのか」

泉はさらに、道の奥に退いた。首だけ伸ばして、車を見据える。

「グレーのセダンに、ヘッドライトが灯ったの」

「車に乗っているのは、保科さんか」

薄暗がりに目を凝らす。泉は、反射的に首を横に振った。

「だめ、暗くて見えない」

車が、ゆっくりと敷地を出た。右へハンドルが切られる。

泉は里見に伝えた。

「車が出た。私が歩いてきたほうへ、向かっていく」

里見が、エンジンをかける音がする。

「いまからそっちへ向かう。来た道を戻ってきてくれ。途中で拾う」

泉は携帯を握りしめて、走り出した。

「私はいい。車を追って。いま、突き当たりの道を、右に曲がった」

「森口さんを、置き去りにしていくのかよ」

泉は、息を切らせながら言う。

「私は大丈夫。なんとかするから。保科さんがどこへ行くのか、突き止めて」

車が右に曲がった角までくると、泉は立ち止まった。道の先に目を凝らす。緩やかなカーブを、車が走っていくところだった。

「車は、道をまっすぐに進んでいった。この道は、このままいけば国道に出る」

言っても聞かないと思ったのか、メンバーより捜査が大事だと思ったのか、里見はもう泉を拾うとは言わなかった。

「すぐに黒瀬さんに無線で、車の足取りを追ってもらうよう伝える。あとのことは任せろ。自分のことは自分でしてくれ」

道路に設置されている、Nシステムや監視カメラの映像で、車を探すのだろう。

泉は、あがった息を整えながら答えた。

「わかった。あとはお願い」

里見は電話を切った。

泉は、携帯をポケットにしまうと、保科の家に戻った。

あたりに誰もいないことを確かめて、家の敷地に入る。

引き戸の玄関の横に、保科、と書かれた表札があった。文字が色褪せて、よく見ないとわからない。

泉は、引き戸に備え付けられているポストの蓋を開けた。隙間から、なかを覗く。

家のなかは真っ暗だった。埃っぽいにおいがする。

玄関の三和土を見る。男もののサンダルが一足ある。郵便物は、落ちていない。

泉は、庭先に目をやった。敷地の一角に、庭木が植えられていた。七、八本の樹木は、高低のバランスがよく、手入れをしていれば、それなりに見栄えがするだろう。が、いまは手をかける者がいないらしく、荒れていた。

泉は家の敷地を出ると、家屋を眺めた。

家に人がいる気配はない。保科は、ここに住んでいるのだろうか。それとも、別の場所に居を構えているのだろうか。ならば、年老いた母親はどこにいるのか。

泉の脳裏に、暗い部屋でじっとしている保科の姿が浮かぶ。畳の上には、帯封をされた多額の現金がある。保科は、その金を無表情に見つめていた。

身体が震えた。

走ったときにかいた汗が、引いている。気づくと、身体が冷えていた。

泉はコートの襟を掻き合わせて、歩き出した。

泉が本部に戻ったのは、夜の八時半に近かった。

里見がいうところの置き去りにされてから、泉は歩いて国道へ出た。近くのバス停から米崎駅行に乗り、駅に着いたのが八時前。そこからタクシーで本部へ戻った。

部屋に入ると、市場と日下部しかいなかった。

教頭が、部屋に帰ってきた問題児に労《ねぎら》いの言葉をかける。

「お疲れさん」

息せき切って、市場に尋ねる。

「あれから、保科さんはどうなりましたか」

「まあ、落ち着け。寒かっただろう」

日下部が、自分の席を立った。

部屋の隅にいく。そこに置かれているラックには、緑茶やコーヒーといった飲み物が置かれていた。

日下部はコーヒーを淹れてくると、市場と泉、自分の机に置いた。

「どうぞ」

泉は慌てた。

「すみません。自分で淹れたのに」

恐縮する泉に、市場が言う。

「捜査支援分析センターは、連携捜査だ。個人捜査を主とする刑事部とは違う。メンバー同士が協力するのは当たり前だ。気を遣うことはない」

頭を下げて、コーヒーを口に含む。冷え切った身体が、芯から温まる。

泉はマグカップを机に置き、改めて訊ねた。

「あの、保科さんは――」

市場は席を立ち、泉の隣にある机に座った。そこには、ＧＰＳとモニターが置いてある。機器を操作すると、大きなパネルスクリーンに、現在の市街地の映像とは別なものが映った。いくつかに分割された枠のなかに、本部の駐車場や大矢部町の主要道路の映像が流れている。映像は、目まぐるしく変わる。道路に設置されている、Ｎシステムの記録だ。切り替わる画面には、常に一台の車が映っていた。グレーのセダン、保科の車だ。

別の枠には、里見が運転している公用車が映っている。保科が通った道を、少し遅れて通過していた。

パネルスクリーンを見ながら、市場は説明する。

里見から無線で連絡を受けた市場は、大矢部町の国道に設置されているＮシステムの映像から、保科の車を追うようメンバーに命じた。

保科の自宅周辺の県道から国道へ入る交差点には、すべて防犯カメラが設置されている。Ｎシステムと防犯カメラの映像から、保科の動向は容易に追うことが出来た。里見は、メンバーが把握している情報を無線で受けながら、保科を追跡した。

「保科さんは、どこへ行ったんですか」

パネルスクリーンの、一番大きな枠に駐車場が映った。軽自動車、普通車、ワゴンなどが停まっている。

泉は、画面の隅に、グレーのセダンを見つけた。

「保科さんの車です。画面の下、ワゴン車の隣です」

日下部が肯いた。

「自宅を出た保科さんは、県道から国道に出て南下した。保科さんが向かったさきは、医療法人グループが経営する、花瑞希《はなみずき》。大矢部町の中心地から少し離れたところにある、介護付き有料老人ホームです」

画面に映っている駐車場は、そこの施設の敷地にあるものだという。

市場が言葉を引き継ぐ。

「保科さんは、どこにもよらずに、花瑞希を訪れた。施設に入っていったのは、午後五時五十分。なかにいた時間は、二時間だ」

「施設にはどうして行ったんでしょうか。誰かのお見舞いとか――」

そこまで言って、泉はあることに気づいた。市場と日下部を交互に見る。

「もしかして、母親が入居しているんですか」

こんどは市場が肯いた。

「保科さんのあとを追った大は、気づかれないように、保科さんの動向を探った。施設は五階建てで、エレベーターで保科さんが向かったのは、三階だった。大は黒瀬さんへ連絡をよこし、捜一に、保科さんの母親がそこの施設に入居しているか調べてほしいと言った。連絡を受けた黒瀬さんは、すぐに阿久津さんに事情を伝え、捜査員に調べさせた。果たして、保科さんはそこに、母親の勝代《かつよ》さんを入居させていた。時期は――」

「待ってください」

泉は、市場の言葉を遮った。

「保科さんが自主退職した理由は、一身上の都合でしたよね。母親の介護のためだったんでしょうか」

「無関係ではないだろうな。しかし――」

市場は、言葉を慎重に選ぶように、ゆっくりと答えた。

「もし、母親の介護が退職した理由だとしたら、施設の利用が腑《ふ》に落ちない。施設を利用していれば、保科さんの介護の負担はそう多くはないだろう。まったく手がかからないわけではないだろうが、退職するほどではないと思う。むしろ、施設を利用しているならば、逆に仕事は辞められないだろう。入所費用がかかるからな」

泉は口を噤《つぐ》んだ。

市場の言うとおりだ。

介護施設は、費用によって種類が違う。

特別養護老人ホームは、所得水準によって費用が異なるが、比較的安く利用できる。が、施設の多くは、入居待ちが列をなしている。簡単にはいかないのが、現状だ。

保科の母親――勝代が入居している花瑞希は、介護付き有料老人ホームだ。特養より、設備やケアが整っている。そのため、入居費用が高い。入居者本人の年金だけでは補いきれない。勝代の場合は、必然的にひとり息子の保科が、費用を負担することになる。

「保科さんの借金――」

泉はあることに気づき、短い声をあげた。

市場と日下部が、泉を見る。泉はふたりを交互に見た。

「保科さんは、五年前から複数の消費者金融から、お金を借りていましたよね。たしか一時期は、三千万円近くあった」

「それがどうした」

　市場が訊ねる。

「その借金は、母親の入居費用の工面のためだったとは考えられないでしょうか。最初は、母親の年金と自分の収入から支払っていたけれど、立ち行かなくなり、借金が嵩《かさ》んでいった。首が回らなくなって、付け焼き刃とは知りながらも、退職金を返済に充てた」

　日下部が、抑揚のない声で言う。

「森口さんが、内部の犯行だと思いたくない気持ちはわかる。私だってそうだ。が、いま述べた推論は成り立たないな」

「退職金を返済に充てても、計算ではまだ一千万円返しきれていない。そのうえ、有料老人ホームの入居費用を工面するのは無理だろう。では、その金はどこから出ているのか」

　部屋のなかに、緊張が走る。

　入り口のドアが、いきなり開いた。

　振り返る。

　黒瀬だった。泉に声をかける。

「ご苦労、いつ戻った」

「十五分ほど前です」

「大はこれから戻るそうだ。さっき、俺の携帯に連絡が入った。着くのは、十時近くだろう」

　里見は、保科が花瑞希を出て、途中で買い物をし、自宅へ戻るのを見届けてから、大矢部町を出たという。

　黒瀬は、部屋のなかを見渡した。

「春はどうした」

　泉も気になっていた。春日がいない。

　市場が答えた。

「春は仮眠室です。今日は泊まり込みで調べるから、少し休んでくるといって出ていきました。九時までには戻るそうです」

　本部には、事件に関する捜査本部が立っている。捜査に携わっている捜査員は、主に刑事部と機動捜査隊の者だ。現場担当の彼らは、捜査が落ち着くまでのあいだ、道場で寝泊まりしている。

　現場以外の捜査員に、拘束はない。各自の判断に任されている。捜査支援分析センターの捜査員は、春日のように本部に泊まり込む者もいれば、普段どおり退庁して、翌朝、登庁する者もいる。

　泉も、本部に泊まり込みで捜査したい、と黒瀬に伝えたが、却下された。

　男女平等が謳われて久しいが、警察はまだまだ男性社会だ。設備や防犯上の問題も含めて、女性が寝泊まりするようにはできていない。残業は認めるが、睡眠は自分の部屋でとれ、と言われた。

「それより、どうでしたか」

　市場が黒瀬に訊ねた。

　黒瀬は、忘れていたことを思い出したように、ああ、とつぶやいた。席に着き、部屋にいる者を眺める。

「いま、阿久津さんと宮東さんと話してきた」

泉が、味がわからない昼食を一緒にとった者たちだ。

「内容は、退職した保科さんが本部を訪れたときに、東口の窓口にいた警備員の話だ。もうひとつは、保科さんの母親、勝代さんが花瑞希に入所した時期だ」

泉は息を呑んだ。

黒瀬の話によると、保科が本部に来た日時と時間には、それぞれふたりの警備員が窓口にいた。ひとりは太田《おおた》といい、十月二十七日と、翌日の二十八日の夕方に詰めていた。もうひとりは川下《かわした》で、十一月三日と、翌日四日の夕方に応対していた。

「いましがた、ふたりの供述がとれた。太田さんも川下さんも、保科さんが来たときのことをよく覚えていた。つい最近まで勤めていたんだから、当然だな」

本部を訪れた保科にふたりとも、来庁の意図を尋ねたという。勝手知ったる相手だが、規則にのっとって、形式上聞いたのだという。

保科の答えは、四回とも曖昧なものだった。

「曖昧？」

泉は思わず口を挟んだ。

黒瀬が肯く。

「保科さんの来庁の理由は四回とも、ちょっと用事がある、というものだったそうだ」

市場が誰にでもなく言う。

「たしかに曖昧だな」

「その用事というのは、なんだったんですか」

日下部が訊ねる。

「わからん」

まだそこまで調べ切れていない、と黒瀬は答えた。

「いま、その当該日時に、会計課で保科さんと会った者はいないか、もしくは、本部内で見かけた者はいないか、調べている」

要は、まだなにもわからないということだ。

気落ちした泉の斜め向かいで、市場が黒瀬に訊く。

「保科さんの母親が、花瑞希に入所した時期はいつでしたか」

黒瀬は、ひと呼吸空けて答えた。

「十一月十五日だ」

部屋のなかにいる者、全員が黙る。

さきほど、泉が口にした推論が、崩れていく。

保科の借金は、母親の入居費用のためではなかった。そして保科は、退官後――署を訪れたあとに、母親を入居させている。

入居するには、入居一時金や、月々の入居費、介護料などを含めて、まとまった金が必要だ。勝代が入居している花瑞希は、サービス内容が充実していることで有名だった。一般的な有料老人ホームより、多額の費用が掛かるはずだ。

本当に、保科が犯人なのか――。

考え込んでいる泉に、黒瀬が発破をかけた。

「なにをぼうっとしてる。疲れたのなら、家に帰って休め」

我に返った泉は、黒瀬に向かって首を振った。

「いえ、もう少し、調べます」

黒瀬は部屋にいるメンバーに、指示を出した。

「保科さんが本部を訪れた四日のうちで、本部周辺と市内の各所に設置されている防犯カメラの映像を調べろ。保科さんの車の足取りを追え」

全員がパソコンに向かったとき、ドアが開いて、里見と春日が戻ってきた。

その日、泉は日付が変わるころに帰った。

ほかのメンバーはまだ仕事をしていた。自分ももう少し調べたいと思ったが、黒瀬に女性の防犯上の問題を指摘され、大人しく帰路についた。

代わりに、というわけではないが、翌日の早朝、泉はいつもより早く登庁した。

自分に関しては、性別の配慮は必要ない。が、配意しなければならない、黒瀬の立場も理解できる。ならば、別の形で努力し、ほかのメンバーと対等でありたい、と思った。

午前六時。

庁内は静かだった。警備員に朝の挨拶をして、四階にあがる。

機動分析係のドアを開けた泉は、驚いた。自分より早く机についている者がいた。

黒瀬だった。

帰らなかったのか、昨夜と同じ服装だ。机に落としていた目をあげて、泉を見る。

「早いな」

それだけ言う。

泉は、言葉を返した。

「黒瀬さんこそ」

黒瀬は椅子の上で、大きく伸びをした。

「ちょっと、気になることがあって調べていた。気がついたら、朝だった」

「寝ていないんですか」

「そうらしい」

まるで他人事だ。

「気になることって、なんですか」

泉の問いに、黒瀬は答えなかった。代わりに、コーヒーを淹れるよう頼む。

バッグを自分のロッカーにしまうと、泉は濃いめのコーヒーを淹れた。

黒瀬に差し出す。

短い礼を言い、黒瀬は受け取った。

「ほかにも、帰らなかった人がいるんですか」

自分の机に座り、泉は訊ねた。

黒瀬が首を横に振る。

「みんな泊まり込むと言ったが、帰した」

最後まで残っていたのは市場だ。黒瀬に付き合う、と言ったらしいが、無理やり帰したという。

女性の泉に泊まり込みの捜査をさせないのはわかるが、ほかのメンバーにさせないのはなぜなのか。

黙って見ている泉の視線から、内心を悟ったのだろう。黒瀬は付け足すように言った。

「組織ってのは、上が楽をしちゃあいけないんだ。上が楽をすれば、下がそれを真似る。そうなったら、組織は腐っていくだけだ」

意外だった。

黒瀬の部下に対する横柄な態度からは、思いつかない言葉だった。泉が思う部下を育てるということは、教え諭し、自分の経験を伝えることだ。が、黒瀬は違う。無言で人になにかを伝えようとしている。

黒瀬の方法がいかに難しいことか、泉にも想像ができた。

言葉がすべてではないが、人間が持ちうる重要な伝達方法であることに間違いはない。背中を見て育つという言葉があるが、そこには見せる側と見る側の深い信頼関係が必要だ。それなくしては成り立たない。ハードルが高い黒瀬の要求についていける部下が、はたしてどれくらいいるのか。

もうひとつ、泉にとって意外だったことがある。黒瀬の声に、組織に対する怒りとも危惧ともとれるニュアンスが含まれていたことだ。

今回の事件に関して、黒瀬は、会計課課員たちに強い憤りを感じている。堕落した仕事ぶりを指しているのかと思ったが、すぐに違うと感じた。黒瀬は個別の課の体たらくではなく、もっと大きなものに対して吐き捨てたのだ。

特別な含みを持った言葉に、泉がどう返していいか困っていると、黒瀬が席を立った。

「どちらに」

とっさに尋ねる。

黒瀬は、不快そうに眉根を寄せた。

「俺はお前に、どこに行くかいちいち報告しなきゃならんのか」

自分でも、間抜けなことを聞いたと思う。

「すみません」

素直に詫びた泉を見やり、黒瀬は指を二本、口元へ持っていった。

「屋上で一服してくる」

黒瀬と入れ替わりで、市場が部屋に入ってきた。

立って挨拶しようとする泉を、手で制す。

市場は黒瀬の机を見て、泉に訊ねた。

「仁さんは」

黒瀬の机に、まだ温かいコーヒーがあることに気がついたのだ。

「屋上へ煙草を吸いに」

市場は背負ってきたリュックを、机の足元に置いた。

「やめろと言っているのに、返事だけだ」

市場が黒瀬のことを誰にでもなくつぶやくときは、いつも対等な口調だ。おそらくふたりのときは、上司と部下の会話ではないのだろう。

「おふたりは、いつからの付き合いなんですか」

浮かんだ疑問を、そのまま口にした。

市場は煙たそうな顔をした。

「付き合いなんて、気色悪いことを聞くね」

「とても親しそうなので」

市場は、ばつが悪そうに、足元のリュックからコンビニの袋を取り出した。

「森口さんが思っているほど、親しいわけじゃないよ。ほかの人より、一緒に仕事をした時間がちょっと長いだけだ。だが、そんなことを聞かれたあとに、これは出しづらいな」

コンビニの袋のなかには、握り飯が入っていた。全部で六個ある。ほかには、緑茶のペットボトルが二本あった。

市場はその内の半分を、黒瀬の机の上に置いた。

「昨夜の調子だと、徹夜になると思ってね。自分の朝飯を買うついでに、調達してきた」

苦笑いした泉を尻目に、市場は席に戻り、自分のペットボトルを開ける。

「なにか、変わったことはないか」

考えて、いいえ、と答える。

泉は、胸につかえている疑問を、市場に伝えた。

「黒瀬さん、なにか気になることがあって、朝まで調べていたと言っていました。それってなにかご存じですか」

市場は乱暴に、握り飯の包装紙を破った。

「知らん」

声が尖る。

市場は数口で、一個平らげた。茶で飲み下すと、二個目に手をつけた。

「ああいうところは、昔から変わらない。重要なことほど、言わない。ひとりで抱える」

泉は、市場のほうに身を乗り出した。

「それって、黒瀬さんが事件に関する重要ななにかを摑んだ、ということですか」

市場は否定した。

「そうは言っていない。だが、その可能性はある」

意識せず、声が大きくなった。

「そうなら、みんなで調べたほうがいいじゃないですか。どうして、黒瀬さんは言わないんですか。自分の手柄にしたいからですか」

捜査が進展しない苛立ちから、思ってもいない言葉が口をついて出た。

丸眼鏡の奥の目が、鋭くなる。市場が泉を睨んだ。

「仁さんは、なにより事件解決を重んじる。自分自身よりもだ」

市場の声には、有無を言わさない強さがあった。

なにも言えず黙る。

泉は、小声で訊ねた。

「無理に、聞き出さないんですか」

市場は諦めたように、息を吐いた。

「それができるなら、とっくにしている」

部屋に沈黙が広がったとき、ドアが開いた。

黒瀬だった。部屋を出ていったときより、落ち着いて見えるのは、不足していたニコチンを補充したからだろう。

「どうした、ふたりとも深刻な顔をして」

黒瀬が、市場と泉の顔を見やる。

市場は、いつもと変わらない口調で答えた。

「自分は、普段からこういう顔です。朝飯、買ってきましたよ。食ってないでしょう」

黒瀬が自分の席を見やった。ああ、というように口を開ける。

「そういえば、腹が減ってるな。昨日の晩飯から、なにも口にしていない」

黒瀬が席に着く。

市場は嫌味のように言う。

「煙草では、腹の足しにならんでしょう」

黒瀬は自分の頭を小突いた。

「腹の足しにはならんが、こっちは冴える」

黒瀬はすべての握り飯をあっという間に平らげると、大きなあくびをした。

「先人はよく言ったもんだな。腹の皮が突っ張ると、瞼が落ちる。一時間ほど、仮眠を取ってくる」

「調べは進めますから、二時間でも三時間でもどうぞ」

捜査資料を開きながら、市場が言う。

黒瀬は、椅子の背にかけておいた上着を羽織った。

「俺がこの世で一番したくないことはなにか、知ってるか」

訊ねられた市場は、少し考えた。

「なんですか」

黒瀬は真顔で答えた。

「自己嫌悪だ」

市場も真顔になる。

「事件は鮮度が命だ。古くなればなるほど、解決は遠のく」

黒瀬はドアを開けて、念を押すように言う。

「一時間で戻る」

市場はなにも言わなかった。

黒瀬は、一時間きっかりで戻ってきた。

七時半。メンバーは全員そろっていた。

朝礼で、これまで入手した情報の共有をする。その後、引き続き事件の調査に入った。

メンバーは手分けをして、退職した保科が本部を訪れた四日の足取りを辿った。

保科の自宅周辺、大矢部町から米崎市へ続く幹線道路、米崎市内の各所および、本部周辺に設置されている防犯カメラの映像を、虱潰《しらみつぶ》しに調べていく。

保科は四日とも、同じルートで本部へ来ていた。

自宅方面から続く国道へ出て、米崎方面へ車を走らせる。米崎市内に入ると、最短距離の道で本部へ来ていた。日によっては、途中、道沿いのコンビニやラーメン店に立ち寄る。が、道順はいつも同じだった。

帰りも同じルートだった。途中、スーパーに立ち寄り買い物をすることはあったが、それ以外は伝書鳩のように、まっすぐ自宅方面へ戻っている。

泉は、保科の車や、本人の周辺にも視線を配った。

犯人は、単独犯とは限らない。共犯がいる可能性もある。保科が犯人のひとりだと仮定した場合、どこかで共犯者と接触しているかもしれない。誰かと接触した形跡がないか、映像に目を凝らす。が、そのような映像は見当たらなかった。

十時に、日下部と里見が出掛けた。保科の身辺を監視するためだ。

捜査一課の刑事も、張り込みはしている。が、刑事部の捜査員とは別の形で、機動分析係は動く。刑事が地べたを這《は》うような捜査ならば、自分たちはドローンで上空から俯瞰《ふかん》するような捜査だ。捜査支援分析センターの人間は、事件の被疑者や参考人に接触できない。データと現場の情報のみで、犯人を絞り込んでいく。

泉は黒瀬を、目の端で見た。

黒瀬は寝不足の赤い目で、パソコンを睨んでいる。今朝、口にした、気になることを調べているのか。

黒瀬はなぜ、自己嫌悪をこの世で一番したくないことと言い切るのか。その理由は、重要なことほど人に言わないことと、繋がっているように思う。

午前中の就業を終えた泉は、昼食をとるために、地下の食堂へ向かった。

降りる途中、階段の踊り場で立ち止まり、窓から外を見下ろした。本部の駐車場に、報道陣の車が停まっている。今日も、記者クラブの部屋は、各報道機関の記者たちが詰めているのだろう。

昨日、廊下ですれ違った美佐子に、広報広聴課の様子を訊ねた。美佐子は憔悴《しょうすい》しきった顔で、連日、市民からの苦情の対応に追われている、と答えた。

「電話のベルが鳴ると、反射的に身構えちゃうの」

美佐子は首を前に出し、大きな溜め息を吐いた。

「記者クラブの人たちも、捜査はどうなってるんだ、記者会見はいつ開くんだ、って毎日やってくるの。家に帰るとぐったりよ」

中核市の米崎市は、犯罪発生率が低い。事件が起きる前は、本部担当の記者が投げ込みの記事を取りに来るぐらいで、静かなものだった。が、事件が起きてからは、県警担当の記者だけでなく、遊軍まで詰めている。毎日、満室状態だという。

美佐子は、同類を見るような目を泉に向けた。

「捜査支援分析センター《そっち》も大変でしょう」

「そうね」

泉は、そうひと言だけ答えた。

身内といえども、捜査に関する情報は漏らしてはいけない。それは美佐子も知っている。落ち着いたら夕食を一緒に食べよう、そう言って、泉は美佐子と別れた。その約束がいつ果たされるのか、言った本人の泉にすらわからなかった。

食堂に入った泉は、日替わり定食を注文し、カウンターに並んだ。出てきた焼き魚定食を受け取り、あたりを見渡す。

食堂は混んでいた。全部で二十近くある四人掛けのテーブルが、ほぼ埋まっている。ところどころ、ひとつだけ空いている席はあるが、窮屈そうで足が向かない。

そうはいっても、席が空くのを待っていては、いつになるかわからない。急いで食べて、少し外の空気を吸いに行こう。

落ち着いた食事を諦めて、近くの空席に座ろうとしたとき、窓際のテーブルが空いた。

泉は急いでそのテーブルに駆け寄り、トレイを置いた。と、同時に向かいに人が座る気配がした。

春日だった。

泉は驚いた。春日はいつも、昼食持参だ。気に入っているベーカリーショップがあり、そこで、昼食を買ってくる。パンの種類は日によって違うが、店は変わらない。今日はいったい、どうしたのだろうか。

春日はちらりと泉を見たが、何も言わずにスプーンを手にした。春日のメニューは、ビーフカレーだった。

同席していいものかどうか迷ったが、顔を合わせてから立ち去るのも変だと思い、そのまま座った。

「失礼します」

泉は声をかけた。春日はぼそりと返事をした。

「どうぞ」

会話のない時間が過ぎる。味などわからない。口に入れたものを、ただ飲み込む。

気まずさにたえきれず、泉は話しかけた。

「今日は、どうしたんですか」

春日は目だけを、泉に向けた。

「なにが」

「春日さんが食堂でお昼を召し上がるなんて、めずらしいので――」

「いつも昼食を買っている店が、休みだったんだ」

「カレーがお好きなんですか」

「外での食事は、カレーに決めているんだ。これなら好みと違っても、まったく食べられないわけじゃないから」

それきり、会話は途絶えた。

もともと、泉はメンバーに歓迎されていない。公平とはいえない形で捜査支援分析センターに配属された、スペカンなのだ。

さっさと食べて、立ち去ろう。

半分ほど食べたとき、春日のほうから話しかけてきた。

「君も大変だな」

驚く。春日から話しかけてくると、思っていなかった。咄嗟に思いついた言葉を返す。

「大変なのは、みんな同じです」

「配属された初日に、こんな重大事件が起きるなんてってことだよ」

泉は耳を疑った。春日が自分を労う言葉を口にするなど、考えもつかなかった。

春日はスプーンを動かしながら言う。

「この事件は、犯人が捕まっても捕まらなくても、警察は叩かれる。起きてはならない事件が起きてしまった。どんなに力を尽くしても、我々の捜査は報われない」

その言葉に泉は、今朝、黒瀬が口にした言葉を思い出した。

――上が楽をすれば、下がそれを真似る。そうなったら、組織は腐っていくだけだ。

春日の言い方は、冷静さを感じるものだった。逆に黒瀬の口調には、怒りのような熱を感じた。温度の違いはあるが、自分が属している捜査機関を、冷ややかに眺めている感じは似ていた。

「黒瀬さんって、どういう人ですか」

こんどは春日が、意外そうに泉を見た。

泉は、今朝のことを春日に話した。

「黒瀬さんが、重要なことほど人に言わないことと、一番したくないことは自己嫌悪だと言う理由が知りたいんです」

春日はカレーを掬《すく》って、口に運んだ。飲み込んでから、言う。

「その場にいた市場さんがなにも言わなかったのなら、僕が言うことはない。知りたいなら、市場さんに聞けばいい」

「市場さんに聞いても、話してくれません。あのふたりには、暗黙のなにかがあります。それは、私なんかが立ち入ることができないものです」

泉は言葉を続ける。

「私は、捜査支援分析センターで働きたくて、一生懸命努力しました。採用試験を受けて、あと一歩というところで、実技試験に失敗しました。あのときは、自分でも落ちたと思いました。でも、黒瀬さんは、私を拾ってくれました。どうして黒瀬さんが、自分を引き上げてくれたのか、いまでもわかりません」

春日が、スプーンを皿に置く。

泉は春日を、真っ向から見た。

「私は、スペカンです。私は、自分がどうしてスペカンに選ばれたのか、知りたいんです。黒瀬さんがどういう人なのかわかれば、その理由もわかるかもしれない、そう思うんです」

泉は春日に、頭を下げた。

「お願いします。黒瀬さんがどういう人か、教えてください」

春日はだまって泉を見ていたが、おもむろに残りのカレーを平らげ、紙ナプキンで口元をぬぐった。急いで食事を終えていますぐ席を立つ、そんな感じだ。

やはり話してもらえないのか。

心が沈みかけたとき、春日が口を開いた。

「八年前に起きた、女性教師殺害事件を覚えているかな」

市内の中学校に勤務する女性教師が、自宅への帰り道に襲われて、命を奪われた事件だ。犯人は、近所に住む三十代の男性だった。

女性教師が裏路地を歩いているところを、背後からナイフで刺し、ショルダーバッグを奪って逃げた。動機は、金欲しさだったはずだ。被害者が所持していた現金は、五千円弱。犯行後、犯人は奪ったショルダーバッグを排水溝に投げ捨て、証拠隠滅を図った。

犯行時刻が夜の八時という、まだ人が起きている時間であることと、盗まれたバッグがすぐに見つかったことから、事件は速やかに解決すると誰もが思っていた。が、意外にも、捜査は難航した。女性教師が住んでいたアパートは、大通りから奥まったところにあり、昼間でも人通りが少ない。事件の目撃者がいなかったことと、コンビニやスーパーといった店もなく、防犯カメラが設置されていなかったことが、原因だった。

犯人が逮捕されたのは、事件発生から半年後。女性教師が殺された事件と酷似した傷害事件が、近隣で発生した。近所のスーパーでパートをしている女性が、やはりひと気のない路地裏で、背後からナイフで刺されたのだ。犯人は、女性が手にしていたバッグを奪って逃走した。

ここまでは、女性教師殺害事件と同じだ。が、違っていたのは、近所の男性が通りかかったことだった。男性は飼い犬の散歩中で、偶然その場に居合わせた。犯人は、現場に駆けつけた警察官に、身柄を拘束された。男性は警察の取り調べで、女性教師も自分が襲った、と供述した。

「たしか、そのような事件だったはずです」

泉が話し終えると、春日は肯いた。

「やはり記憶力がいいな。当時、捜査一課だった黒瀬さんは、事件の担当者だった」

春日の言葉に、泉は嫌な感じがした。

あの事件は、犯人に襲われた被害者だけではなく、事件とは関係がないところで、もうひとり命を落としたはずだ。

事件発生から早い段階で、ひとりの容疑者が浮かんでいた。現場の近くに住む市役所職員の男性だ。

警察が地取りを行った際に、被害者の女性と顔見知りで、よく飲みに行っていたことが判明した。捜査を進めていくと、男性は被害者女性から金を借りていたことや、事件当日のアリバイがないことがわかった。

警察は、重要参考人として、男性の事情聴取を行った。

警察の事情聴取で、男性は無実を訴えた。被害者女性から借りた金は少額で、すぐに返済していた。金銭トラブルはない、そう主張した。

重要参考人の情報を仕入れたマスコミは、男性が犯人であるかのように報道した。世間も、男性が犯人だと認識していた。マスコミも、世間も、警察も、男性が犯人だと考えていた。

しかし、第二の事件が発生した。

現場に残されていた下足痕《ゲソコン》から、第一の事件と犯人は同一と見做《みな》された。

ふたつの事件は、これで解決した。が、陰にもうひとりの被害者がいた。重要参考人として事情聴取を受けた、市役所職員だ。

殺人事件の犯人に疑われた男性は、精神的に追い詰められて自殺した。第二の犯行が起きる、三日前だ。その事実は、犯人逮捕の報道の陰に追いやられ、大きく取り上げられることはなかった。

泉が思い出した事件の概要を説明すると、春日は眉間にわずかに皺を寄せた。

「その、自殺した参考人を見つけたのが、黒瀬さんだった」

泉は息を呑んだ。

「黒瀬さんは、市役所職員のことを、当時、事件の指揮を執っていた課長に伝えた。黒瀬さんは、あくまで参考人であることを強調した。が、犯人逮捕を焦っていた現場では、その男性が犯人であるかのような雰囲気が漂った。その空気は、マスコミにも伝わった。結果、シロだった人間が、自ら命を絶った」

ちなみに、と春日は言葉を繋いだ。

「そのとき、一緒にタッグを組んでいた相手が、市場さんだ」

泉は視線をテーブルに落とした。

黒瀬は、その男性が自殺したのは、自分のせいだと思っているのだろうか。だから、重要なことほど人には言わず、自己嫌悪を忌み嫌っているのか。

泉が訊ねると、春日は、窓の外に目を向けた。

「それはわからない。ただ、あの事件を黒瀬さんは、自分の警察人生の汚点だ、と考えていることに間違いはないよ」

「そんな」

思わず大きな声が出た。

まわりのテーブルの目が、泉たちに向く。泉は声を落とした。

「そんなことはありません。黒瀬さんは、懸命に捜査をしただけです。黒瀬さんの立場だったら、誰だって同じことをします」

春日は自分のトレイを手にして、椅子から立ち上がった。上から泉を見下ろす。

「黒瀬さんの辛さは、本人にしかわからない。メンバーの俺たちは、自分の上司を信頼してついていくだけだ」

立ち去ろうとする春日に、泉は訊ねた。

「ひとつ教えてください。春日さんは、どうしてその事件のことを、そんなに詳しく知っているんですか」

春日は肩越しに振り返った。

「森口さんは、記憶力がいい。俺は、耳がいい」

捜査支援分析センターのメンバーは、人より何かしら得意とするものを持っている。春日は情報収集能力に長《た》けているのだろう。

「急がないと、昼休みがなくなるよ」

そう言い残し、春日はテーブルを離れた。

泉は途中だった昼食を、急いで食べはじめた。食べながら、黒瀬のことを考えていた。

いまの春日の言葉でわかるように、メンバーは黒瀬を信頼している。が、黒瀬はメンバーを信頼していない。捜査に一番重要な情報を、共有しないことが証明している。

すべて食べ終えた泉は、胸の不快感を覚えた。それはいましがた食べ終えた、食事のせいではない。もっと重いなにかが、胸の奥につかえていた。

第四章

事件発覚から、十五日が過ぎた。

世間はクリスマスムードで賑わっている。

この時期、米崎市の大通りは、夜になるとたくさんの人で活気に溢れる。「輝きのページェント」を見にくるのだ。大通りの街路樹に、六十万を超える電球を飾り、一斉に灯す。イベントは、十二月半ばから年末まで開かれ、夜の通りは金色の輝きに包まれる。

県警本部は、その華やかさとは逆に、重い空気に包まれていた。廊下ですれ違う者の表情は、みな一様に厳しく、笑い声ひとつ聞こえない。建物全体が、お通夜のような感じだ。

泉が所属している、機動分析係も同じだった。日を追うごとに、メンバーの疲労と焦燥は増し、部屋の空気はぴりぴりしている。

退職した保科が、本部に出入りしていたことが判明したあと、新たにわかった事実は、保科の銀行口座から、花瑞希に三百万円が振り込まれていることだった。振込日は、母親が入居する前日の十一月十四日。調べたところ、入居するために必要な一時金だとわかった。

三千万円もの借金があった者が、その借金を返し、母親の入居一時金を支払う。誰の目から見ても、保科は限りなくクロに近かった。

通常なら、この時点で保科は重要参考人として扱われる。任意同行を求めて取り調べをするが、上の判断で、行われていなかった。

退職したとはいえ、保科は警察関係者だった人間だ。不用意に動き、マスコミに知られたら、大事になる。

参考人というだけで、世間は騒ぎ、保科を犯人扱いするだろう。そうなったら事実はどうであれ、警察の信用が大きくぐらつくことになる。百二十パーセントの確信がなければ、保科を引っ張れない、そう上は考えているのだろう。

朝礼が終わり、泉が捜査資料を読んでいると、斜め向かいの席で、里見の不機嫌な声がした。

「勝手なことを書きやがって」

顔をあげると、里見は地元の新聞を読んでいた。乱暴に閉じて、机に放りだす。

「どうしたの」

泉は訊ねた。

里見は無言で、机の新聞を泉に差し出した。

「今日の『羅針盤』、読んでみろよ」

社会面に載っている、匿名のコラム欄だ。

新聞を手に取り、泉は言われた箇所を開いた。タイトルが目に飛び込んでくる。無能と廃退、そうあった。

内容は、警察組織の批判だった。警察が起こした過去の不祥事と、今回の事件を取り上げ、いかに警察が無能で、捜査機能が廃退しているかが書かれていた。コラムは、この国の行く末を案じる言葉で結ばれていた。

「警察の人間すべてが悪人で役立たず、そうと言わんばかりだ。こっちの苦労も知らないで」

春日が、同意する。

「人間もハイエナと変わらんな。弱ったものを、集団で食いつぶす。屍《しかばね》に群がった蛆《うじ》までもな」

春日の言葉を、泉は想像しないようにした。

ふたりの会話に、市場が口を挟んだ。

「書かれるのは当然だろう」

春日と里見は、市場を見た。泉も顔を向ける。

「警察は、国家権力を与えられている。力を持つ者は、万が一にも過ちを犯してはいけない。力が正しく使われなければ、この国は腐ってしまう。その責務は重い」

春日と里見は黙った。自分の仕事に戻る。

島の上席にいる黒瀬は、なにも言わない。眉間に皺を寄せて、パソコンを睨んでいる。ふたりの会話に関心がない、というより、耳に入っていないという感じだ。

徹夜明けの黒瀬が口にした、気になることがなんなのか、いまだにわからない。黒瀬もなにも言わないし、市場もその話には触れない。ただ、黒瀬の凄みすら感じる真剣な表情から、ずっと心に引っかかっているのだとわかる。

泉は、食堂で春日が言った言葉を思い出した。

――黒瀬さんの辛さは、本人にしかわからない。メンバーの俺たちは、自分の上司を信頼してついていくだけだ。

信頼関係とは、互いに相手を信用してはじめて築かれるものだ。一方の思いだけで成り立つものではない。

春日は黒瀬を信頼していると言った。が、いまの泉はそう言い切れなかった。自分を引っ張ってくれたことに感謝はしている。しかし、ともに捜査をしているメンバーに、事件にかかわる重要なことを言わない上司に、絶対の信頼は置けない。

泉が黒瀬を見ていると、目が合った。

黒瀬は、泉に向かって言った。

「なんだ、怖い顔して。なにか言いたいことがあるのか」

反射的に目を逸らした。不満が顔に出てしまっていたようだ。

泉は椅子から立ち上がった。

「保科さんの張り込みに行ってきます」

日下部も席を立つ。

保科の張り込みは、ふたり一組で行っている。時間は、午前十時から夜の六時までだ。

連日の調べで、保科が用事で家を出るのは、いつも昼過ぎからだとわかった。一日おきに、近くの食堂かラーメン店で昼食をとる。ほかの日は、スーパーに買い出しに出かけていた。

母親が入居している花瑞希に行くのは、早いときで午後三時、だいたい四時には家を出る。見舞って帰ってくるのは、六時前後だった。

泉たちの張り込みはその範囲だが、捜査一課の刑事たちは二十四時間の行動確認をしている。機動分析係の目が行き届かない時間帯は、彼らが目を光らせていた。

「頼んだぞ」

黒瀬の言葉に見送られ、泉と日下部は部屋を出た。

保科の家を通過し、車があることを確かめた日下部は、離れた場所に車を停めた。保科の家から死角になっている空き地だ。

張り込みに使う車は、毎回かえている。同じものを使うとしても、日を空けるようにしていた。見慣れない車が毎日停まっていては、近所の者が不審に思う可能性があるからだ。

公用車のほかに、メンバーが所有している車を使用することもあった。今日は、日下部の車——国産車のSUVだ。

車のなかで、保科が動くのをじっと待つ。

昼になり、途中のコンビニで買ってきた弁当を食べる。空になった容器をまとめてビニール袋に入れたとき、保科が家から出てきた。

「動きました」

泉が言う。

「見えているよ」

日下部はハンドルを握った。

保科が車に乗り込み、家を出る。日下部はエンジンをかけて、車を発進させた。

助手席で泉は、車の時計を見た。十二時五十分。今日はどこへ向かうのか。

保科は国道に出ると、北に向かい、道路沿いにあるファミリーレストランに入った。今日の昼食は、ここでとるらしい。保科は駐車場に車を停め、店に入っていった。

日下部は、保科の車から離れた場所に車を停めた。エンジンを切り、泉に命じる。

「黒瀬さんに、いまの状況を報告してくれ」

公用車なら無線を使うが、今日は日下部の車だ。泉は携帯を取り出し、機動分析係の直通番号を押した。

市場が出た。黒瀬は、会議のために席を外していた。

市場は、泉に訊ねた。

「どうだ。変わった動きはないか」

「ありません」

泉は答えた。

「保科さんはいま、国道沿いのファミリーレストランに入りました。そこで昼食をとるようです。今後も、張り込みを続けます。そちらはどうですか」

泉は逆に訊ねた。

携帯の向こうから、ない、という短い答えが返ってくる。

「なにかあったら、すぐに連絡をくれ」

そう言って、市場は電話を切った。

「捜査に、なにか進展はなかったか」

携帯をバッグにしまった泉に、日下部が訊ねる。泉は首を横に振った。

日下部は静かに息を吐き、シートに背を預けた。

泉は、保科が入っていった店のドアに目を向けた。ひとりで食事をしている保科の姿を、想像する。


保科の毎日は、判で押したように決まっている。自宅と花瑞希との往復を繰り返すだけだ。今日のように、外で昼食をとっても、短時間で店から出てくる。時間はたっぷりあるはずなのに、ゆっくり過ごしている様子はない。

泉の脳裏に、自宅の玄関を出てきて、車に乗り込む保科の姿が浮かぶ。項垂れたように見える丸まった背中に、生気はなかった。

泉は、目を閉じた。

保科はいつもひとりで、なにを考えているのだろう。母親のことか、金のことか、それともそのどれでもないことか。本当に、保科が犯人なのだろうか。

泉が目を開けたとき、一台の車が駐車場に入ってきた。明るいベージュのセダン、よく見かける大衆車だ。

車は、駐車場の一番端に停まった。エンジンを切っても、誰も降りてこない。

これといって特徴のない車だが、泉には引っかかった。なぜ気になるのか自分でもわからなかったが、やがて気づいた。

泉は、その車をどこかで見ていた。なにげない日常ではなく、重要な場面で見た覚えがある。いったいどこで見たのか。

泉は車を見つめたまま、脳に刻まれている過去の映像を逆再生した。記憶のなかから、車を探す。神経を集中するに従い、周りの音が聞こえなくなった。静寂のなかで、自分の脳の記憶だけが目まぐるしく動いている。

懸命に映像を追っていると、日下部の声がした。

「どうした。なにかあったのか」

泉の様子がおかしいことに、気づいたのだろう。

「黙っていてください」

つい大きな声が出た。集中力を妨げられたくない。

気迫に圧されたのか、日下部は黙った。

再び、頭のなかの記憶に集中する。

思い出せ。自分の感覚を信じろ。自分は必ず、あの車を見ている。

記憶のなかで懸命に車を探す泉は、ある場面で映像を止めた。保科の自宅周辺を、はじめて張り込んだ日だ。

あの日の夕方、保科は車で自宅を出た。幹線道路に設置されているNシステムや防犯カメラを解析し、行き先を突き止めたが、その映像のなかに探している車がいた。ベージュのセダンは、一定の距離を保ち、保科のあとを追うように走っていた。

望遠レンズでクローズアップするように、頭のなかで車のナンバーを拡大する。品川ね・300・19××。いま、目の前に停まっている車と、同じナンバーだった。

これは偶然だろうか。

泉は、目を閉じた。逆再生した頭のなかの映像を、こんどは正常に再生する。はじめて保科を張り込んだ日から、順に時間を追った。

泉は目を開けた。いきおいよく、隣の日下部を見る。

日下部は、泉を見ていた。

泉は、日下部のほうに身を乗り出した。

「あの車」

「あの車?」

泉は窓の外を指さした。

「あそこに停まっている車です。ベージュのセダン。あの車、保科さんを張っています」

泉の頭のなかには、ベージュのセダンが一定の距離を保ちながら、保科の車のあとをつけている映像が記憶されていた。尾行は、毎日続いていた。

「本当か」

日下部が、ベージュのセダンに目を凝らした。

「誰か乗っているな。運転席と助手席にふたりいる。本部の人間じゃないな」

「私たちのあとから入ってきて、誰も車から降りてきません」

日下部は、車に目を据えたまま泉に命じた。

「あの車の写真を、すぐ黒瀬さんに送れ。いまの話を伝えて、照会してもらうんだ」

泉はバッグから、再び携帯を取り出した。車の画像を撮る。黒瀬宛に送った。

携帯から、電話をかける。市場が出た。会議は、まだ終わっていないらしい。

「森口です」

声が掠れた。

「どうした」

市場の問いに、泉は一呼吸おいて答えた。

「保科さんをつけている車があります。画像は黒瀬さんに送りました。至急、その車の照会を願います」

携帯の向こうで、市場が息をのむ気配がした。


泉と日下部が本部に戻ったのは、夜の七時を過ぎてからだった。

急いで階段を上り、機動分析係の部屋のドアを開ける。メンバーは、みな残っていた。全員の目が、ふたりに向けられる。

市場が、声をかけた。

「お疲れさん」

労いの言葉をかけた市場に、日下部が軽く頭をさげる。

「保科さんが家に入るのを確認して、戻ってきました」

ファミリーレストランから保科が出てきたのは、午後一時半過ぎだった。四十分ほど店にいた保科は、駐車場から車を出すと、花瑞希の方角へ向かった。

日下部が、あとを追う。

助手席で泉は、機動分析係へ電話を入れた。例のベージュのセダンの動きを、確認してもらうためだ。

五分ほど車を走らせた保科は、国道沿いにあるガソリンスタンドへ入った。日下部は、ガソリンスタンドを通り過ぎ、その先にあるドラッグストアの駐車場へ車を入れた。道路が見える場所に、車を停める。

保科の車が、目の前を通り過ぎたのは、五分後だった。続けて、あとを追う。直後、黒瀬から電話が入った。

「例の車だが、保科さんが走っている道と、同じルートを辿っている。明らかに、保科さんの車をつけている。お前たちの、百メートル後方だ」

泉は運転席と助手席のシートの隙間から、後ろを見た。後続車がいるため、よく見えない。が、黒瀬たちが見ているNシステムや防犯カメラの映像には、はっきりと映っているのだろう。

「車の照会は、できましたか」

泉の問いに対する黒瀬の答えは、否、だった。

「まだだ。いま急がせている」

泉は姿勢を元に戻した。

「事件にかかわりがある人物でしょうか」

隣で日下部が、ちらりと泉を見た。

黒瀬は否定もしなければ、自分の推論も述べない。黙っている。

泉は、その沈黙が引っかかった。なぜ、黒瀬はなにも言わないのか。もしかして、電波が途切れたのだろうか。

「黒瀬さん、繋がっていますか」

訊ねると、黒瀬の声がした。

「ああ、聞こえている。そっちは引き続き、保科さんを追え。なにかわかったら、連絡する」

言葉を返す間もなく、黒瀬は電話を切った。

ガソリンスタンドを出た保科は、いつものルートを辿った。

母親がいる花瑞希を訪れ、二時間ほど滞在し、施設を出たあとスーパーに立ち寄った。今日の夕飯と思しき食材を買い、続いて、近隣にあるドラッグストアに入った。店を出てきた保科の手には、トイレットペーパーとティッシュペーパーがあった。

保科が家に戻ったのは、六時前だった。家に灯りがついたことを確認し、泉と日下部は本部へ向かった。

泉は、黒瀬の机の前に立った。身を前に乗り出す。

「例の車の所有者はわかりましたか」

黒瀬はなにも答えず、開いていたノートパソコンのモニターを閉じた。内線電話の受話器をあげる。

「ああ、俺だ」

電話が繋がったらしい。

「いま戻ってきた。これから行く」

黒瀬は電話を切り、椅子から立ち上がった。

「行くぞ」

泉に向かって言う。

唐突に言われて、泉は戸惑った。

「どこへ行くんですか」

「いいからついてこい」

黒瀬は大股で部屋を横切り、ドアを開けた。

「あの、俺は――」

日下部が訊ねる。一緒に戻ってきた自分が、なぜ呼ばれないのか腑に落ちないのだろう。

黒瀬は怒ったように答えた。

「お前はいい」

黒瀬が部屋を出る。

泉は急いであとを追った。部屋を出るとき、肩越しにメンバーの顔を見た。ひとりを除き、全員が唖然《あぜん》とした表情をしている。市場だけが、難しい顔で遠くを見ていた。

黒瀬は二階に向かった。大会議室のドアを開け、なかに入る。

部屋には、捜査一課長の阿久津と、捜査支援分析センター長の宮東がいた。前に、昼食を共にした顔ぶれだ。

黒瀬は、部屋の前方にいるふたりのそばへ行くと、阿久津の向かいに座った。泉は黒瀬の隣に座る。阿久津の横にいる宮東と、向き合う形になった。

四人が顔を合わせると、宮東が口を開いた。泉に言う。

「疲れているところ、呼び出してすまないね」

泉は首を横に振った。

「いいえ、大丈夫です」

連日の残業に加え、今日は朝からの張り込みだった。阿久津のいうとおり、疲れていると思う。が、泉は疲労を感じていなかった。神経が高ぶっているのだろう。

黒瀬が、泉を見る。

「お前をここに連れてきたのは、確認してほしいものがあるからだ」

黒瀬の向かいにいる阿久津が、机のうえにあった書類袋を手に取った。なかから、紙を取り出す。

「これを見てほしい」

阿久津はその紙を、泉に差し出した。

受け取った泉は、眉を顰《ひそ》めた。紙は十枚あった。それぞれに、男性の顔写真が印刷されている。なにかの証明写真だ。

「あの、これは——」

阿久津は、泉に最後まで言わせなかった。逆に訊ねる。

「そこに、保科さんをつけていた車に乗っていた男はいるか」

泉は息をのんだ。このなかに、事件の関係者がいるのだろうか。

訊ねかけた泉を止めるように、黒瀬が言う。

「よく見ろ」

泉は、三人の上司の顔を見た。みな、目が怖いくらい真剣だ。そのことから、泉の答えが事件解決を左右する重要なものなのだとわかる。

心臓が大きく跳ねた。暑いわけではないのに、背中に汗が滲んでくる。

泉は手元の紙に目を落とした。

ベージュの車と、自分たちが乗っていた車は離れていた。すぐに思い出せるのは、人がふたり乗っていたことまでだ。それ以上のことは、思い出せるか自信がない。

紙を見たまま黙っている泉に、黒瀬がつぶやく。

「お前は、思ったまま答えればいい。責任は、俺が持つ」

泉は黒瀬を見た。黒瀬は、腕を組んで椅子の背にもたれていた。視線は、机のうえのあたりにある。言い方は素っ気ないが、声には強い力がこもっていた。

黒瀬の言葉に、心のなかの怖さが消えていく。

もし、答えが違ったとしても、黒瀬は泉ひとりを責めはしない。捜査をいちからやり直し、犯人逮捕へ全力を注ぐ。

泉は覚悟を決め、手にしている紙に目をやった。

男たちの年齢はばらばらだった。下は二十代半ば、上は五十代と思われる者までいる。身なりは、全員、ワイシャツにネクタイ姿だった。

泉は目を閉じた。脳に刻まれている今日の映像を、昼まで遡る。ファミリーレストランの駐車場に、ベージュのセダンが入ってきたところまでだ。そこからゆっくり再生し、車がエンジンを切ったところで停止した。

車は泉から見て、斜めに停まっている。運転席が手前で、助手席が奥に見える形だ。

フロントガラスのなかの人影を、クローズアップする。画素数が少ない写真を拡大したように、画像が粗くなった。

神経を集中し、人影に心の目を凝らす。

ぼんやりしていた輪郭が、次第にはっきりしてきた。ふたりとも、髪は短い。耳がぜんぶ出ている。

さらに集中する。なにかで締め付けられているように、頭が苦しくなってきた。脳が極限まで緊張しているのだ。苦しさに懸命に耐える。

やがて、ふたりの男の顔のパーツが、鮮明になってきた。運転席にいる男は、年齢は二十歳前後、顔の彫りが深く、目鼻立ちがはっきりとしている。助手席の男は、年齢は四十歳半ば、細面で目が細い。薄い唇から、冷たい印象を受ける。

泉は目を開けた。手にしている紙を、手早く机に並べる。机に並んだ男たちの顔を、右から順に見据えた。

瞬きも忘れ、食い入るように見つめる。

泉は二枚の紙を、手にした。上司三人の顔を見つめる。

「このふたりです」

阿久津が手を伸ばし、泉の手からすばやく紙を奪う。隣から、宮東が覗き込んだ。

「間違いないか」

宮東が泉に問う。

自分の記憶に間違いはない。そう確信しているが、改めて確認されるとその自信が揺らぐ。

泉は、黒瀬を見た。黒瀬は無表情だった。腕を組んだまま、じっとしている。大きく息を吸い、吐き出す。黒瀬は、お前は思ったまま答えればいい、と言った。自分は黒瀬を信じて、その言葉に従えばいい。

泉は宮東の目を見て、答えた。

「間違いありません。若いほうが運転席に、年上のほうが助手席にいました」

阿久津が、黒瀬を見た。泉の答えを信じていいのか、そう目が言っている。

黒瀬が答える前に、泉は自分の答えを補足した。

「運転席の男はオーソドックスな襟の白いシャツ。上着は紺。左手の薬指に、結婚指輪と思われるリングをつけています。助手席の男は、ボタンダウンのグレーのシャツに、黒いジャンパーを着ていました」

阿久津と宮東が、目を合わせた。

黒瀬が背もたれから身を起こし、阿久津に手を差し出した。阿久津が泉の選んだ二枚の紙を渡す。

黒瀬は前かがみの姿勢で、二枚の紙を交互に見た。

「ビンゴ、だな」

泉は黒瀬を見た。ビンゴ——当たりということは、三人は最初から、車に乗っていた男たちの目星がついていたということか。

「あの——」

男たちの素性を訊ねようとしたとき、黒瀬が椅子から立ち上がった。手にしていた紙を、机に置く。黒瀬は阿久津を、立ったまま見下ろした。

「これではっきりした。今後の捜査をどうするか、そっちの方針が決まったら教えてくれ」

阿久津は、なにも言わない。怖い顔でどこかを見ている。宮東は、視線を床に落としたままだ。

黒瀬が出口へ向かう。ドアを開けた黒瀬は、後ろを振り返り、阿久津に向かって言った。

「悠長に構えている時間はないぞ。事件はこうしているいまも、動いているんだ」

返事を聞かずに、黒瀬は部屋を出た。泉も続く。

速足で先を歩く黒瀬に追いつくと、泉は訊ねた。

「いったいどういうことですか。あの男たちは何者なんですか」

黒瀬は少しの間のあと、前を見ながらぼそりと答えた。

「ソトニだ」

泉は自分の耳を疑った。黒瀬に確認する。

「ソトニって、警視庁の――」

「そうだ。ソトニの捜査員だ」

ソトニとは、警視庁公安部外事第二課の隠語だ。公安部は公安警察を担う組織で、テロやスパイ活動、反政府組織対策といった、国家の秩序と安全を脅かす危険がある捜査に従事している。外事第二課は、アジア圏内が管轄だ。

警察組織内で起きた事件の捜査は、公安がする。同じ本部内や署内の人間では、情や身びいきが絡み、正しい捜査が行われない可能性があるからだ。が、その場合の多くは、近県の公安の人間があたる。警視庁の、しかも外事課の者が出てくることは、通常ありえない。

「本部内の窃盗事件に、どうして、外事課が出てくるんですか」

泉は黒瀬に訊ねる。つい大きな声が出た。

黒瀬は問いには答えなかった。泉の声が耳に入っていないようだ。歩きながら、低い声でつぶやく。

「この事件、考えていた以上にでかいな」

泉は唾を飲み込んだ。

黒瀬に、いまなにが起きているのか訊ねたかった。が、混乱していて、なにから聞いていいのかわからない。泉は黙って、廊下を歩く黒瀬のあとをついていくしかなかった。

翌日、泉は朝礼が済むと、黒瀬とともに米崎中央署へ向かった。

隣で運転している黒瀬を、泉は目の端で見た。黒瀬は無言でハンドルを握っている。

小さく息を吐き、泉は視線をフロントガラスに戻した。

聞きたいことは、山ほどあった。が、おそらく黒瀬はなにも答えない。いまは、理由がわからないまま、黒瀬の指示に従うしかない。

昨夜、阿久津と宮東との話を終えたあと、黒瀬は機動分析係の部屋へ向かう途中、泉に言った。

「明日、中央署へ行く。同行しろ」

いま本部では、一日も早い事件解決が望まれている。捜査現場を離れてまで、中央署へ行く理由はなんなのか。

泉は訊ねた。が、黒瀬はなにも答えなかった。

係の部屋に戻ったあとの、黒瀬の言動にも、泉は疑問を抱いた。

黒瀬は自分の席に着くと、ベージュの車は警視庁の公安だ、とメンバーに伝えた。

ひとりを除き、メンバーたちは納得したようだった。里見だけが、どうして近県ではなく警視庁の公安が出てくるのか、黒瀬に訊ねた。

その問いには、日下部が答えた。近県の公安が、別件で手が回らない場合、警視庁の公安が出張ってきてもおかしくはない。そのような事情があるのだろう、そう日下部は言った。その答えに、里見は納得したようだった。

泉は席に着くと、黒瀬をちらりと見た。

黒瀬の答えは、間違っていない。が、一番重要な部分は隠した。公安の者が、外事二課であるということだ。アジア系の犯罪担当が、米崎県警内で起きた事件に首を突っ込んでいると知れば、メンバーたちは、黒瀬に理由を訊ねるだろう。が、黒瀬に答えるつもりはない。聞かれて答えることならば、最初から伝えるはずだ。

泉には、人定確認をさせるため、伏せておくことはできなかった。仕方がなく教えたが、外事二課が出てきた理由までは、聞いても言わなかった。

車が赤信号で止まった。

泉はいま一度、黒瀬を見た。

黒瀬は前を向いたまま、ぼそりと言った。

「さっきからなんだ。俺の顔に、飯粒でもついてるか」

泉は慌てて、首を横に振った。

「なんでもありません」

黒瀬は、言葉を続ける。

「お前が聞きたいことはわかっている。だが、いまは言えない」

泉は、黒瀬に訊ねた。

「いまは——ということは、いずれ教えてくれるんですね」

黒瀬は肯定も否定もしない。

「俺が言わなくても、いずれわかる。そうなることを、願っている。いま言えるのはそれだけだ」

「ひとつだけ、教えてください」

泉は黒瀬のほうに、体を向けた。

「どうしてメンバーに、公安が外事二課の捜査員だと言わないんですか。伝えて、みんなで協力すればいいじゃないですか」

黒瀬が、舌打ちをくれる。

「本当は、お前にも知らせたくなかったんだ。が、車を運転していた人物の人定確認だけは、お前の記憶力に頼るしかなかった。それがなければ、俺と阿久津さん、宮東さんで動くつもりだった」

「だから、どうして——」

黒瀬は言葉を遮るように、泉を鋭い目で見た。

「世の中、知らないほうがいいことがある。なにも信じられなくなるからな」

「知らないほうがいいことに、米崎中央が絡んでいるんですか」

「質問はひとつだけのはずだ」

信号が青になった。

黒瀬がアクセルを踏む。

「お前には、しばらく俺の捜査に協力してもらう。本当はひとりで動きたいところだが、お前には外事二課の件を知られているし、規則で捜査はふたり以上となっているからな。捜査内容は誰にも言うな。その判断は、俺がする」

警察組織は、上意下達だ。部下は上司の命令に従うしかない。

泉は助手席の窓から、外を見た。

「里見さんに、また嫌味を言われます」

黒瀬が笑う気配がした。

「あいつは、ファザコンだからな」

「ファザコン？」

黒瀬の話によると、里見の父親と黒瀬は、かつて合気道の子弟関係にあったという。

「二十歳を過ぎたころ、雑誌で見かけた合気道に興味を持ち、習いにいった。その道場にいた師範が、大の父親だった」

当時、黒瀬は二十一歳。里見の父親——里見泰治《やすはる》は、三十九歳だった。里見は四歳で、よく道場に遊びに来ていた。ポケットから取り出したミニカーを床で走らせ、遊んでいた姿をよく覚えているという。

「泰治さんの奥さんは、大が一歳のときに事故で亡くなった。泰治さんは男手ひとつで、大を育てていた」

黒瀬は、独り言のように話を続ける。

「泰治さんは俺のことを気に入ってくれて、稽古が終わったあと、自宅へ招いて手料理を振舞ってくれた。申し訳ないと断ると、料理を作っても、自分と子供の大だけでは残ってしまう。だから、食べるのを手伝ってくれ、そう言っていた。そのころの俺は、そういうものだと思っていたが、いま思えば泰治さんは淋しかったんだと思う。子供はかわいいだろうが、たまに晩酌の相手が欲しいときもある。そんなとき、俺を誘っていたんだろう」

黒瀬が、泰治の合気道と料理の腕を褒めると、泰治の膝の上で箸を動かしている里見は、誇らしげに父の顔を見上げていたという。

「大にとって父親は、自分の絶対的庇護者《ひごしゃ》であり、英雄だったんだろう」

「里見さんが、お父さまを尊敬しているのはわかりました。でも、それがどうして黒瀬さんに結びつくんですか」

黒瀬はハンドルを右に切った。

「泰治さんは、大が十八歳のときに亡くなった」

享年五十三、脳梗塞だったという。出先で倒れ、意識が戻ることなくあの世へ旅立った。

「そのころ、俺はすでに警察官として働いていて、道場への足が遠のいていた。だが、葬儀場で再会した大は、かつてと変わらない様子で、俺に話しかけてきた。泰治さんは俺のことを、いいやつだ、と言っていたらしい。失った父親の存在を、父親が褒めていた男に重ねたんだろう。大は奨学金で大学を卒業したあと、警察官になった」

事情はわかった。が、だからといって、里見が泉に突っかかってくることを、許すわけではない。ただ、こんどから少しだけ、その嫌味を聞き流せる気がする。

黒瀬が言う。

「いまの話も、言うな。大が拗《す》ねる」

顔を赤くして怒る里見の姿が、目に浮かぶ。腹から笑いがこみあげてきた。

「それはお約束できません。私の忍耐にも限界がありますから」

言い返した泉を、黒瀬がちらりと見た。すぐに前を向く。

「森口への嫌味はほどほどにしろ、と言っておこう。それがお前のためだとな」

「私も助かります」

車が左折した。少し先に、米崎中央署の建物が見えた。


米崎中央署は、米崎県内で一番大きな警察署だ。

今日はクリスマスイヴで祝日だ。受付はあいていない。

正面玄関を入ると、黒瀬は当直室へ向かった。なかにいる男性に言う。

「生活安全部少年課の、林《はやし》課長に取り次いでもらいたい」

睨んでいるわけではないし、怒鳴っているわけでもない。が、黒瀬には独特な威圧感があった。

男性は黒瀬を探るような目で見た。

「お名前を伺ってもよろしいですか」

「本部の黒瀬といえば、わかります」

男性は居住まいを正し、急いで内線電話の受話器をあげた。

話は通じたようだ。男性は電話を切り、黒瀬を見た。

「どうぞ。林がお待ちしています」

黒瀬は片手をあげることで礼をすると、階段へ向かった。

生活安全部は四階にある。

黒瀬は部屋のドアを開けて入った。泉も続く。

なかは、四つの島に分かれていた。それぞれの島の上に、天井からプレートがぶら下がっている。地域課、通信指令課、生活環境課、少年課だ。祝日だが、数人が出勤している。

黒瀬は少年課へ向かっていく。上席の前に立つと、椅子に座っていた男が顔をあげた。白いものが交じった髪を、五分刈りにしている。黒瀬がビーグルならば、この男はブルドッグだ。

林は、自分の腕時計を見た。

「八分の遅刻だ」

泉は、壁にかかっている時計を見た。約束の時間は九時だ。壁の時計の針は、九時ちょうどを指している。

黒瀬が、壁の時計を顎で指した。

「私は時間に遅れたことはありませんよ」

林が目をやる。自分の時計と見比べてから、おどけるように、肩を竦めた。

「この時計は、俺が警察官になるときに親父がくれたんだ。もう、四十一年使っている。だましだましつけていたが、こうもしょっちゅうずれては、もう役に立たんな。俺と同じだ」

「メンテナンスすれば、まだ使えますよ」

「俺のメンテナンスは、もう無理だ。糖尿をやってな。好きな煙草も酒も、ラーメンも禁止だ。生きがいを失っちゃあ、メンテナンスもへったくれもない」

黒瀬は軽く首を傾げた。

「場所、変えてもらえませんか」

林は眉根を寄せた。

「そこじゃあ、いかんか。このあいだ膝を痛めて、あまり動きたくないんだ」

部屋の一角がパーティションで区切られ、簡易な応接セットが置かれていた。

黒瀬が首を横に振る。

「人がいないところがいいんですが」

林は少しの間のあと、ぼそりと訊ねた。

「いったい、なんの用で来た」

「米崎《こ》中央《こ》署で捕まえた、詐欺事件の受け子に関してです」

林の顔色が変わった。黒瀬を睨む。林は黒瀬から目を背けず、そばの席にいた部下に命じた。

「空いてる会議室を確認してくれ」

ただならぬ空気を感じたのだろう。若い捜査員は、慌てた様子で内線電話の受話器をあげた。おそらく総務に確認しているのだろう。

捜査員は受話器を置き、林を見た。

「いずれも空いていますが、第四会議室が一番近いかと」

林は椅子から立ち上がった。

「五階だ」

林が部屋を出ていく。黒瀬と泉は後へ続いた。

会議室へ入ると、林が訊ねた。

「本部の捜査支援分析センターが、どうして受け子なんか調べるんだ」

「ちょっと、確認したいことがありまして」

林は向かいに座る黒瀬を、苦い顔で見た。

「受け子の大半は、自分が罪を犯している自覚がない。街角で知り合った相手に、物を受け取ってきてくれ、と頼まれるだけだ。当然だが、人は知っていることは吐けるが、知らないことは吐けん。元締めを辿ろうにも、なんともならん」

林は椅子の背にもたれて、顔の前で指を組んだ。

「なにを調べているかわからんが、こっちも情報がない。協力できることはないよ」

「リストが欲しいんです」

林は首を傾げた。

「なんのリストだ」

「逮捕した、受け子のリストです」

林の目が鋭くなった。

「理由は」

「聞かないほうが、林さんのためです」

黒瀬が受け子のリストを欲する理由に、心当たりがあるのだろう。林の目が泳いだ。

林は考えるように、机を指で小突いていたが、やがて黒瀬に問うた。

「上は知っているのか」

黒瀬が首を横に振る。

「私、独自の捜査です」

しめたとばかりに、林は口角をあげた。

「それでは無理だな。いくら身内でも、個人捜査に、個人情報が詰め込まれたリストを渡すわけにはいかん。欲しければ、上の決済印がついた申請書を持ってこい」

林と黒瀬の視線がぶつかる。どちらも引かない。

黒瀬は小さく息を吐くと、上着の内ポケットから、ホープを取り出した。

「庁舎内は禁煙だ」

林が注意する。

黒瀬はパッケージのなかから一本取り出して、内ポケットへ戻した。

「わかってますよ。手にしているだけで、苛立ちが少しは和らぐんです」

真っ向から喧嘩を売ってくる黒瀬に、林の表情が再び険しくなる。

「とにかく、申請書を持ってこい。話はそれからだ」

椅子から立ち上がりかけた林を、黒瀬が引き留めた。

「そうつれなくせんでもいいでしょう。久しぶりにお会いしたんです。少し、昔話でもしませんか」

場にそぐわない申し出に、林は不可解そうな顔をした。

黒瀬は、煙草のフィルターを片方の指で持つと、もう片方の指先でしごくようになぞる。

「そうですね。例えばいまから十五年前、林さんが米崎西署にいた頃の話とか」

林の顔色が明らかに変わった。心なしか、血の気が引いたように思う。

浮かせかけた尻を椅子に戻し、林は机に片ひじを載せた。

「お前、まさかあのときのことを――」

黒瀬は、椅子の背にもたれた。

「相手を従わせるには、弱点を突くのが一番効果的だ。そう教えてくれたのはあなたです」

「昔の話だ」

「もう、十五年も前になりますね」

「証拠もない」

「私が封じたからです」

黒瀬は、肩が凝っているように、首をぐるりとまわした。

「昔の話であり、証拠もない。たしかに、あなたの落ち度を立証することは不可能です。しかし、この話が警察上層部の耳に入ったらどうでしょう。噂の範疇を超えないものであっても、あなたの評価に影響は出ます。よくない形でね。そうそう――」

黒瀬は、わざとらしい大声を出した。

「そうなって一番喜ぶのは、安納《あんのう》さんでしょうね」

青くなった林の顔が、屈辱か怒りのせいか、赤くなってくる。

黒瀬は余裕の笑みを浮かべた。

「来春、生活安全部長の鳥井《とりい》さんが退官される。そのポストにつくのは林さんか、警備部警察安全課の安納課長のどちらかだと、もっぱらの噂ですよ。経歴も実績もほぼ同じ。どちらが選ばれてもおかしくない。ただ、いま林さんの印象を悪くする話が表に出たら、均衡は崩れますね」

林は恐ろしい顔で、ひじ掛けを指で小突いている。やがて、恨みがましい声でつぶやいた。「かつての部下に脅されるとはな」

黒瀬は、ゆっくりと首を左右に振った。

「脅しではありません。交渉です」

林は諦めたように、息を吐いた。

「俺は部下の育て方を、間違ったようだ」

黒瀬は真顔に戻り、頭を下げた。わけがわからないまま、泉も頭を垂れる。

ついた勝負に関しては、物言いをつけないタイプらしい。林は引き締まった表情に戻ると、落ち着いた口調で黒瀬に訊ねた。

「いつまでに欲しいんだ」

「できるだけ早く」

林は少し考えた。

「三日待て」

黒瀬は首を横に振る。

「二日でお願いします」

「おいおい」

林が困り果てたように、額に手を当てる。

「こっちも無理を通しているんだ。お前も引くところは引け」

黒瀬は引かない。逆に突っ張る。

「一日を融通してポストを手にするか、今後、何年も悔しい思いをするか。選ぶのはあなたです」

「わかった、わかった。二日でなんとかする」

林は完全に、投了した。ソファから立ち上がる。

「明後日までに、連絡を入れる。用は済んだだろう。帰れ」

黒瀬は林の言葉に、大人しく従った。腰をあげ、礼を言う。

「要望を聞き入れてくださり、ありがとうございました」

林が苦々しい顔で、舌打ちをくれる。

「なにが要望だ。これで、貸し借りなしだ」

先に林が、部屋を出た。

廊下で別れて、黒瀬と泉は正面玄関へ向かった。

階段を下りながら、泉は前を歩く黒瀬の背につぶやいた。

「黒瀬さんは、林さんのなにを摑んでいるんですか」

ズボンのポケットに両手を突っ込んだまま、黒瀬は振り返らずに答える。

「弱みだ」

「目的のためなら、かつての上司を脅すんですね」

黒瀬が笑う気配がした。

「そういうのを別な言い方で、持ちつ持たれつっていうんだ」

詭弁《きべん》だ。

泉は奥歯を噛み締めた。

相手の弱みに付け込んで、自分の思うがままに動かす。歴《れっき》とした脅迫だ。事件はきれいごとだけで、解決はできない。己の手を汚さなければいけないときがある。それは、泉にもわかっている。声に出して、黒瀬を責めることはできない。が、黒瀬のやり方を、抵抗なく受け入れることも嫌だった。

足を止めた泉を、黒瀬が振り返った。

「どうした」

どう答えていいかわからず立ち尽くしていると、黒瀬の携帯電話が鳴った。本部から支給されているものだ。

黒瀬が電話に出る。

「俺だ」

どうやら、係からのようだ。

話を聞いていた、黒瀬の表情が変わる。

「間違いないのか」

深刻な表情から、重大ななにかが起きたことがわかる。

二言三言、言葉を交わし、黒瀬は電話を切った。結びの言葉は、[illegible]さんの指示に従え、というものだった。

泉は急いて訊ねた。

「誰からですか。なにかあったんですか」

黒瀬は、どこかを見ながら答える。

「大からだ。保科さんが死んだ」

泉は声を失った。

いつ、どこで、なぜ。疑問が一気に押し寄せる。が、驚きのあまりなにも言葉にならない。

黒瀬はいきなり駆け出した。

「待ってください、黒瀬さん。どこへ行くんですか」

黒瀬は止まらない。階段を駆け下りていく。

わけがわからないまま、泉もあとを追う。

黒瀬は四階に着くと、生活安全部の部屋のドアを開けた。

部屋のなかは、騒然としていた。各署やパトカーから入る無線の音が飛び交い、捜査員たちは、慌ただしく動いている。

少年課の上席に、林がいた。黒瀬は、林のもとへ向かい、机の前に立った。

「保科さんの件、いま、部下から連絡が入った。現場の状況が知りたい」

林は苦痛を顔に滲ませて、机にある無線機の音量をあげた。

黒瀬が、無線機に耳を近づける。

砂嵐の音のような通信音の合間に、無線のやり取りが聞こえる。

「一一〇番通報者《マルツウ》は、被害者《マルガイ》の自宅近所の住人――」

「発見日時《ニチジ》、本日午前十時半ごろ、発生場所《バショ》、被害者《マルガイ》自宅、目撃者《マルモク》は現在なし――」

「平中5、現着《ゲンチャク》――」

「本部機捜、現在、砂州《さす》四丁目を走行中、発生場所《バショ》には四十分後に到着予定――」

「一一〇番通報者《マルツウ》の人定により、被害者《マルガイ》は保科賢吾と判明――」

現段階では、保科が死んでいるのが発見されたのは、いまから十分前の十時半ごろで、場所は自宅。それしかわからない。死亡時刻も、死因も不明だ。

林が眉間に皺を寄せて、右手でこめかみを揉む。

「とんでもないな」

いきなり、林の机にあった内線電話が鳴った。林が出る。短い会話を終えて、受話器を電話機に戻した。

林は重い息を吐きながら、黒瀬を見た。

「これから役職以上の緊急会議だそうだ。保科さんの件だ。緘口令《かんこうれい》を敷くんだろうよ」

重いものを背負っているように、林は難儀そうに腰をあげた。

黒瀬が、林に言う。

「例の約束は、守ってください。明後日までです」

林は、呆れと困惑が混じったような表情をした。

「こんな非常事態なのに、容赦ないな」

黒瀬は林より先に、部屋を出た。

駐車場に止めてある車に戻ると、黒瀬はエンジンをかけた。無線の音量をあげる。

流れてくる内容は、林のところで聞いたものと、さほど変わりはなかった。

泉は助手席で、胸にあるものを黒瀬に吐き出した。

「どうして保科さんは死んだんですか。事故ですか、自殺ですか、それとも――」

泉の言葉を遮るように、黒瀬はエンジンをふかした。

「いま知っていることは、お前も俺も同じだ。俺に聞いても無駄だ」

黒瀬がギアを、ドライブに入れた。

「どこへ向かうんですか」

「現場だ」

「本部に戻らなくていいんですか」

米崎中央署と同様に、本部でも緊急会議が開かれているかもしれない。

黒瀬は怒ったように答えた。

「保科さんが死んだのは、本部じゃない。データの解析はあとでもできる。が、事件発生直後の現場を見られるのは、いましかない」

黒瀬がハンドルを握り、足をアクセルに乗せる。車が動き出したとき、黒瀬の懐で携帯が鳴った。

ブレーキを踏み、忌々し気に携帯を取り出す。

「このクソ忙しいときに、いったい誰だ」

携帯を開いた黒瀬は、はっとしたように息を吸い、電話に出た。

「俺だ。ちょっと用事があって米崎中央署《よねなか》にいた。いま出たところだ。や、それはまだだ。新しい情報を入手したら、阿久津さんにも報告する」

相手は阿久津からだ。

黒瀬がハンドルから手を離した。電話は、すぐには終わらないらしい。

「ああ、知ってる。大から聞いた。驚いたよ、まさか保科さんが死ぬなんて――。現場の状況は行ってみないと、俺もわからん。おそらく、所轄の機捜が現場を仕切っているだろう。無線で、本部も応援に向かっていると聞いた。本部の捜一は――」

そこで、黒瀬は話を止めた。聞き返す。

「おい待て、もう一度言え」

阿久津が答える気配がする。

黒瀬の顔色がかわった。ハンドルを強く握り、携帯に向かって怒鳴る。

「どうして現場に、サクラがいるんだ！」

泉は反射的に、身を硬くした。

サクラは公安警察の隠語だ。もしや、現場に公安がいるのか。

「くそっ！」

電話を切った黒瀬は、アクセルを踏んだ。

車が急発進する。

泉は、ドアのアームレストにしがみついた。

「いったい、なにがあったんですか。サクラってまさか――」

黒瀬は、前を睨みながら答える。

「そのまさかだ。警視庁の公安が出張ってる。一番乗りだそうだ」

「そんな」

思わず大きな声が出る。

県内の一一〇番入電は、すべて本部の通信指令室へ繋がる。受理した通報は、直ちに所轄やパトロール中のパトカーに無線で指令が出され、現場の近くにいる警察官が駆けつける。

警察無線の周波数は、デジタル暗号化され、都道府県ごとに異なる。必要に応じて全国の警察本部と相互通信できるが、基本は管轄区域での傍受だ。

仮に、他県の警察が無線を傍受しても、管轄の捜査員より先に現場に駆けつけることは、まずない。縄張りの礼儀は、心得ている。

「どうして公安が、現場にいるんですか」

泉の問いに、黒瀬は吐き捨てるように答えた。

「俺に聞くな」

会話が途切れた。

無線から、現場の様子が流れてくる。情報が錯綜《さくそう》している。

黒瀬は制限速度を守りながら、車を走らせる。

覆面パトカーならば、車内に収納している赤色灯をルーフに搭載し、緊急走行できる。が、水面下での捜査を担う泉たちが乗っている車は、緊急装備を持たない公用車だ。一般車両と同じ条件で、走行しなければならない。

焦っても、どうしようもない。いまは、冷静になることが先決だ。

泉は奥歯を嚙みしめ、心で自分にそう言い聞かせた。

保科の家の周辺は、物々しい空気に包まれていた。

現場となった家の前の道路には、複数のパトカーが赤色灯をつけて停まっている。近所の住人と思しきやじ馬が、その周りを取り巻いていた。

パトカーの後方に車をつけると、若い制服警官が駆け寄ってきた。金が一本の銀バッジ。巡査だ。運転席に顔を近づけ、窓を指で小突く。

黒瀬はわずかに窓を開けた。

巡査が命じる。

「現在この周辺は、関係者以外立ち入り禁止です。引き返してください」

物言いは丁寧だが、口調はきつい。

黒瀬は窓を閉め、エンジンを切ると、車から降りた。泉も続く。

指示に従い、立ち去ると思っていたのだろう。警官は驚いた様子で、一歩、退いた。

黒瀬はすれ違いざま、警官の肩を軽く叩いた。

「そう鼻息を荒くするな。同業者だ」

泉は、上着の内ポケットから、警察手帳を取り出した。

手帳を見た巡査は、驚いた様子で頭を下げた。

黒瀬は立ち入り禁止の黄色いテープを跨《また》ぎ、保科の自宅敷地へ入る。

青い作業着を着た、年配の男が黒瀬に歩み寄ってきた。背は低く、腹が出ている。左腕に、鑑識、と書かれた腕章をつけていた。

男は黒瀬の前に立つと、小さい目を大きく見開いた。

「やっぱり仁さんだ。毎日データとにらめっこしてるあんたが、どうしてここにいるんだ」

「元谷《もとや》さんは、相変わらず仏専門ですね」

「万年係長だ」

「仏に関しては、警視総監でも元谷さんには敵いませんよ」

会話から、ふたりが旧知の仲だとわかる。

「この人は？」

元谷が泉を見た。慌てて、頭を下げる。

「黒瀬さんの部下の、森口泉です。階級は巡査です」

元谷が気の毒そうに笑う。

「こんな偏屈おやじの下で働くなんて、難儀だな」

元谷の悪たれ口を無視し、黒瀬は元谷の背後にある、保科の自宅に目をやった。

「検視は済んだんですか」

元谷は黒瀬の目を追い、後ろを振り返った。

「ああ、いましがたな。いま、仏さんを運び出すところだ」

黒瀬が、元谷に目を戻す。

「元谷さんの見立ては」

元谷は被っていた帽子を取り、ごま塩頭を乱暴に掻いた。

「まだ、なんともいえんな。茶の間のこたつで、寝っ転がって死んでいた」

「死亡時の着衣は」

「綿のパジャマに、綿入れの半纏《はんてん》」

「外傷は」

「ない」

「部屋が荒らされた様子は」

「それもない」

「死亡時刻は」

「顎と関節が固まってる。死斑も出ている。直腸温も照らし合わせて、死後十時間前後ってところかな」

泉は腕時計を見た。まもなく正午だ。死亡時刻は深夜二時前後あたりか。

黒瀬は保科の自宅に向かって、顎をしゃくった。

「現場《なか》、見られますか」

「調べは終わった。どうぞ」

元谷が現場に向かう。黒瀬に続き、泉もついていく。

ちょうど、玄関から遺体が運び出されるところだった。毛布に包まれて、担架に乗せられている。毛布の端から、手首の先が出ていた。硬直し、人形のそれのようだった。

遺体を乗せた救急車が、サイレンを鳴らさず現場を立ち去る。

元谷が玄関に入ると、三和土に待機していた捜査員が、道を空けた。

紺色の背広を着た若い男が、元谷に声をかける。胸に、秋霜烈日《しゅうそうれつじつ》のバッジをつけている。

「遺体も搬送されたので、私はこれで」

男が軽く頭を下げる。

元谷は帽子を脱ぎ、礼をした。

「お疲れさまでした」

男が立ち去ると、黒瀬は背を見ながらつぶやいた。

「検事の立会いとは、念がいったことだな」

「元捜査員の不審死ですからね。それが、本部の大失態の事件の参考人となれば当然でしょう」

本部では、事件に関する緘口令が敷かれている。が、警察関係者の耳には、事実や憶測問わず、ある程度の情報が入っているのだろう。

元谷は玄関をあがると、茶の間の入り口に立っている男に声をかけた。

「麻井《あさい》警部」

呼ばれた男がこちらを向く。元谷とは対照的に、ひょろ長い体形だ。見た目、三十代後半といったところか。元谷の後ろにいる黒瀬と泉を、怪訝そうに見る。

元谷は、黒瀬と泉を、麻井に引き合わせた。

「本部の捜査支援分析センターの黒瀬警部と、森口巡査です。こちらは、米崎西署の刑事課長の麻井警部。黒瀬さんが、現場が見たいというので通します」

麻井は、無言で軽く頭を下げた。きつい目つきから、歓迎していないことが窺える。管轄外の人間が、現場になんの用があるのか、そんな感じだ。

そう思っていたとしても、麻井はなにも言えない。現場の指揮権は、鑑識にある。麻井が本部長であっても、元谷の指示には逆らえない。

麻井は立っていた場所を空け、玄関へ行く。麻井が外へ出ていくと、元谷は黒瀬に囁いた。

「いろんな人間が出張ってくるから、自分の縄張りを荒らされた気分なんでしょう」

元谷は茶の間の入り口に立ち、黒瀬を招いた。

「ここが現場です」

黒瀬は部屋には入らず、廊下からなかを見た。泉は、黒瀬の隣に立った。

茶の間は八畳ほどの広さの和室だった。庭が見える縁側と、続きになっている。双方を仕切る障子は、開いていた。

部屋の隅で、調べを終えた鑑識の人間が、使った道具を頑丈そうなケースにしまっている。元谷に気づくと、手を動かしながら声をかけた。

「私は署に戻ります。遺留品は、すでに車に積みました。元谷さんはどうされますか」

部下と思しき男に向かって、元谷は首を横に振る。

「俺はもう少し、ここに残る。帰りは心配するな。足はある」

元谷は黒瀬を、目の端で見た。

部下がケースを手にし、現場を出ていく。

元谷は、部屋のなかを指さした。

「保科さんは、そこで死んでいました。下半身だけ、なかに入っていました」

部屋の中央には、長方形のこたつがあった。使い込んだこたつ布団が、ところどころ捲れている。

「遺体の状況は」

黒瀬が訊ねる。

元谷は、ジェスチャーを交えて説明した。

「頭は我々の方、顔は縁側を向き、左を下にした側臥位《そくがい》でした」

黒瀬は部屋を見渡した。独り言のようにつぶやく。

「たしかに、荒らされた形跡はないな。普段から、きれいにしていたようですね。物取りの線は薄いか」

黒瀬の言葉を、元谷が補足する。

「外傷もない。頸部《けいぶ》に圧迫痕もない。嘔吐もない。苦しんだ様子もない。不審な点は、なにもない」

「死因は？」

元谷は腕を組んだ。

「司法解剖をしなければ正確にはわからんが、多量のアルコールと薬物摂取による心停止でしょうな」

「薬物？」

泉は思わず声を出した。

元谷は説明した。

「こたつの上に、空のウイスキー一本と、バルビツール酸系の睡眠薬があった。薬はワンシート十錠のものが十個。八シートと半分が空だった」

保科が服用したと思われる薬は、睡眠薬のなかでもかなり強いものだ。

黒瀬は睨むように、元谷を見た。

「元谷さんはどう思いますか。自殺か、それとも――」

その先を、元谷は言わせなかった。強い声で遮る。

「あくまで私の見立てです。司法解剖の結果が出るまで、なんとも言えませんな。それも、するかしないかわかりませんが」

ふたりの会話を黙って聞いていた泉は、たまらず割って入った。

「自殺ではありません」

元谷と黒瀬が、泉を見る。

確信を込めて、繰り返した。

「保科さんは、自殺ではありません」

元谷は、泉に身体を向けた。

「どうして、そう言い切れるんですかね」

「私たち機動分析係は、事件が発覚してからずっと、保科さんを張っていました。もう半月になりますが、そのあいだに保科さんが酒類を購入したり、精神科を受診したことはありません」

元谷は言い返した。

「酒も薬も、前に入手していたかもしれない。それを、呷《あお》った可能性がある」

泉は食い下がる。

「いいえ。それ以外にも、保科さんの自殺説を否定する理由があります」

「母親か」

黒瀬がつぶやいた。

泉は肯いた。

「保科さんは、母親が入居している施設に、毎日通っていました。それほど母親を大事にしている人が、ひとり残して死ぬなんて考えられません」

泉は黒瀬の真正面に立った。

「阿久津さんに頼んで、県内の病院を調べてもらいましょう。保科さんの受診歴を辿れば、薬を処方されていたかどうかがわかります。そうすれば、保科さんが自殺ではないことがはっきりします」

元谷が口角をあげて、黒瀬を見る。

「あんたに似て熱血だな。いまどき流行《はや》らん」

黒瀬は下に目を落として考えていたが、やがて顔をあげた。鋭い目で元谷を見る。

「現場に一番乗りしたのは、公安だそうですね。詳しく聞かせてもらえませんか」

そばにいた捜査員たちの目が、一斉に黒瀬に注がれる。

元谷の顔が、険しくなった。黒瀬から目を逸らす。

「私はなにも知りません。麻井さんから、報告を受けただけです」

「知っていることだけで、けっこうです。どんな経緯で、公安が現場にいたんですか」

元谷が口を開きかけたとき、背後で声がした。

「そのことについては、私が話しましょう」

振り返る。麻井だった。

なにか言いかけた元谷は、口をつぐんだ。帽子を目深にかぶり直し、麻井に軽く頭を下げる。

「では、私は署に戻ります」

現場の指揮権は鑑識にあるが、捜査の指揮権は刑事課にある。刑事課長の麻井が出てきたからには、元谷は引っ込むしかない。

元谷は黒瀬の脇を通り過ぎるとき、軽く背を叩いた。なにかを言い含めるような感じだった。元谷がいなくなると、麻井は黒瀬と泉を、外へ促した。捜査員たちが、目の隅で三人を追っているのがわかる。

保科の自宅周辺は、泉たちが到着したときより、人でごった返していた。

麻井はひと目が少ない家の裏側までくると、黒瀬と向き合った。

「で、あなたが知りたいのは、なぜ公安が現場にいたのか、ということですね」

冷たい言い方だった。

黒瀬は訂正した。

「正しくは、なぜ公安が現場に最初にいたのか、ということです」

答えを準備していたように、麻井は間《ま》を置かずに答えた。

「例の事件の関係で、公安は以前から保科さんを張っていた。今日も保科さんの自宅周辺で待機していたところ、事件の第一発見者である近所の住人の通報を無線で傍受した。内容が保科さんの命に関わるものだったためすぐに駆けつけた、そう聞いています」

「おかしいですね」

黒瀬が、異議を唱える。

「公安が保科さんを張っていることは、こっちも摑んでいます。だが、張っていたのは公安だけじゃない。本部の捜一、うちの係の者もいる。そのなかで、どうして公安が最初なのか。そこが不可解なんです」

麻井は大げさなほど、首を捻った。

「さあ、そこまでは私もわかりませんね。公安が、本部やそちらの係より動きが早かった、ということでしょう」

泉は保科の自宅の庭に目をやった。所轄の米崎西と、通報を受けて駆けつけた本部の捜査員が、慌ただしく動いている。

泉が所属している機動分析係の者はいない。

泉たちも、ほぼ毎日、保科を張っていた。が、一週間ほど前から、捜査方針を変えていた。

ここ数週間の張り込みで、保科の行動は概ね把握できた。メンバーの誰かが重要な用事で捜査を抜ける場合は、現場での張り込みではなく、保科の自宅周辺の防犯カメラの映像での監視に切り替えていた。

張り込みは、本部の捜一もしている。普段と違う動きがあれば、捜一から係に報告が入る手はずになっていた。

今日は黒瀬と泉が、朝礼のあと米崎中央署へ出向いた。そのため、保科の自宅の張り込みは、ふたりが本部に戻った午後から、日下部と里見が行うことになっていた。

「納得がいきません」

黒瀬は粘る。

「誰もが知っているとおり、通報は指令室が受けてから、各署や巡回中のパトカーに無線で連絡を入れる。その無線を聞き、現場近くの警官が駆けつける。その流れは、現場に張り込んでいる者も同じです。現行犯以外、すべて指令室からの無線を聞いて動く。私が知りたいのは、公安はなぜその時間を出し抜いて、現場に一番乗りできたかです。まるで——」

黒瀬はそこで、声を落とした。

「保科さんが自宅で死んでいるのを、知っていたかのようだ」

麻井が黒瀬を睨んだ。

ふたりの視線がぶつかる。

黒瀬が話を続ける。

「公安の人間は、いまどこにいるんですか」

「私と入れ違いで、引き上げました」

「現場に足を踏み入れた最初の人間を、簡単に帰したんですか」

黒瀬の声に、怒りがこもっている。

麻井は淡々と説明する。

「発見当時の状況は、機捜が聞いています。鑑識も到着し、調べがはじまれば、現場に残る必要はないでしょう」

麻井がなにか言いかけたとき、現場前の路上から、捜査員の叫ぶ声がした。

「ここから入らないでください。捜査に支障が出ます」

声がしたほうへ目をやると、現場周辺の警備を行っている警官が、規制線の前で仁王立ちになっていた。

数名の警官に、大勢の者が詰め寄っている。マイクを手にしている女性や、小型カメラを肩に載せている男性がいる。報道各社の人間だ。保科の死亡を嗅ぎつけたのだろう。

報道陣を見やっていた麻井は、苦々しい顔で黒瀬に向き直った。

「早く本部に戻ったほうがいいんじゃないですか。ここにいても、私が話した以上のことはわかりませんよ」

現場に報道陣が駆けつけたということは、本部にも押し寄せているということだ。マスコミの対応に追われる美佐子の姿が、脳裏をかすめる。本部がいま、どのような状況下に置かれているのか気になった。

ここは麻井のいうとおり本部へ戻り、各部が入手している情報を把握したほうがいいのではないか。

そう黒瀬に言葉をかけようとしたとき、若い男が黒瀬に駆け寄ってきた。黒瀬の前で立ち止まり、直立する。

「お話し中に失礼します。本部捜一の加藤《かとう》といいます。課長から黒瀬さんへ伝言を預かりました。いま、少しだけよろしいでしょうか」

本部の廊下で、見た顔だ。

麻井は即座に答えた。

「こっちの用件は終わった。あとはそっちでやってくれ」

麻井が立ち去る。

黒瀬は悔しそうな顔で麻井の背を見送っていたが、加藤に向き直り訊ねた。

「阿久津さんから連絡があったのか」

加藤は肯いた。

「たったいま、課長から別件で連絡があったのですが、その電話で、現場にまだ黒瀬警部はいるか、と訊ねられ、います、と答えたところ、伝言を頼まれました」

加藤は読みあげるように、阿久津の伝言を述べた。

「緊急捜査会議を開くので、至急、本部へ戻るように、とのことです」

泉は腕時計を見た。

十二時半。スムーズにいけば、二時前には着ける。

「阿久津さんは、ほかになにか言っていなかったか」

黒瀬が、加藤に訊ねた。どんな些細なことでもいいから、事件に関する情報が欲しいのだろう。

加藤は首を横に振った。

「それだけです」

一礼して、加藤が立ち去る。

黒瀬はズボンのポケットから車のキーを取り出し、歩き出した。

「本部に戻る」

速足で現場を立ち去る黒瀬の背を、泉は追った。

本部に着いたのは、二時十分前だった。

戻る車中で、泉が阿久津に連絡を取った。緊急会議は二時から予定しているという。滑り込みセーフといったところだ。

想像していたとおり、本部の駐車場は報道各社の車両で、ほぼ埋まっていた。本部の入り口前では、取材班が庁舎をバックに撮影のセッティングをしている。

記者クラブがある二階も、詰めかけた報道陣で騒然としていた。

黒瀬が、通路や階段に立ち止まっている者をかき分けながら、舌打ちをくれる。

「本部に入れるのは、一社にひとりと決めるべきだ」

四階に駆け上がり、機動分析係のドアを開けると、なかにいた者が一斉にこちらを見た。

メンバーは、全員いる。

黒瀬が席につくと、里見が急くように訊ねた。

「保科さんの死因はなんですか」

黒瀬は泉に向かって顎をしゃくった。

「森口、お前から説明しろ」

振られた泉は、手短に答えた。

「現場にいた鑑識の話では、外傷がないことと、遺体発見現場となった茶の間のこたつの上に、ウイスキーの瓶と多量の睡眠薬があったことから、薬物の過剰摂取による死亡ではないかとのことでした」

日下部が泉に、単刀直入に聞く。

「鑑識の見立ては自殺、それ以外。どっちかな」

泉は、わからない、と答えた。

「現場に物色された形跡がないことから、現在、物取りの線は薄いとみているようです。でも、それも鑑識の報告が出なければ確かなことは言えません。死因に関しても、司法解剖の結果が出なければわかりません」

春日が、ぼそりという。

「保科さんが死んだこと以外、なにもわからないってことだな」

黒瀬は、手元の書類を手に取った。

「昨夜の保科さんの足取りは摑めたか」

里見が答える。

「自宅周辺の防犯カメラから、夕方の六時二十五分に、保科さんの車両が、自宅へ続く道路を走行しているデータが確認されました。その後、保科さんが外出した記録は見つかっていません」

書類を捲りながら、黒瀬はメンバーに指示を出した。

「現場にいた鑑識の話では、死亡推定時刻は遺体発見からおよそ十時間前、深夜二時前後とのことだ。正確な情報は、検死結果が出てからだが、おおよその目安にはなる。保科さんが自宅へ帰ってから、死亡したとされる深夜二時過ぎまでのデータを徹底して調べろ。不審な車両や人物が映っていないか確認するんだ」

メンバーたちが、一斉に作業に移る。

市場が、自分のパソコンの画面を見つめながら、独り言のように言う。

「現場には、とんだ先客がいたようですね」

黒瀬が目だけで市場を見た。市場はいつもと変わらない口調で補足する。

「無線で、現場の状況は概ね把握しています。通報を受けた警官より先に、公安が現場入りするなんてめずらしい」

市場は丸めていた背中を伸ばして、椅子の背にもたれた。腹の前で手を組み、黒瀬を見やる。

「ところで黒瀬さん」

改まった口調だ。

「今日の午前中、米崎中央署《よねなか》になんの用事で行ったんですか」

泉の胸が大きく跳ねた。

黒瀬は、メンバーに伝えていないことがふたつある。公安が外事二課の捜査員であることと、米崎中央署の林に詐欺事件の受け子のリストを求めていることだ。

このふたつが、どのように関係しているのか、泉にはわからない。が、黒瀬のなかでは繋がっているのだろう。

黒瀬は適当にごまかした。

「かつて俺が窃盗で捕まえた男が、こんどは傷害で捕まった。身元を言わないというんで、そいつの人定確認を頼まれたんだ。呼び出した刑事は、男の前歴カードで俺が逮捕したことを知ったらしい」

市場はなにも言わない。黒瀬をじっと見ている。

黒瀬は腕時計に目をやり、話を打ち切った。

「会議に出席してくる」

泉も腕時計を見た。二時五分前だ。

市場は無言のまま、作業に戻る。

黒瀬が椅子から立ち上がったとき、部屋のドアがノックもなしに開いた。

メンバー全員の目が、ドアに注がれる。

阿久津だった。部下をふたり従えている。

「どうした。なにかあったのか」

ただならない様子に、黒瀬も驚いたようだ。中腰のまま訊ねる。

阿久津は眉間に深い皺を寄せ、黒瀬の前に立った。

「お前に謹慎処分が出ている」

泉は耳を疑った。

問いとも確認ともとれる言葉が、口から漏れる。

「黒瀬さんが、謹慎処分――」

市場が、黒瀬と阿久津を交互に見ながら、どちらにでもなく訊ねた。

「いったいなにがあったんですか」

阿久津は、市場ではなく黒瀬を見やり答える。

「収賄および犯人隠匿の疑いだ」

「なにを言ってるんですか。そんなことあるわけないでしょう」

里見が阿久津に突っかかった。

阿久津は言葉を続ける。

「いましがた、匿名通報ダイヤルに情報提供があった。県警捜査支援分析センターの黒瀬という男が、詐欺事件の受け子から、見逃す代わりに金を受け取っているというものだ」

「そんな――」

里見が言葉に詰まる。

黒瀬は阿久津を睨みながら、ぼそりと言った。

「悪い冗談だな」

阿久津が渋い顔で、首を軽く左右に振った。

「冗談で済ませたいのはこっちだ。こんなときに、また警察の不祥事が持ち上がるなんて——」

言葉の半分はぼやきだった。

黒瀬が、鼻で笑った。

「嘘とわかりきっている情報を、本部は鵜呑みにするのか。調べるだけ、労力の無駄だ」

「嘘かどうか、調べてみないとわからんよ」

黒瀬の表情が変わった。むき出しの怒りが、顔に出る。

「俺がクロかシロかわからないほど、お前は無能だったのか。俺はもっと、有能な刑事だと思っていたよ」

軽視されたことが、我慢ならなかったのだろう。阿久津は、黒瀬を真っ向から睨み返した。

「あたるのは、やめろ、私だって、どうしようもないんだ」

ふたりが睨みあう。

阿久津が言うのももっともだ。ここで言い争っても無意味だ。そう思ったのだろう。黒瀬が、表情をもとにもどし、新たに訊ねる。

「謹慎は、誰の判断だ」

「私とセンター長の宮東さん、副本部長の志鎌さん、そして、本部長の大須賀さんだ。情報提供があったあと、すぐに会議を開き決定した」

黒瀬は自分の足元を見やった。片方の靴のつま先で、片方の踵を小突く。拗ねた少年のような仕草だ。

「本部全体が、俺を檻に閉じ込める気満々のようだな」

哀れに思ったのか、阿久津は表情を緩め、宥めるように言う。

「上も苦渋の選択なんだ。万が一にも、お前の不祥事が本当だったとしたら、本部長は責任を取って免職、副本部長以下の役職も、停職、減給は免れない。お前の謹慎は、そうならないための対策だ」

「檻に入れておかないと、誰彼かまわず噛みつく野良犬みたいな扱いだな」

阿久津が足を一歩前に出し、黒瀬との距離を縮め、鼻先がつくと思うくらい顔を近づけた。

「どうか指示に従って、大人しくしていてくれ。なにかあれば、お前の自宅の固定電話にかける」

黒瀬は米崎県警本部から車で二十分ほどのところにある、公務員の単身者用マンションに住んでいる。マンションとは名ばかりで、アパートを少し見栄えよくした程度の六階建てだ。交番勤務のときに、見廻りで前を通ったことがある。市内の地図や目ぼしい建物は、頭に入っていた。

マンションの隣の雑居ビルには、一階にコンビニ、二階と三階に、食堂とラーメン店が入っている。道路の向かいには、中華料理店、カレー店がある。謹慎が長引いても、食事には困らないだろう。

阿久津は、話はこれで終わりだ、というように、成り行きを見守っているメンバーたちを見渡した。

「黒瀬警部の謹慎について、絶対に外へ漏らさないように。いいか、絶対に、だ」

二回繰り返し、いまの指示がいかに重要かを阿久津は強調した。

会計課の金庫から現金が盗まれた事件で、県警は世間から叩かれている。マスコミは連日のように事件を取り上げ、県警のみではなく警察組織全体の責任問題だと訴えていた。そこに、県警捜査員の不祥事疑惑が明らかになれば、世間の風当たりがさらに増すのは必至だ。

これ以上、警察の権威を失墜させてはいけない、そう考えての指示だろう。

阿久津の後ろにいる若い刑事が、前に歩み出た。黒瀬に向かって、手を差し出す。

「謹慎処分が解けるまで、警察手帳を預かります」

黒瀬は若い刑事を、目の端で見た。若い刑事は、無表情のままだ。阿久津が操作するロボット、そんな印象を受ける。

黒瀬はズボンの後ろポケットから警察手帳を取り出すと、ベルトループに繋いでいたチェーンを外した。若い刑事に差し出す。

若い刑事は受け取ると、制服の内ポケットに差し込み、阿久津の後ろに下がった。

警察手帳を手放した以上、もうごねることはないと思ったのか、阿久津の表情が少し緩んだ。

「預かった手帳は厳重な管理のもと、保管させてもらう」

黒瀬がひと言、つぶやく。

「金庫から、盗まれないでくれよ」

黒瀬の嫌味に、阿久津の目が一瞬険しくなった。が、すぐにもとに戻し、黒瀬に命じた。

「では、持ち帰る私物をまとめてご退庁ください」

黒瀬は口を真一文字に結び、自分の机に向かった。

「黒瀬さん——俺たちはこれからどうしたらいいんですか」

里見が情けない声を出す。

黒瀬は机の下から黒いリュックを取り出し、肩に担いだ。メンバーの顔を見やる。

「見てのとおりだ。俺はいま捜査員じゃない。捜査は、市場さんの指示に従ってくれ。以上だ」

黒瀬は、春日のそばを通り、泉のほうへやってきた。

泉は俯いた。いたたまれず、黒瀬の顔を見ることができない。どうしてこんなことになったのか。頭のなかが混乱している。

黒瀬が泉のそばを通り過ぎようとした。そのとき、突然、黒瀬が泉に寄りかかってきた。

泉は驚いて、短い声をあげた。

見ると、黒瀬が辛そうな顔をしている。寄りかかってきたのではない。足元がふらついたのだ。

「黒瀬さん！」

泉は、黒瀬の身体を支えながら叫んだ。黒瀬は泉の肩を借りながら、ようやく立っている。

「黒瀬さん、どうしたんですか。気分が悪いんですか」

狼狽えている泉の耳元で、小さな声がした。

「例のリスト、頼む」

泉は顔を横に向け、肩に額をつけている黒瀬を見た。黒瀬はそっと目だけを上げて、泉を見た。

「なにもするな、受け取るだけでいい」

泉は唾をごくりと飲み込んだ。

芝居だ。

誰にも知られず、泉に指示を出すために、よろめいた振りをしたのだ。

「俺は、嵌《は》められた」

「誰にですか」

声を潜めて訊ねる。

黒瀬がなにか答えようとしたとき、メンバーと阿久津がふたりを取り囲んだ。

「担架いりますか」

里見が訊く。顔が真っ青だ。

「いや、少し横になったほうがいい」

春日が手を貸そうとする。

阿久津が、黒瀬の顔を覗き込んだ。

「医者を呼ぶ」

泉は奥歯を嚙んだ。

人の耳があるところでは、黒瀬からなにも聞けない。

黒瀬はこのあと、自分のマンションに戻り謹慎に入る。おそらく行動確認《コウカク》が張り付くことになるだろう。泉たちはもちろん、外部関係者との接触も難しくなる。

――いまこの場で、できる限り情報を聞きださなければいけない。

泉は機転を利かせた。

黒瀬に肩を貸すように身体を密着させ、上着を摑んだ。

「あとのことはご心配なく。指示どおり、捜査を進めます。それより黒瀬さん、動けそうにないですね。誰かの助けを借りますか。市場さんとか――」

黒瀬は泉を見た。その視線を、市場に向ける。誰もわからないくらいの、わずかな時間だ。が、市場は黒瀬の視線に気づいた、そんな気がした。

黒瀬は泉から身体を離すと、片方の手を額にあてたまま、制止するようにもう片方の手のひらを泉に向けた。

「いや、必要ない」

「でも――」

黒瀬の声が尖る。

「聞こえなかったか。もう一度言う、必要ない」

泉以外の者は、黒瀬はまわりに気を遣って助けを借りないのだ、と思っているだろう。しかし、そうではない。黒瀬は、林に頼んでいる詐欺事件の受け子リストのことを誰にも知られるな、と言っているのだ。

黒瀬は、上着を摑んでいる泉の手を振り切った。短い髪を両手で後ろに撫でつけ、深呼吸する。

「すまない。ちょっとめまいがした。寝不足で疲れているところに謹慎と聞いて、緊張の糸が切れたようだ」

阿久津が少し考えてから、言葉を返した。

「今夜からしばらくのあいだ、ぐっすり眠れる」

阿久津が部屋のドアを開け、廊下に出た。黒瀬が続く。そのあとに、若いふたりの刑事がついた。

「黒瀬さん」

黒瀬が部屋を出るとき、里見が小声で呼んだ。

返事も、振り返ることもせず、黒瀬は部屋を出ていった。

阿久津たちがいなくなると、部屋が静かになった。メンバーたちは、誰も動かない。椅子に座ったままじっとしている。

日下部が、席を立った。センター長室へと続くドアへ向かう。

「どこへ行く」

市場が訊ねた。

日下部は歩きながら答える。

「宮東さんのところに行ってきます。黒瀬さんの件について、話を聞いてきます」

市場は引きとめた。

「そんなことをしなくても、宮東さんのほうから説明にくる」

「それはいつですか」

里見が話に割り込む。

日下部が足をとめた。里見の視線を追い、市場を見る。市場の答えを待っているらしい。里見は言葉を続ける。

「こんなの納得いきませんよ。黒瀬さんが詐欺事件に絡んでるなんてありえない。誰かの嫌がらせだ」

「この仕事は知らないあいだに、どこかで誰かの恨みを買うものですからね」

春日が同意する。

動揺しているメンバーたちを、市場が窘《たしな》めた。

「落ち着けと言ってるんだ。黒瀬さんの容疑はいずれ晴れる。いま我々がすべきことは、本部内で発生した現金盗難事件の捜査だ」

市場にはめずらしく、強い口調だった。

逆らう者は誰もいない。日下部も、不承不承といった態で、自分の席へ戻っていく。

それぞれが、事件の調べに取りかかったとき、壁面の小さいモニターに公共放送のニュース画面が映った。

どのような事件が起き、どのように報道されているのかを把握するため、ニュースの時間になると番組が映る設定になっている。

モニターのなかで、県内ニュースが流れた。トップは保科の死亡に関するものだった。

女性アナウンサーが、きびきびとした口調で原稿を読み上げる。保科の死因は不明で、警察は自殺と他殺、事故の多方面から捜査を進めている、という内容だった。泉が知っていることと、そう変わりはない。

保科のニュースが終わると、泉は自分のパソコンに食らいついた。

一部のマスコミは、保科が前会計課長だったことをすでに知っている。これから本部は大荒れになるだろう。その騒ぎを、自分はどうすることもできない。自分ができることは、黒瀬の指示に従い、事件の真相を追うことだけだ。

画面に集中していると、横に人が立つ気配がした。

市場だった。

ズボンのポケットに両手を突っ込んだまま、泉を見下ろしている。

自分を見ている市場の目に、パソコンを操作している手が止まった。

息をのむ。

市場は、泉を見ていなかった。鋭い視線は泉の表面を通り越し、心のなかを覗き込もうとしていた。

「あの、なにか」

身構えて、訊ねる。

市場はいつもと同じ、抑揚のない声で泉に話しかけた。

「いきなりこんな形で、旗振り役がいなくなれば、誰だって動揺する。メンバーになって日が浅い森口さんは、特にそうだろう。だが、心配ない。仁さんはすぐに戻ってくる」

泉に代わって答えたのは、里見だった。里見は市場に向かって、胸を張った。

「当然ですよ。黒瀬さんが詐欺事件に関与しているなんて、間違いに決まっています。いまなら、本部を叩いているマスコミに賛同しますね。嘘の情報に踊らされて、捜査に必要な人材を謹慎させるなんて、呆れてものが言えない」

市場は、メンバーを見やった。

「上層部から新たな指示が出るまで、私が仁さんに代わり捜査の指揮を執る。全員、通常どおり、調べを進めてくれ」

部屋のなかの空気が、ぴりっと引き締まる。

市場が、自分の席に戻っていく。

市場がそばを離れると、泉は詰めていた息を吐いた。気づくと、額に汗をかいていた。手の甲で、汗をぬぐう。

市場の言葉を額面通りに受け取るならば、予想しない事態に混乱している新人を慮《おもんぱか》ってのものだと思う。しかし、泉は素直に受け止められなかった。言葉の裏に、なにか含むものがあるように感じる。

いったい、市場はなにを探っているのだろうか。

目の端で、そっと市場の様子を窺う。

資料を読んでいた市場が、こちらを見た。目が合う。

泉は急いで目を逸らした。

市場が、こちらを見ている気配がする。確かめたいが、怖くて見ることができない。

息苦しくなり、深く息を吸う。が、呼吸を意識すればするほど、苦しくなってくる。外へ出たいが、身体は金縛りにあったように動かない。

どうしよう。

祈るように、組んだ手を額にあてたとき、いきなり名前を呼ばれた。

「森口さん」

市場だった。

驚いて、反射的に席を立ちかける。と同時に、目の前の内線電話が鳴った。

縋《すが》るように、電話に飛びついた。

「機動分析係、森口です」

声がかすれている。

電話の向こうから、聞き覚えのある声がした。

「阿久津だ」

いましがた見たばかりの、阿久津の苦い顔が浮かぶ。

黒瀬が不在中の指示だろうか。いずれにせよ、この電話は黒瀬の代打である市場に回すべきだ。

「いま、市場さんに代わります」

泉がそう言うと、阿久津は止めた。

「代わらなくていい。君に用があるんだ」

「私に、ですか」

様子がおかしい、と思ったのだろう。市場が泉を見た。

電話の向こうで、阿久津が言う。

「君に訊きたいことがある。いますぐ、本部長室にきてくれ」

泉は戸惑った。県警のトップが、自分になにを訊きたいのか。

泉の返事を待たず、内線は切れた。

「誰からかな」

受話器を置くと、市場が訊ねた。

隠す必要はない。泉は正直に答えた。

「阿久津さんからです。訊きたいことがあるから本部長室へきてほしいと」

市場の顔色が変わる。メンバーたちは、仕事の手を止めて泉を見た。

里見がメンバーの顔色を見ながら言う。

「まさか、スペカンまで謹慎じゃないだろうな」

春日が、独り言のようにつぶやいた。

「校長の呼び出しは、表彰か退学と相場は決まっている」

日下部が、眉を顰めた。

「退学は困る」

泉のような新人でも、いないよりはましなのだろう。

日下部が、泉に訊ねた。

「なにか、思い当たることは」

泉は首を横に振った。

「ありません」

市場が、泉を促した。

「とにかく、すぐに行きなさい。本部長が待っている」

泉はすぐさま、席を立った。


本部長室には、本部長の大須賀と、副本部長の志鎌、阿久津がいた。

三人は、マホガニーの机の前にある、応接セットに座っている。

机を背にした上座に大須賀、その両側に志鎌と阿久津がいた。ふたりを狛犬《こまいぬ》に喩えるならば、阿形が志鎌、叶形が阿久津だ。

ドアを後ろ手に閉めて一礼すると、大須賀が泉に声をかけた。

「硬くならなくていい。そこに座りなさい」

そう言った大須賀のほうが、顔が強張っているように感じる。意志の強さを思わせる太い眉が、吊り上がっていた。

大須賀は、テーブルを挟んで自分と向き合う席を指さした。

深呼吸をして、勧められた席に着く。

「早速だが、黒瀬警部について、君に訊きたいことがある」

驚きは薄かった。自分でも意図せず、呼び出された理由は黒瀬の件だ、とわかっていたのかもしれない。そう思ったら、動悸がおさまった。落ち着いて訊き返す。

「なんでしょうか」

泉が、もっと動揺すると思っていたのだろう。三人は意外そうに顔を見合わせた。

ソファの背にもたれていた大須賀が、ゆっくりと身を起こす。

「最近、黒瀬警部に変わった動きはなかったかな」

「変わった――と言いますと」

泉の問いに、志鎌が答えた。

「我々に黙って勝手なことを――」

そこまで言ったとき、大須賀が志鎌を睨んだ。

大須賀の目に気づいたのだろう。志鎌はわざとらしく咳ばらいをして、言い直した。

「我々が知らないところで、独自捜査をしていなかったか、ということだ」

阿久津が、質問の理由を説明する。

「黒瀬を謹慎処分にした理由は、詐欺事件関与の疑いの情報提供《タレコミ》があったからだが、私たちはその情報を信用しているわけじゃない。黒瀬を捜査から外すための画策だと思っている」

泉は耳を疑った。

本部の上層部の認識は、機動分析係のメンバーと同じということか。ならば、なぜ偽の情報とわかりながら、相手の企みに易々《やすやす》と乗ったのか。

泉が訴えると、志鎌が早口にまくしたてた。

「万が一、情報提供を無視したことがマスコミに漏れてみろ。こんなときだ。どんな言い訳も通じない。身内を庇ったと責められ、さらに警察の信頼を大きく損なうことになる。君はそんなことぐらいわからないのか」

憤る志鎌を、大須賀が手で制した。諭すように、泉に言う。

「情報提供者が誰か、なんの目論見で電話をしてきたのか、なにもわかっていない。確かなのは、黒瀬くんを邪魔に思う人物がいるということだ。いま、黒瀬くんは、本部で起こった恥ずべき事を調べている。その捜査のなかで、黒瀬くんが摑んだなにかしらの情報が、関係していると思う」

大須賀は、泉に身を乗り出した。

「なにか知っているなら、教えてもらいたい」

静かな声だが、大須賀が言うと凄みを感じる。

泉の頭に、黒瀬が林に頼んでいた件が浮かんだ。詐欺事件に関与した受け子のリストを、黒瀬は林に求めた。

黒瀬が密かに調べを進めていたことと、頼んだ矢先に横やりが入るタイミングから、リストの件が絡んでいるとみて、間違いはない。きっとそうだ。

「あの――」

泉は下げていた顔をあげて、大須賀を見た。

口を開きかけたとき、耳の奥で黒瀬の声がした。よろめいた黒瀬を支えて、暗に市場の力を借りるか否か訊ねたときのものだ。

――必要ない。

黒瀬はそう答えた。

ふたつの考えが、泉の頭のなかを廻る。黒瀬の指示に従い、誰にも伝えずに林からリストを受け取るか。ここですべてを話して、上層部の指示を仰ぐか。

――自分は、どうすべきか。

三人が、泉の答えを待っている。

「どうした。なにか知っているなら、早く言いなさい」

痺れを切らしたのか、志鎌が急かす。

泉は逆に問うことで、答えを引き延ばした。

「黒瀬さんには、直接お訊ねになりましたか」

大須賀が答える。

「もちろん、訊いたよ。思い当たることはない、と言っていた」

「どうして、私に訊くのですか」

続けて問う。

横から志鎌が割って入った。

「黒瀬くんとタッグを組んでいたのは、君だ。なにか知っているとしたら、君しかいないだろう」

志鎌は苛立ちを隠そうともしない。小刻みに、右ひざを上下させている。

阿久津が、泉の顔を覗き込んだ。

「おふたりとも、黒瀬のことを心配されているんだ。彼がなぜ捜査を妨害されるのかわからないと、対処のしようがない。そうなれば、黒瀬の謹慎は長引く。私たちとしても、有能な人材が捜査から外れるのは残念なんだよ。早く前線に復帰して、事件解決に尽力してもらいたい」

阿久津の目は、真剣だった。黒瀬の復帰を、本心から願っているように思う。

黒瀬の謹慎が一日でも早く解けるように、リストの件を伝えるべきなのかもしれない。

泉が口を開きかけたとき、横で志鎌がつぶやいた。

「まったく、黒瀬くんはどうしてこんな鈍くさい者を部下にしたんだ」

泉のなかで、なにかが弾けた。

ぼやけていた視界が、はっきりとするような感覚を覚える。

そうだ。捜査支援分析センターに引き上げてくれたのは黒瀬だ。試験に落ちかけていた泉を、部下にしてくれたのだ。

自分を認めてくれた人の指示を、守れなくてどうする。自分が従うべきは、本部長でも、副本部長でも、捜査一課長でもない。黒瀬だ。

泉は大須賀を、まっすぐに見据えた。さきほどの質問に、ゆっくりと答える。

「私が知る限り、黒瀬さんが独自捜査をしている事実はありません」

志鎌が声を荒らげる。

「嘘を言うな。本部長に訊ねられて、なにか言いかけたときの顔は、なにか知っている顔だったぞ」

泉は、志鎌に顔を向けた。きっぱりと言う。

「本当です。私は知りません」

泉の毅然とした態度に、志鎌は気圧されたようだった。悔しそうな顔をして、黙り込む。

大須賀が、確認する。

「本当に、なにも知らないんだな」

泉が深く頷くと同時に、大須賀の机にある内線電話が鳴った。本部長直通の電話だ。

電話に出た大須賀は、短い会話を交わし、電話を切った。志鎌と阿久津を見る。

「古峰《ふるみね》くんからだ。本部内の窃盗事件と、保科さん死亡に関する記者会見が、午後五時半からに決まった」

古峰は、広報広聴課の課長だ。

阿久津が、自分の腕時計を見る。

「あと、二時間半。そのあいだに、警察の見解をまとめなければいけません」

阿久津はソファから立ち上がり、窓から外を見た。その目が、厳しくなる。

「駐車場は報道陣の車と人でいっぱいです。保科さんが元会計課課長だという情報が、すでに広がっていますね。誰もが、これから狩りに出るような形相をしていますよ」

志鎌が深い息を吐く。

「自分たちの都合で権力におもねったり、反権力を叫んだり、コウモリのようなやつらだ」

大須賀は、阿久津に指示を出した。

「すぐに会議を開く。空いている部屋をおさえてくれ。古峰さんと宮東さん、鑑識の高梨《たかなし》さんに、同席するよう伝えてくれ。それぞれが持っている情報を共有し、見立てを統一する」

阿久津が返事をして、部屋を出ていく。

大須賀は、自席の椅子に座り泉を見た。

「ご苦労。もう戻っていい」

泉はとっさに訊ねた。

「黒瀬さんの謹慎が解けるのは、いつ頃でしょうか」

横で舌打ちをくれる音がした。見ると、志鎌が泉を睨んでいた。

「余計なことは訊かなくていい。本部長の言葉が聞こえなかったのか。もう戻りなさい」

追い払われるように、部屋をあとにする。

泉は急いで、機動分析係の部屋へ向かった。

階段を下りながら、黒瀬を思い浮かべる。いまごろ、怒りを堪えながら煙草を吹かしているのか。

猟犬のビーグルが、檻に閉じ込められた苦痛はいかばかりだろう。

四階に着き、部屋に向かって廊下を歩いていると、後ろから名前を呼ばれた。

「森口さん」

振り返る。市場だった。計ったようなタイミングだ。

市場は泉のそばへやってくると、聞いてもいないのに説明した。

「ある書類が必要で、地下の資料室にいっていた」

泉はなにも言わず、踵を返した。部屋に向かう。

並んで歩きながら、市場が訊く。

「いま、戻ったのか」

「はい」

短く答える。

「本部長の用は、なんだったんだ」

予想していたとおりの問いだった。

泉は前を見たまま、言った。

「お答えできません」

適当な理由にすることはできた。そうしなかったのは、誤魔化したくなかったからだ。

嘘を吐いたことがばれたら、気まずくなるうえに改めて理由を訊かれる。同じ問答をくり返すのは、時間と労力の無駄だ。この場ではっきりと、答えるつもりはない、と伝えたほうがいい、と思った。

市場に対して、まったく心が痛まないわけではない。それ以上に、黒瀬への忠心が強かった。

市場はそれ以上、なにも訊かなかった。

二日後、泉は欠勤した。米崎中央署へ行くためだ。

今日が、黒瀬が林に頼んだリストを受け取る期限だった。出勤すれば、誰にも知られずに林に会いに行くのは無理だ。

捜査中の単独行動は、基本的に禁じられている。

わずかでも、事件の捜査現場を離れると落ち着かない。が、黒瀬が求めたリストは、事件解決に欠かせない資料だと思う。林に会いリストを入手することが、捜査の大きな進展に繋がると信じていた。

朝、係に電話をして、市場に欠勤する旨を伝えた。理由は発熱にした。心配する市場に、それほどひどくないから少し休めば治る、そう答えた。

九時半になると、泉は単身寮の部屋を出た。あたりに人目がないことを確認し、自分の車に乗り込む。

単身寮から米崎中央署までは、車でおよそ二十分だ。朝のラッシュの時間は過ぎている。三十分みれば、余裕だ。

米崎中央署に着いた泉は、受付に向かった。なかにいる女性に、林に取り次いでもらう。要件のあとに、森口と言えばわかる、と言い添えた。林には昨日のうちに、明日の十時に米崎中央署へ行く、と電話で伝えてあった。

受付の女性は、内線電話で連絡を取った。受話器を置いて、泉を見る。

「三階の会議室へおいでください、とのことです」

女性に礼を言い、階段で三階へあがる。

三階に着くと、目の前に会議室があった。

ドアをノックするが、返事はない。開けると、なかには誰もいなかった。

室内には、大きめの会議机と椅子が六脚、隅に観葉植物があった。泉は部屋に入り、一番入り口に近い席に座った。

ほどなく、ドアが開いた。林だった。

椅子から立ち上がり、深く腰を折る。

ひとりでいる泉を見た林は、向かいの椅子に腰かけた。

「黒瀬さんはどうした。煙草か、手洗いか」

黒瀬の謹慎については、厳しい緘口令が敷かれている。林はなにも知らないのだ。

泉は立ったまま、答えた。

「黒瀬さんは、謹慎中です」

林の顔色が変わる。

「どういうことだ」

泉は事情を説明した。林が端的にまとめる。

「一昨日、黒瀬さんが詐欺事件に関与しているという匿名の通報があり、そのまま謹慎になった。君は本部長室に呼ばれて、黒瀬さんがなにを密かに調べていたか訊かれたが、答えなかった。そして君はいま、リストをひとりで受け取りにきた、ということだな」

泉は肯いた。

「黒瀬さんがお願いしたリスト、渡してください」

林はなにか考えるように黙っていたが、泉に椅子を勧めた。

「まあ、座れ」

指示に従い、椅子に腰を下ろす。

林は腕を組み、訊ねた。

「リストのことは、黒瀬さんと君しか知らないのか」

「はい」

「係の者も、か」

「そうです」

林は小さく息を吐き、泉を見た。

「リストは渡せない」

泉は林を睨んだ。

「どうしてですか」

「俺は、黒瀬さんの頼みだから引き受けたんだ。君じゃない」

食い下がる。

「事情はいまご説明したはずです。それに私は黒瀬さんから、リストを受け取ってくれ、と頼まれたんです」

黒瀬が密かに耳打ちをした件を、伝える。

「だから、私に預けてください。お願いします」

深く頭を下げる。

泉が話し終えると、林は閉じていた目をゆっくりと開け、つぶやいた。

「黒瀬さんは、かなり危ない橋を渡っている」

林は組んだ手を机に載せて、泉に身を乗り出す。

「密告の内容はなんだった。詐欺事件に関わることだろう。黒瀬さんが求めたリストも詐欺事件、密告内容も詐欺事件。これが偶然だと思うか。違う。この件から手を引け、という警告だ」

詐欺事件というワードの一致に、泉も気づいていた。が、そこから先は、考えていなかった。正確には、考えられなかった。黒瀬の謹慎と、リストを受け取らなければならない責任で、頭がいっぱいになっていた。

「警告って、いったい誰が」

疑問がそのまま、口をついて出た。

林は右の手のひらで、顎を擦る。

「黒瀬さんは、本部での窃盗事件の捜査をしていた。黒瀬さんがいま捜査を進めている何かと、繋がりがあるのかもしれない」

泉は両方の腿を手で摑み、林のほうに身を乗り出した。

「それなら、なおさらです。お願いです。事件解決のためにリストをください」

泉が前のめりになった分、林は身を引いた。首を横に振る。

「だめだ」

「どうしてですか」

苛立ちで、声が大きくなる。

林も泉と同じくらい、声を荒らげた。

「黒瀬さんは、リストに手を出したから嵌められた。もし、リストを君が手に入れたと密告した相手が知ったら、こんどは君が嵌められかねない。いや、リストを奪い取るために、実力行使に出ることも考えられる。危ない橋を渡るどころか、橋から落とされるかもしれないんだぞ」

泉は唇をきつく嚙み、林を真っ向から見据えた。

「私は黒瀬さんのおかげで、捜査支援分析センターのメンバーになれました」

なにが言いたいんだ、林がそんな表情をする。

泉は、自分がメンバーになれた経緯を説明した。両手を、胸の前で組む。

「黒瀬さんが引っ張ってくれなかったら、私は試験に落ちていました。いま、私がメンバーでいられるのは、黒瀬さんのおかげです。その恩人の気持ちに報いたい。どんな小さなことでもいいから、捜査の役に立ちたいんです」

泉の目を見返していた林は、鼻から息を吐き、椅子にふんぞり返った。

「マヌルネコみたいだな」

「マヌル――なんですか」

聞いたことがない単語だった。

「絶滅危惧種だよ。耳が横側についていて間抜けだが、愛嬌のある顔をしている。が、思いのほか狂暴だ」

それが自分とどう関係があるのか。

林は、察しが悪いというように、片眉をあげた。

「いまどき、君みたいな義理堅い者はめずらしいって意味だ。こうしてみると、愛嬌がある顔も、気が強いところも似ていなくもない」

泉は苛立った。

「私がなにに似ているかなんて、どうでもいい話です。私は、早くリストを受け取りたいんです」

泉の要求を、林は頑《かたく》なに拒む。

「諦めろ。なんども言うが、俺は黒瀬さんと取引をしたんだ」

あまりの石頭に、泉の怒りは沸点に達した。勢いに任せて立ち上がり、林に食ってかかる。

「私も何度も申し上げているように――」

「君には渡せないが――」

林が、泉の言葉を遮った。上着の内ポケットに手を入れて、なかから茶色い封筒を取り出す。

「俺がここに置き忘れたとしたら、どうしようもない。拾ったやつが好きにすればいい」

林は封筒を机の上に置き、席を立つ。林が部屋から出ていこうとしたとき、ようやく意味を理解した。

泉は封筒を握りしめて、林の背に向かって叫んだ。

「ありがとうございます」

深く頭を下げる泉の耳に、ドアの閉まる音がした。

林が置いていった封筒は、糊で封がされていた。そのままバッグに入れて、部屋を出る。急いで自分の部屋に戻り、中身を確かめたかった。

正面玄関から出て、駐車場に向かう。

自分の車が見えたところで、泉は足を止めた。

見慣れた男が、車の脇に立っていた。身体が固まる。

男の名が、口から漏れた。

「市場さん――」

泉に気づいた市場は、軽く右手をあげた。

「お疲れさん」

言葉が出ない。

突っ立ったままでいる泉に、市場は近づいた。目の前に立つ。

「熱があるのに仕事か。捜査員の鑑《かがみ》だな」

市場の余裕のある態度に、怒りがこみ上げてくる。

誰にも知られないように動いたはずなのに、市場は泉が密かに動いていると、わかっていたのだ。

そのうえで嘘の欠勤を許し、掌のうえで転がしていたのだ。

泉は拳を握りしめた。

「私をつけていたんですね」

市場は困った顔をした。

「つけていたなんて、人聞きが悪いな。新米を案じていた、と言ってほしい」

「どこまでご存じなんですか」

泉がどのような経緯で、誰からなにを受け取ったのか、市場は知っているのだろうか。

「なにも」

そんなはずはない。そうでなければ、市場がここにいるはずがない。

泉がそう言うと、市場は観念したように笑った。

「本当だよ。森口さんが仁さんの指示で、少年課の林さんから、なにかしらの情報を受け取ったこと以外はね」

泉は諦めの息を吐いた。

市場は、泉が密かに動いていた理由の大半を知っている。知らないのは、林から受け取った情報の内容だけだ。

項垂れている泉を、市場は車へ促した。

「こんなところに突っ立っていては、人目につく。場所を変えよう。悪いが、隣に乗せてもらう」

「ここまでは、なにで来たんですか」

あたりを見まわす。米崎県警の公用車と思しきものは見あたらない。

「タクシーを使った。人に知られたくなかったからな」

市場が答える。

泉はバッグから車のキーを取り出し、鍵を開けた。

「適当に走ろう」

助手席に乗った市場が、泉に命じる。駐車場から車を出し、言われるまま市内を流す。

助手席の市場は、無言でサイドミラーに目を凝らしている。

車を出して十分ほど経ったとき、市場は安心したように、助手席のシートにもたれた。

「誰も、つけてないな」

駐車場を出てから、泉も後方車両に気を配っていた。確認できる限り、尾行されていない。

運転しながら、市場に訊ねる。

「どうして、私が中央署にいることがわかったんですか」

単身者用の寮から中央署に来るまでのあいだ、尾行されていないか注意していた。自分が知る限り、それはなかったはずだ。

「君が中央署に行くことはわかっていた」

どういう意味か。

市場が言うには、そもそも泉の欠勤理由は嘘だとわかっていたという。

「熱血の君が、多少の熱で休むはずがない。ならば、嘘をついてまで欠勤する理由はなにか。一昨日からの君の言動を見ていれば、仁さんの謹慎が絡んでいることは容易に想像できる。すぐに、君と仁さんがふたりで出かけた日の防犯カメラの映像を調べて、一昨日、ふたりで中央署を訪れたことを突き止めた」

かつて中央署にいたときよく飲みに行っていた窓口の職員に連絡を取り、ふたりが誰のもとを訪れたか調べてもらったところ、林の名前が出てきたという。

「いったい、仁さんは林さんになにを要求したのか。それは、本人と林さん、君しか知らない」

泉は、後部座席に置いている、ショルダーバッグを意識した。なかに、林から受け取ったリストが入っている。

信号に引っかかった。停止線の手前で止まる。

訊かれるより先に、市場に訊ねた。

「林さんに、直接お訊ねにならないんですか」

市場は腕を組んだ。

「私が訊いたら、林さんは義理と事情の板挟みになる。ただでさえ仁さんから、危ない橋を渡る片棒を担がされているはずだ。これ以上、困らせたくない。だから――」

市場が泉を見る。

「君から話してもらう。仁さんはなにを追っていた」

口調が、尋問のそれになる。

車内の空気が、一瞬にして張り詰めた。普段の柔和な市場ではない。すごい威圧感を覚える。ハンドルを握っている手に、汗が滲んでくる。なにか言わなければいけないと思うのに、声が出てこない。

――どうしよう。

追い詰められたとき、信号が青にかわった。縋るようにアクセルを踏む。

隣で市場が、諦めの色を含んだ息を漏らした。

「真正面から訊けば口を割ると思っていたが、思っていた以上に頑固だな」

「私は、上司の指示に従っているだけです」

言い返す。

市場が苦笑する気配がした。

「頑固は、融通が利かない、不器用と同義語だ。出世はできないタイプだ」

「出世なんて考えていません。もともと、落ちこぼれのスペカンですから」

市場は、こんどは声に出して笑った。

笑いが収まると、市場はもとの口調に戻っていた。

「たしかに君は、落ちこぼれのスペカンだが、捜査に最も重要なものを持っている」

捜査に最も重要なもの——それはいったいなにか。

市場が言う。

「信念だ」

強さが籠った声に、ハンドルを握る手に力が入る。

「どんな捜査技術を持っていても、勘がよくても、信念がないやつは優れた捜査員にはなれない。己が信じるものを貫く強さが、事件を解決する。それを、君は持っている」

泉は戸惑った。

認めてもらえたのは嬉しい。が、そこまでの自信が自分にはなかった。

どう言葉を返したらいいかわからず黙っていると、市場がつぶやいた。

「適当に停めてくれ」

泉は目についたコンビニの駐車場へ、車を停めた。

次の指示を待つ。

市場は前を見ながら言う。

「仁さんに会う」

泉は驚いて市場を見た。

市場は懐から、携帯を取り出した。

泉は止めた。

「だめです」

謹慎中の者とは、基本的に連絡を取ることを禁じられている。謹慎中の者も、よほどのことでない限り、誰とも連絡を取ってはいけない。のちに問題が発生して、規則に反したことがばれたら、双方に厳しい処分が下される。

市場もそれは、わかっているはずだ。自分が罰せられることになっても、黒瀬に会う必要があると判断したということか。

止める泉を無視して、市場は携帯の発信ボタンを押した。コール音が漏れ聞こえてくる。泉は息を潜めて、音に耳を凝らした。

コール音が途切れ、市場が言う。

「もしもし、市場ですが」

黒瀬が電話に出たのだ。

短い会話を交わし、市場が用件を伝える。

「どこかで、会えませんかね」

ふたりの会話が途切れた。深い沈黙のあと、携帯の向こうで、黒瀬が答える気配がした。

「わかりました。ええ、では」

市場が携帯を切る。

泉は市場のほうに身を乗り出した。

「黒瀬さんは、なんて――」

市場は小さく息を吐いた。

「奥さんの機嫌次第だそうだ」

泉は少し驚いた。

黒瀬の年齢を考えれば、妻がいてもおかしくはない。むしろ、いて当然だと思う。警察官は若いうちに結婚する者が多い。早くに身を固めて、安定した生活のなかで仕事に集中することを、暗に奨励されているからだ。

頭ではわかっていても、黒瀬が妻帯者だということが、泉には意外だった。黒瀬の口から身内の話が出たことはないし、黒瀬には生活臭といったものが感じられなかった。加えて、妻の機嫌に行動を左右されていることも予想外だった。黒瀬なら亭主関白タイプだと思ったからだ。

市場はシートにもたれ、腕を組んだ。

「様子を見て連絡すると言っていた。仁さんからの電話を待つしかない」

泉は腹をくくった。市場がなにを考えているのか、まだ釈然としない。しかし、ここまできたら、市場に従うほかはない。この先どう動くかは、黒瀬の考え次第だ。

市場はおもむろに助手席のドアを開けて、車を降りた。

泉は慌てた。運転席から助手席に身を乗り出す。

「市場さん、どちらへ」

「本部へ戻る」

歩き出そうとした市場を、泉は引きとめた。

「私も行きます」

市場が振り返る。

「君は今日休みだろう」

泉は首を横に振った。

「熱は下がりました。休日返上です」

市場は呆れたように笑った。

「ここまで仕事熱心なのは、いまどきめずらしいな」

泉は少し考えてから、市場に訊ねた。

「私、マヌルネコに似ていますか」

「マヌル——なんだって?」

「いえ、なんでもありません」

泉は助手席へ乗り出していた身体を、元に戻した。

「乗ってください」

市場が助手席に乗り込む。

「本部へ向かいます」

泉はエンジンをかけて、コンビニの駐車場から車を出した。


本部の駐車場には、相変わらず多くのマスコミの車両が停まっていた。

泉たちが正面玄関からなかに入ろうとすると、数人の新聞記者らしき男が、ふたりを取り囲んだ。

「本部の方ですよね。なかの様子はどうですか。かなり混乱しているんじゃないですか」

「次の記者会見はいつですか」

「多くの人が、警察への信頼を失っています。この事態をどう思いますか」

顔を突きつけてくる記者たちを無視して、市場は建物のなかに入った。泉もあとに続く。

階段を上がりながら、市場がぼやいた。

「報道陣には、意見や質問は広報を通してくれと伝えてあるのに、本部の人間を見れば、誰彼構わず訊いてくる。どこもかしこもスタンドプレーばかりだ」

本部で起きた窃盗事件は、いま、世間の耳目を集めている。わずかでもいいから新しい情報を仕入れて、他社をすっぱ抜きたいのだ。

市場は諦めたように、つぶやいた。

「本部長が注意したにもかかわらず、昨日の今日でこうなんだ。事件が解決するまで、この騒々しさは続くな」

市場の言葉に、泉は今朝の新聞を思い出した。

社会面のトップに、昨日開かれた記者会見の記事があがっていた。見出しには『前会計課長　事件に関与か』と大きく打ち出されていた。

記者会見に臨んだ大須賀は、窃盗事件の捜査状況の説明から入った。

報道陣に対し大須賀は、捜査内容の詳細については明言せず、事件解決に向けて慎重に捜査を進めている、に留めた。

大須賀の発言が終わると、部屋を埋め尽くした報道陣から、一斉に質問が出た。そのすべてが、保科の死亡に関するものだった。

保科が本部の前会計課長だった事実を、報道陣はすでに把握済みだった。なかには、保科の自宅周辺の住人から聞き込みを行い、保科の母親が施設に入居していることまで知っている社もあった。

「自殺ですか」

「本部で発生した窃盗事件の犯人である可能性は」

「警察は保科さんをマークしてなかったんですか」

保科の死因や窃盗事件への関与の有無など、報道陣は色めき立ちながら質問する。大須賀に代わり答えたのは、刑事部捜査一課の児玉守《こだままもる》管理官だった。

児玉は、検死の詳しい結果はこれからであると前置きをし、保科の死因は多量のアルコールと睡眠薬を飲んだことによる中枢神経および呼吸器系不全の可能性が高い、と説明した。

説明が終わっても、報道陣の質問は止まらない。児玉の話ではなにもわからない、と口々に訴える。

報道陣からあがる不満と抗議の声を無視し、児玉は会見の終了を伝えた。

泉は階段をのぼりながら、市場に訊ねた。

「保科さんの検死結果は出ましたか」

「朝一で、監察医から検死結果があがってきた」

音は同じだが、検視と検死は違う。検視は鑑識や捜査員が、現場で遺体の確認を行うことを指し、検死は正確な死因や死亡時刻などを判断するために医師が行うことをいう。

検死は監察医がする。警視庁を除いた各道府県の担当は、知事から任命された開業医だ。

市場の後ろを歩いていた泉は、急ぎ足で真横についた。

「いかがでした」

顔を覗き込みながら訊ねる。市場は前を見ながら答えた。

「死因は、児玉さんが会見で述べていたものと、そう変わりない」

わざわざ、死因は、と断るということは、検視のときとは違う所見があったのだろうか。

「足背部に、新しい注射痕のようなものがあったらしい」

自己注射で真っ先に浮かんだのは、インスリンだった。

糖尿病を患っている者は、自分でインスリンを注射するケースがある。ほかにも、血友病やクローン病などもそうだ。

だが泉はすぐに、その考えを打ち消した。いま頭に浮かんだ病はいずれも、腕や腹などに注射する場合がほとんどだ。足の甲に注射するとは考えづらい。保科がそれらの病を患っていたという情報もない。

注射痕で思い浮かぶのは、ほかに覚せい剤があった。

覚せい剤常習者は、注射痕を隠すために太ももや臀部《でんぶ》、足部に注射することがある。が、その可能性も、泉は消した。

本部での事件が発覚してからずっと保科に張り付いているが、保科に挙動不審な様子や、おかしな行動は見られなかった。

泉の考えを見越したように、市場は先回りした。

「報告書には、注射痕らしきもの、と記述されていた。まだ、注射の痕だと判明したわけじゃない。

過度の思い込みは、ときに捜査の邪魔になる」

泉は小さく肯き、改めて訊ねた。

「ほかに、新たにわかったことはありませんか」

市場は少しの沈黙のあと、短く答えた。

「両手の爪から、残留物が検出された」

なにかに触れたり摑んだとき、爪に繊維や物質の一部が残る場合がある。保科の爪から、なにが発見されたのか。

「ＮＢＲだ」

合成ゴムのひとつ、ニトリルゴムのことだ。油や薬品に強く耐久性があることから、車のタイヤや工業用パッキン部品、作業用手袋などの素材に使われている。なにかの部品交換か、ニトリル手袋をつけて作業でもしたのだろうか。

市場は泉の考えを否定した。

「可能性がないわけではないが、夜中にタイヤ交換や専門的なパッキン交換をするとは考えづらい。それならまだ、手袋をつけて作業していたという仮定のほうがあり得る。が、それもしっくりこない」

「どうしてですか」

手袋をつけての水仕事や風呂場の掃除など、夜中にしてもおかしくはない。

市場は歩きながら、泉に顔を向けた。

「家庭用の手袋は、ポリエチレン製か、ビニール製。ゴムなら、天然ゴムのラテックス製が大半だ。

ＮＢＲの手袋を使用している家は少ないだろう」

言われて気づいた。市場の言うとおりだ。

——なぜ、保科の爪にＮＢＲが付着していたのか。

考えた泉の背中に、寒さとは違う震えが走った。

事件における爪の残留物は、被害者が犯人に抵抗した際に付着することが多い。もし、保科の死亡が他殺によるものだとしたら、保科の爪から発見されたＮＢＲは、保科を殺した犯人が身に着けていたと考えられる。

ＮＢＲは、現場作業服といった専門的な衣類に使用されることはあっても、一般的な衣類に素材として利用されることはまずない。

泉の脳裏に、ニトリル手袋をはめた者が、保科に背後から襲い掛かる光景が浮かんだ。

機動分析係の部屋の前まで来ると、市場は立ち止まった。ドアノブに手をかけながら、低い声で言う。

「林さんから受け取ったものは、君がしっかり持っていてくれ。誰にもその存在を知られないように。係のメンバーにもだ」

うつむいていた泉は、面をあげた。

保科の死が窃盗事件と関連があるならば、バッグのなかにあるリストはふたつの真相にたどり着く重要な鍵となる。狼狽えている場合じゃない。黒瀬に渡すまで、責任を持って管理するのだ。

泉は市場に向かって、深く肯いた。

「わかりました」

市場も肯く。

「頼んだよ」

市場はドアノブを回し、大きくドアを開けた。


本部を出た泉は、車で馬引町《うまひきまち》へ向かった。米崎市の中心から西へ車で三十分ほどのところにある町だ。かつては馬喰《ばくろう》で栄えたが、時代の流れとともに衰退し、いまでは静かな住宅地になっている。

馬引町に着いた泉は、車をパーキングエリアに停めて『庫裏《くり》』に向かった。古くからある居酒屋だ。


市場に黒瀬から連絡が入ったのは、就業時間を過ぎた六時近くだった。

携帯に掛かってきた電話に出た市場は、何気ない様子で自分の席を立ち、係の部屋を出ていった。

市場はすぐに戻ってきた。自分の席に着くと、すばやく泉を見た。その目の鋭さから、電話をかけてきた相手は黒瀬だ、と泉は直感した。

少し間を置き、泉は手洗いに行くふうを装い、席を立った。

階段の裏に身を潜めていると、市場が部屋から出てきた。泉は廊下に出て、市場に向かって歩き出した。

すれ違うとき、ふたりは示し合わせたように立ち止まった。

「今夜八時、馬引町、庫裏」

それだけ言うと、市場は歩きはじめた。泉も歩き出す。

その足で手洗いの個室に入り、スマートフォンで馬引町、庫裏で検索した。一件ヒットした。グルメサイトの情報ではない。個人が立ち寄った感想をあげているブログだ。

ブログに書かれていた感想は、これといって目を引くものではなく、寡黙な親爺《おやじ》がひとりで切り盛りしている、とだけ書かれていた。


庫裏は枝状に分かれている細い道の奥にあった。

木造の二階建てで、二階のベランダに洗濯物が干してある。下が店で上が住まいのようだ。

店の前に、時代を思わせる電飾看板が灯っていた。庫裏と書かれている。

泉は、醬油で煮染めたような縄のれんをくぐり、入り口の引き戸を開けた。

なかは数人掛けのテーブルと、狭い小あがりがあった。客はいない。

カウンターのなかに、白髪を短く刈り上げた男がいた。紺色の作務衣《さむえ》を着て、包丁を持っている。

おそらく店の主人だろう。

泉は主人に声をかけた。

「八時にここで待ち合わせなんですが、連れはもう来てますか」

眉間に皺が寄っている気難しそうな表情から、ぶっきらぼうな対応をされるかと思った。が、主人の言い方は穏やかだった。

「奥の座敷にいらっしゃいますよ。狭くて汚いけれど、勘弁してください」

主人が指さした店の奥へ進むと、閉じられた襖《ふすま》があった。

「森口です」

断りを入れて襖を開ける。四畳半ほどの座敷には、市場と黒瀬がいた。

黒瀬はネイビーのシャツとニット、下は年季の入ったジーンズだった。似合わなくはないが、やはり黒瀬はワイシャツに上着という戦闘服がぴったりくる。

「お疲れさん」

黒瀬がビールを片手に声をかける。

泉は膝を正して一礼し、座敷へ上がった。

黒瀬と市場は、座卓を挟んで向かい合っていた。市場の隣に座る。

主人が、通しの莫久来《ばくらい》と里芋の煮つけを運んできた。泉はウーロン茶を頼んだ。市場も泉と同じく車で来ているが、帰りは代行運転を利用するからと、二杯目のビールを頼む。

主人が立ち去ると、黒瀬が泉に料理を勧めた。

「晩飯まだだろう。食え」

黒瀬の気遣いはありがたいが、緊張で食事に箸をつける気分ではない。泉はさりげなさを装い、黒瀬に言う。

「奥様のご機嫌、よかったみたいですね」

ジョッキを傾けている黒瀬の手が止まる。いったいなにを言っているのか、そんな表情で泉を見た。

市場が黒瀬に説明する。

「俺たちが使っている符牒《ふちょう》ですよ」

黒瀬は、ああ、と納得したような声を漏らした。笑う。

「別居中だ」

思いもよらない言葉に、泉は驚いて市場を見た。市場は自分のジョッキを見ていた。

「もう何年になるかな」

市場が黒瀬に問う。口調が旧知の友のそれになっていた。

「息子が小学校入学の年だから、四年だな」

ふたりが交わす言葉から、黒瀬の妻と子供は妻の実家がある東京にいることがわかった。

「流美《るみ》さんと康太《こうた》くんは、元気にしてるのか」

妻と子供の名前なのだろう。黒瀬は肩の凝りをほぐすように、首を左右に曲げた。

「康太は毎日、塾で忙しいらしい。冬休みに遊びによこせと流美に言ったら、泊まり込みで冬季講習だから無理だと言われた」

市場は表情を変えずに、黒瀬を見た。

「変わらないってことは、元気ってことだ」

訊いてはいけないことを口にした気になり、泉は詫びた。

「すみません」

市場が視線を、黒瀬から泉に向けた。

「君が謝ることじゃない。こいつが結婚した当初から聞いていた口癖が、そのまま符牒になっただけだ」

黒瀬は不機嫌な表情で、泉を睨んだ。

「余計な気は遣うな」

「すみません」

また謝る。

黒瀬が軽く舌打ちをくれた。それを合図のように、市場は真顔になった。本題を切り出す。

「ところで仁さん、あんたは今日、俺に呼び出された理由がわかっているよな」

市場の鋭い視線が、黒瀬に向けられる。自分のビールをぐいっと呷ると、黒瀬はジョッキを座卓に置いた。泉を見る。

「そこのスペカンが哲さんに口を割っていたら、謹慎中の俺を呼び出すような真似はしないだろう。上司の指示を頑なに守るこいつは、捜査員として見込みがある」

市場が座卓に肘をついた。凄みの利いた声で、黒瀬に訊ねる。

「森口さんは口を割らなかったが、仁さんにはなにがあっても口を割ってもらう。林さんに、いったいどんな頼みごとをした」

黒瀬と市場の視線が、激しくぶつかる。

市場は畳みかける。

「なにを掴んだのか知らんが、長年一緒にいろんな橋を渡ってきた仲だろう。なんでも話してくれ」

市場の神妙な口調に、ふたりの絆の強さを感じる。泉は黒瀬の返事を待った。

長い沈黙のあと、黒瀬が口を開いた。

「それだけは言えん」

黒瀬の頑なな決意に、泉は息をのんだ。

部下になってひと月も経たない自分に、言えない気持ちはわかる。が、長い付き合いの市場が膝を交えれば、話すだろう、そう思っていた。

黒瀬を見る市場の目が、険しくなる。

座敷のなかの空気が張りつめた。

市場は黒瀬を睨みながら言う。

「仁さんが協力を求めないときがどんなときか、俺は知っている」

座卓に落としていた視線を、黒瀬があげた。目が、なんだ、と問うている。

無言の問いに、市場が答えた。

「誰かを守るときだ」

黒瀬の眉が、かすかに動いた。

市場は、重くつぶやいた。

「仁さんは、自分が人を殺した、そう思っている」

泉はとっさに、春日から聞いた話を思い出した。女性教師殺害事件だ。黒瀬が参考人としてマークした人物が自殺をしたのだ。その事件の真犯人は、別にいた。市場はそのことを言っているのか。

市場はその事件とは別に、泉が知らない名前を口にした。

「女性教師殺害事件も新田のことも、仁さんのせいじゃない。そう何度も言ったはずだ」

誰のことだろう。疑問がそのまま、口をついてでた。

「新田さんって、誰ですか。黒瀬さんとなにかかかわりが――」

続く言葉を、黒瀬の声が遮った。

「知らなくていい」

きつい声に、身を竦める。

部屋が静まり、窓の外を通り過ぎる車の音が聞こえた。

黒瀬がぼそりと言う。

「森口、例のものをくれ」

林から受け取ったリストだ。

反射的にバッグに手を伸ばしたとき、市場が言った。

「新田というのは、かつて仁さんの部下だった男だ」

リストを取り出そうとしていた手が止まる。終わったと思った話の再開に戸惑う。

「市場！」

黒瀬が座卓越しに、市場の上着の胸倉を摑んだ。黒瀬の肘がぶつかり、ジョッキが倒れた。畳にビールがこぼれる。

「それ以上、言うな」

黒瀬の声には、強い怒りがこもっていた。

泉は動けなかった。こんなに怒りをあらわにする黒瀬を見るのははじめてだった。

激しい怒気を受けながらも、市場は黒瀬の言うことをきかなかった。されるがままの姿勢で、話し続ける。

「十年前に、あるスーパーで強盗事件が起きた。当時、捜査一課だった仁さんは、その事件の鑑取りを担当した」

「やめろ」

市場の上着を摑んでいる黒瀬の手に、力がこもる。市場はやめない。

「仁さんの見立ては、近所に住む無職の男が借金の返済のために強盗に入った、というものだった。たしかに男は消費者金融から金を借りていた。そして、事件発生直後に、まとまった金を返していた」

「いいかげんにしろ」

市場は黒瀬を無視し、早口にまくしたてる。

「その日、男の行動確認《コウカク》についたのは新田だった。男は、不審な男につけられていると気づき、逃げだした。男に追いつき捕えたとき、誰かに背中を刺された。刺したのは当時高校二年生の、男の娘だった。新田を、以前から父親に付きまとっていた、借金取りだと勘違いし、学生カバンに入っていた手芸用の裁ちばさみで、父親を救うために新田を刺した。その後の調べで、男は強盗事件には関与していないことがわかった。消費者金融に返した金は、見かねた親戚が渡したものだった。犯人は、近くの大学に通う青年で、動機は小遣い欲しさだった」

黒瀬はものすごい形相で、市場を睨む。

市場は判決を言い渡すように、強く言う。

「新田は刺された場所が悪く、五日後に死亡した」

黒瀬の右拳が、市場の左頰を抉《えぐ》った。

市場が身体ごと、右に持っていかれる。倒れそうになりながらも、畳に手をつき持ちこたえた。

黒瀬を睨み返す。

「仁さんは、自分が部下を殺した、そう思っている」

黒瀬は座卓に片膝をあげ、市場に摑みかかろうとした。

「黒瀬さん！」

泉は市場を背でかばうように、ふたりのあいだに割って入った。

黒瀬は膝立ちのまま、市場を見ている。目にはまだ怒りの色が見て取れるが、それ以上に悔しさが滲んでいた。

「どうしました」

襖が開き、隙間から店の主人が顔を覗かせた。身体を傾けている市場を不思議に思ったのだろう。怪訝そうに覗き込んだ。

市場が主人から顔を背けた。殴られた顔を見られてはまずいと思ったのだろう。

泉は慌てて、主人の目を市場から逸らした。座卓にあったおしぼりを握り、ビールで汚れた畳を拭く。

「大丈夫です。ジョッキに肘がぶつかっただけです。畳が少し汚れました。すみません」

泉が詫びると、主人はほっとしたような顔で笑った。

「いまさら多少汚れがひどくなっても、誰も気づきませんよ。気にしないでください」

主人が立ち去り三人だけになると、部屋がまた静かになった。

黒瀬は胡坐《あぐら》をかいて俯いた。

「俺のせいで、誰かが不幸になるのはもういやだ」

「仁さんのせいだなんて、誰も思っていませんよ」

市場が言い切らないうちに、黒瀬が言葉を被せる。

「俺が思っている」

ふたたび部屋に、沈黙が広がる。

黒瀬が泉を見た。

「林さんから受け取ったものを、俺に渡せ。そして、ふたりともこのまま帰れ」

自分の腿の上に置いていた市場の手が、拳を握る。市場は拳を震わせていたが、やがて大きくため息をつき、泉に言った。

「バッグのなかにあるものを、仁さんに渡してくれ。もう、帰ろう」

泉は驚いて市場を見た。もっと粘り、黒瀬を説得するものだと思っていた。

泉の内心を察したのだろう。市場は小さく、首を左右に振った。

「仁さんの石頭は、俺がよく知っている。その頑固さを、今回だけはなんとかできる――いや、しなければと思ったが残念だ」

黒瀬が泉に向かって手を伸ばす。

「さあ」

話は終わった、とでもいうように、市場が尻を浮かす。

泉は黒瀬と市場を交互に見た。

市場ですら説得できなかったのだ。黒瀬の気持ちを変えるのは無理だ。そう思いながらも、泉のなかのなにかが、リストを取り出そうとする手を止めていた。

畳に視線を落としたまま動かない泉を、不思議に思ったのだろう。市場が声をかけた。

「どうした。気分でも悪いのか」

泉はそばにある、自分のバッグを掴み、胸に抱きかかえた。

「これは渡せません」

「なに」

黒瀬の顔色が変わる。いままで素直に言うことを聞いていた使い走りが、急に歯向かってきた。そんな顔をしている。

市場も同じだ。口を少し開けたまま泉を見ている。

泉は黒瀬を見据えた。

「これを渡すには、条件があります」

黒瀬は苦い笑いを漏らした。

「駆け引きか。新米が一人前気取りだな。話だけは聞いてやる、条件とはなんだ」

泉はごくりと、唾を飲み込んだ。

「本部で発生した窃盗事件とバッグのなかの書類に、どんな関係性があるのか教えてください」

しつこいと思ったのだろう。黒瀬は舌打ちをくれた。

「哲さんが言ったことを聞いてなかったのか。おれはもう自己嫌悪に陥りたくないんだ」

「私たちがそうなります！」

泉の叫びにも似た訴えに、黒瀬と市場が息をのむ気配がした。

胸のなかのバッグをきつく抱え、泉は自分に言い聞かせるように言う。

「この書類が事件に関係あるなしにかかわらず、いま、黒瀬さんから聞き出さなければ、私も市場さんも激しい自己嫌悪に陥ります。どうしてあのとき、なにがなんでも聞き出さなかったんだろう、どうして事件の責任を黒瀬さんひとりに背負わせてしまったんだろうって」

部下が上司に非常識なことを言っている。わかってはいるが、止まらなかった。黒瀬が重い悔いをずっと引きずっていること、本当の意味で部下を信頼していないことが辛かった。

「お願いです。話してください」

頭を下げた泉を見て我に返ったのか、黒瀬はぎこちなく言い返した。

「わからんやつだな。俺はお前たちのことを思って――」

「嘘です」

泉は黒瀬の言葉を遮った。黒瀬の眉間に深い皺が寄る。

「俺が嘘を吐いてるだと」

泉は大きく肯いた。

「私たちの身を案じてくれている。それは本当だと思います。でも本当は、それ以上の理由があります」

黒瀬の目が、言ってみろ、と訴えている。

泉は答えた。

「黒瀬さん自身が、傷つきたくないからです」

黒瀬が、虚を突かれたように目を見開く。

「たしかに部下の安全を最優先する考えはわかります。市場も同じだ。でも黒瀬さんは、そのことで自分が立ち上がれないくらい傷つくのが怖いんです」

泉は膝を擦って座卓を回り込み、黒瀬の横に移った。正座のまま、黒瀬に身を乗り出す。

「黒瀬さんはそれでいいでしょう。でも、私たちはどうなんですか。もしこの事件で黒瀬さんになにかあったら——犯人を取り逃がすようなことにでもなったら、心に一生消えない傷を負うんですよ。自分と同じ辛さを、黒瀬さんは部下にも味わわせるんですか」

泉は黒瀬を睨んだ。

「実技試験のあとの面接で、黒瀬さんは私に捜査員失格と言いましたね。いまの黒瀬さんは、上司失格です」

口を利くものは誰もいない。

黒瀬は目の前の空のジョッキを、じっと見ている。口を開く様子はない。窓の外から、木枯らしの音だけが聞こえる。

——ダメか。

泉は項垂れた。

黒瀬を説得したかった。ひとりで重いものを抱えている黒瀬に、少しでも楽になってほしかった。自分を拾ってくれた黒瀬に信頼されたかった。が、所詮、無理なことだった。市場が説得できなかったことを、部下になって日が浅いスペカンが、どうこうできるものではなかったのだ。

泉は市場の隣に戻ると、畳に置いてある自分のバッグを手に取った。なかから、頼まれていたリストを取り出す。座卓に置き、黒瀬のほうへ押し出した。

「これが、林さんから受け取ったものです」

泉は後ろへ尻をずらし、畳に手をつき頭を下げた。

「立ち入ったことを言って、すみませんでした。帰ります」

襖の取っ手に手をかけたとき、背中から黒瀬のつぶやきが聞こえた。

「ここ一年のあいだに、詐欺事件の受け子で捕まった者のリストだ」

泉は振り返った。

黒瀬は伏せていた目をあげて、市場を見た。

「なかなか首を縦に振らない林さんに駆け引きを持ち出して、出してもらった」

市場は含んだ笑みを顔に浮かべた。

「弱みに付け込まれた林さんに、同情しますよ」

泉は自分が着いていた席に戻り、黒瀬を見つめた。

黒瀬は上司の顔に戻っていた。

「リスト、たしかに受け取った。ご苦労だった」

黒瀬は泉にねぎらいの言葉をかけ、座卓の上からリストが入った封筒を手に取った。

「開けるぞ」

黒瀬が、糊付けされている封を切る。

泉は思わず前のめりになった。市場も同じだ。

黒瀬はなかに入っていた四つ折りの紙を開いた。ざっと目を通す。やがて厳しい顔で、リストを市場と泉に差し出した。

市場が受け取り、手元で見る。泉は横から覗き込んだ。

紙には、縦書きで順に名前が記載されていた。目算で十人ほどだ。名前の横にその者の住所、連絡先、生年月日、年齢が記されている。名前の下には、補導した場所の名称と住所があった。

「そこにあがっている少年たちの周辺を、調べてほしい」

市場はリストを見ながら訊く。

「その指示は、本部の事件の捜査と思っていいんですか」

「ああ」

黒瀬は肯く。

黒瀬が林に頼んだときから思っていたが、本部の窃盗事件と詐欺事件の受け子が、なんの関係があるのか。

市場も同じ疑問を抱いたのだろう。黒瀬に問う。

「仁さんの見立てでは、このふたつはどう繋がっているんですか」

黒瀬はひと呼吸おいて、問い返した。

「保科さんを、警視庁の公安が張っていたな」

市場が肯く。

「組織内で発生した事件に、近県の公安が出てくるのはわかる。が、まさか本家とは思いませんでした」

「どこの課が出てきたのか、まだ話してなかったな」

市場は怪訝そうな顔をした。

「公安課じゃないんですか」

警視庁公安部は、みっつの管轄に分かれている。新左翼過激派、右翼団体、カルトなどの国内捜査を対象としている公安課。国際テロ、海外の工作活動を捜査対象としている外事課。それらの課が関わっている事件が発生した際に、初動捜査を行う公安機動捜査隊だ。

市場が、本部の事件に出張ってきたのは国内捜査担当の公安課だ、と思うのは当然だ。

黒瀬は声を潜めた。

「外事《ソト》二課《ニ》だ」

隣で市場が、息を呑む気配がした。見ると、市場は怖い顔で黒瀬を睨んでいた。低く言う。

「まさか——」

やっとそれだけ絞り出した、そんな感じだった。

市場の戸惑いはわかる。泉も黒瀬から聞いたときは、なぜ管轄外の外事二課が出てくるのか不思議だった。が、そのときの泉と、いまの市場の驚きは、質が違っているように感じる。市場の表情は、ひどく緊迫していた。

途切れた市場の言葉を、黒瀬は補足するように言う。

「俺が追っているのは、そのまさかだ」

市場は視線をさまよわせ、口に手を当てた。

「そうか。だから、そのリストを林さんに頼んだのか」

市場のなかで、窃盗事件とリストが繋がったようだ。得心したように、深い息を吐く。

「仁さんがなかなか話さない理由が、やっとわかりました。たしかにこれは、俺でも容易には口にはできません」

風向きが変わってきた。泉は慌てた。

「待ってください」

ふたりが泉を見る。泉は、黒瀬と市場に詰め寄った。

「勝手に話を進めないでください。そのまさかって、なんですか。私にも教えてください」

黒瀬と市場は、顔を見合わせた。

ついいましがたまで同じ岸にいたのに、自分だけ対岸に渡ることは忍びないと思ったのだろう。市場は黒瀬に、進言した。

「ここまでの立役者を、無下にはできんでしょう」

黒瀬はなにか考えるように目を閉じ、ふたたび開けた。泉を見る目には、固い決意の色があった。

「聞かなかったことにはできんぞ」

泉は深く肯いた。迷いはない。覚悟を新たにする。

黒瀬は片膝を立て、右腕を預けた。

「本部長には、ひとり息子がいる。名前は光大《みつひろ》、高校三年生だ」

泉は、肩透かしを食らった感じがした。

本部の窃盗事件、保科の死、公安外事二課と本部長のひとり息子の高校生が、いったいなんの関係があるのか。

泉の考えを察したらしく、市場が諭す。

「最後まで聞け」

泉は気を新たに、黒瀬の話に耳を傾けた。続きを促す。

「本部長の息子さんが、どうしたんですか」

黒瀬の目つきが鋭くなる。

「今年の春先に、その息子が詐欺事件に関与しているという噂がたった」

泉は驚いた。治安維持を職務とする警察官の身内が事件に関与しているとしたら、由々しき問題だ。

「それは事実ですか」

黒瀬が答える。

「噂の範囲は出ないが、信憑性《しんぴょうせい》はある」

泉は動悸を静めるために、胸に手を当てた。

黒瀬は噂という言葉を使ったが、裏情報という言い方のほうが正しいのだろう。給湯室で交わす茶飲み話レベルのものなら、美佐子が知らないわけがない。噂好きの美佐子は、知れば必ず泉に話す。光大のよからぬ情報は、本部内でも上層部のごく一部しか知らない、極秘のものなのだ。

泉は先を促した。

黒瀬は話を続ける。

「息子は米一《よねいち》に通っている。成績は学年トップ。東大を受験するらしい」

米崎県立第一高等学校——通称米一は、県下一の進学校だ。米一に通っているといえば、誰もが一目置く。成績優秀、品行方正、それが米一生の印象だった。

「その息子さんに、どうしてそんな悪い噂がたったんですか」

泉の問いに、市場が答えた。

「息子さんには、中学のときに仲がよかった同級生がいる。名前は飛田優樹《とびたゆうき》。現在、米東《よねとう》学園に通っている」

私立米崎東学園は、成績や素行が悪く、高校進学が難しいとされる生徒の受け入れ先として創立された高校だ。創立百十年を越える歴史ある学校で、前身は私立米崎工業高等学校だった。

創立当時は、主に自動車整備を学ぶ場とされていたが、その後、機械作業全般を教えるようになり、いまは時代の流れに伴い、ＰＣ技術も授業で取り組んでいる。八年前に学校名をいまのものに改称した。

「この飛田優樹が、今年の一月に恐喝と窃盗で捕まった。仲間数人で酔っぱらった会社員に因縁をつけて、財布を奪った。捕まったのはそのときがはじめてだが、表ざたになっていないだけで、常習的にしていたらしい。そのとき一緒に捕まった仲間のひとりが、小沼隼人《こぬまはやと》。飛田と同じ米東学園の生徒だ。小沼は今年の三月に、詐欺事件の受け子を引き受け、詐欺未遂罪で逮捕された。本人は、自分が受け子の役をしているとは知らなかった。日時と場所だけ指定されて、そこに来る女から紙袋を受け取れ、とだけ言われていた」

光大に悪い噂がたったのも、今年の春先だ。

泉は黒瀬のほうへ、身を乗り出した。

「本部長の息子さんが、その詐欺事件に関わっていたんですか」

市場が泉を窘《なだ》めた。

「そう急くな。話には順番がある」

泉の問いに、黒瀬が答える。

「あくまで噂だ。本部長の息子と小沼との直接的な関係は出てきていない。が、小沼とつるんでいた飛田といるところを、昨年の夏から同級生たちが見ている。進学校の生徒と不良生徒が一緒にいる光景が、アンバランスだったんだろう。多くの生徒が知っていた」

本部長の息子が不良生徒とよく遊んでいた。その不良学生の仲間が、詐欺事件の受け子で捕まった。婉曲《えんきょく》的に、光大も関わっていたのではないかとの噂がたった。ここまではわかる。が、それらが、本部で発生した事件とどのような関係があるのか。

必死に頭を巡らせる泉に、市場が説明する。

「受け子には、現金を受け取る指示を出したやつがいる。いわゆる黒幕だ」

詐欺事件の黒幕は、自分たちに警察の手が伸びないように、幾重にもバリケードを張っている。

「小沼の件も同じだ。小沼に命じたやつらは、別の者から話を持ち掛けられ、そいつらもその上から命じられている。小沼に直接命じたやつらの身元は摑めた。地元の大学生で、行きつけの居酒屋で知らない男から巧みに話を持ち掛けられたらしい。そいつも小沼と同じく、詐欺未遂罪で逮捕されている。警察は大学生に話を持ち掛けた客を探しているが、いまだ摑めていない」

身体の末端まで張り巡らされている毛細血管を辿り、病巣を探すような捜査だ。黒幕に辿り着くのは、容易ではない。

黒瀬がぼそりと言う。

「黒幕の見当はついている」

泉は緊張で渇いた喉に、唾を飲み込んだ。

黒瀬は、泉と市場を交互に見た。

「カネコ船貨整備商会だ」

米崎港の港湾事業を請け負っている企業だ。港に関わる建設、荷役管理、倉庫業務など、一通り手掛けている。

「いまの企業名になるまえに掲げていた看板は、金子組だ。岡山に拠点を持つ指定暴力団、麻田《あさだ》組系列で、暴対法施行後、看板を下ろしたが、やってることは名前を変える前とそう変わりはない」

振り込め詐欺などの特殊詐欺事件の半分は、暴力団が関与している。昨年のデータによると、特殊詐欺事件で逮捕された者の半数近くが、暴力団関係者だった。やつらは堅気の人間を巧みに操り、ときには未成年者まで巻き込む。許せない行為だ。

泉が膝のうえで拳を握ったとき、襖が開いた。

店の主人が顔をのぞかせる。

「なにか、お持ちしますか」

ビールが空になっていることに気づいた市場が、冷酒を二合と適当につまみを頼む。酒とつまみを運んできた主人が座敷を出ていくと、黒瀬は話を続けた。

「居酒屋で話を持ち掛けられた大学生は、店から近いコンビニにいた小沼に、話を振った」

小沼はコンビニの駐車場で、数人の仲間と円座を組んでいたらしい。見知らぬ大学生から、紙袋を受け取るだけで小銭が稼げると聞き、二つ返事で引き受けたという。

「大学生が通っていた居酒屋の名前は『八兵衛《はちべえ》』。安くて量が多く、学生には人気があるらしい」

市場が黒瀬に酒を注ぐ。

黒瀬は猪口《ちょこ》の酒を一口で飲み干し、話を続ける。

「八兵衛の店主は尾野蒼汰《おのそうた》、二十八歳。店主といっても雇われだ。尾野は八兵衛のほかにも、市内にある『キャンディ・バニー』というキャバクラで店長をしている。こっちも同じく雇われだ」

店の名を聞いた市場が、眉間に皺を寄せた。

「悪名高い店ですね」

市場が言うには『キャンディ・バニー』はぼったくりで有名な店だという。店に入るときに説明された料金システムに様々なオプションがつき、会計のときに法外な料金を奪い取られる、といったやり方だ。

状況によっては詐欺罪で被害届を出すことも可能なのだが、そのケースは限りなく少ない。店員から請求された料金や、会話のやり取りなど細かい証拠が必要であることに加え、キャバクラの場合、男性客の多くは多少なりともやましいところがあるのか、大事にはしたくないと泣き寝入りするケースがほとんどだ。店側はそのあたりもすべて計算済みで、ぼったくる。

「尾野を使っているのは誰ですか」

市場が黒瀬に訊ねた。黒瀬は、市場に徳利を差し出した。市場が酌を受ける。

「大阪で手広く商売をしている男だ。名前は丹波博巳《たんばひろみ》。四十三歳。キャバクラをはじめ、焼肉、居酒屋、カラオケなど店をいくつも持っている。キャンディ・バニーもそのひとつだ」

「キャンディ・バニーが米崎市にオープンしたのは、二年前になりますか」

市場の言葉に、黒瀬が肯く。

「そのときから、尾野が店長をしている」

黒瀬は手酌で猪口に酒を注ぎ、中身を飲み下した。ピッチが速い。が、目は素面《しらふ》だ。

「その丹波だが」

黒瀬の話は続く。

「店は代理の店長と従業員に任せて、一年の半分は日本を離れている」

「日本にいないときは、どこへ」

素朴な疑問が、口をついて出た。

黒瀬は睨むように、泉を見た。

「上海だ」

「上海——」

つぶやく泉に、黒瀬は肯いた。

「そこにマンションを持っている」

「中国にも、店を進出させているんですか」

黒瀬は否定する。

「いや、店は出していない」

「家族がいるとか」

「やつは独り身だ」

泉は考えた。事業以外の理由で、それほど長く上海に滞在する理由はなにか。

黒瀬は、手のなかの猪口に目を落とした。

「日本国内で発生している特殊詐欺事件の大半は、中国人グループが関与している」

泉もそれは知っている。不正送金先の口座名義人の半分以上が中国籍との捜査結果が出ている。

「それは私も——」

知っています、そう言いかけた泉は、その言葉を飲み込んだ。

黒瀬と市場の顔を見る。ふたりとも、泉を見ていた。泉は口のなかに溜まった唾を飲み込んだ。息を詰めて言う。

「外事二課《ソトニ》が出てきた理由は、本部の事件に中国の詐欺グループが絡んでいるからですか」

黒瀬が答える。

「その可能性が、極めて高い」

市場が言葉を添える。

「特殊詐欺だけじゃない。麻薬やコカインの密売、ハッカーによる国内企業の機密情報取得、商法や植物新品種などの知的財産の窃盗。政治経済を大きく揺るがしかねない犯罪に関与している疑いがある。外事二課が出てくるとはそういうことだ」

泉の背に、寒さとは違う震えが駆け上がった。頭にひとつの仮定が浮かぶ。泉は無意識に、その推測を打ち消そうとした。

「本部長の息子さんが、小沼と接触していた事実は出ていないんですよね」

黒瀬が言う。

「小沼とはない」

その言い方は、小沼とはないが、小沼と接触していた飛田とはあった、ということを強調していた。

泉は自分の頭のなかを、整理した。

外事二課は、中国詐欺グループをマークしていた。中国詐欺グループは、本部で発生した事件に、なにかしらの形で関与している。だから、事件の容疑者とみられていた保科を張っていた。詐欺事件に関わっている人物と、数人の人物を介して本部長の息子は繋がっている可能性が高い。

ここまでは理解できた、がその先が見えない。

本部で発生した事件と詐欺事件の繋がり、窃盗事件の犯人像といった、核心にはたどり着いていない。

黒瀬が口を開いた。

「外事二課が出張っているとわかった段階で、本部で起きた事件に中国の詐欺グループが関与していると睨んだ。いったいどこで繋がっているのか考えたとき、今年の春に噂が立った、本部長の息子の件を思い出した。本部の事件は、内部犯行の説が有力だ。なにかしらの形で本部長の息子が絡んでいる可能性がある。だから、林さんに受け子のリストをくれと頼んだ」

「それは――」

泉は声に力を込めて、話の核心をついた。

「本部で発生した窃盗事件に、本部長が絡んでいる可能性がある、ということですか」

黒瀬と市場は、鋭い目で泉を見た。黒瀬がきっぱりと言う。

「そうだ」

泉は首を横に振った。

「金庫からお金が盗まれたと思われる期間の防犯カメラの映像を、綿密に調べました。本部に出入りした人間は本部の者に限らず、一般の方まですべて細かくチェックしましたが、本部長に不審な動きはありませんでした。そのようなことがあれば、本部長といえども見逃しません」

市場が横でつぶやいた。

「本人が動かなくても、誰かを使うことはできる」

泉は市場を睨んだ。

「それは、本部長が保科さんに指示して金庫のお金を盗ませた、そう言いたいんですか」

言い方が喧嘩腰になる。

本部長が事件に関与しているなどあり得ない、その思いが泉にそうさせた。

黒瀬がきっぱりと、泉の希望を砕いた。

「その可能性は否定できない」

泉は膝のうえの拳を握りしめた。

どのような理由があっても、捜査側の人間が事件に関与するなど、あってはならない。まして、本部のトップが犯行に関わっているなど、警察の権威が根底から失われる。

本部のトップが犯罪に関与しているなんて、認めたくはない。が、情報のすべてがその方向を指している。

本部で発生した事件の動きに関しては、様々な疑問を抱いていた。保科が犯人だと仮定した場合の動機の薄さ、外事二課が出張ってきた理由、たった一本の匿名通報で黒瀬が謹慎処分を受けたわけ、世間に保科は自殺だと思わせるような印象操作ともいえる記者会見、それらの疑問が、黒瀬と市場から話を聞いたいま、一気に解けていく。

「今回の窃盗事件における一連の流れは、すべて本部長が画策したということですか」

「いや」

泉の推論を市場が否定した。

「いくら本部長でも、ひとりで事を運ぶのは無理だ。目的をともにする協力者がいるはずだ」

黒瀬が言葉を引き継ぐ。

「ひとりは保科さん。そして、保科さんの口を封じたやつらだ」

泉の視界が揺れた。額に手を当て、心を落ち着かせる。

目の前にあるウーロン茶をひと口飲み、いままでの話をまとめた。

「本部長が、保科さんを使って金庫から金を盗ませた。保科さんに捜査の手が回り、自分の身が危うくなったから、誰かを使って保科さんを殺害した。もうなにも言えない保科さんにすべての疑惑を背負わせて、事件の収拾を図ろうとしている、ということですか」

ふたりはしばらく黙っていたが、黒瀬は言葉を選ぶように答えた。

「それが真相とは、言い切れない。が、多少の違いはあっても誤差の範囲だと、俺は考えている」

市場はずっと持ったままの猪口を、口に運んだ。中身を一気に飲み干し、息を吐く。

「だが、まだわからないところは多い。仁さんの推論が合っているとして、本部長が保科さんに金を盗ませた理由、保科さんを殺した犯人、この事件に外事二課がどこまで関わっているのか、保科さんを殺してまで隠したかったことなど、謎だらけだ」

風が強くなり、窓ガラスが揺れた。

黒瀬は座卓に置いていた、受け子リストを手にした。

「本部長の息子が、きっとこいつらの誰かと接触しているはずだ」

泉は前のめりで言う。

「リストにあがっている少年たちを調べます。逮捕された当日はもとより、その前の動きも市内の防犯カメラの映像で確認します」

市場が肯く。

「少年たちの自宅周辺、たまり場となっている店の周辺や路上、車やバイクを所有している者がいれば、その車の動きも辿る」

黒瀬の顔が、わずかに曇った。泉と市場から顔を逸らす。

泉は、黒瀬の顔を覗き込んだ。

「どうかしましたか」

黒瀬は目を落とした。

「本捜査の裏で、独自捜査を進めていると上層部に知れたら、組織から処分が下される。それはかなり重いものだ。俺の見立てどおり、本部長が関わっていたとしても、俺たちで決定的な証拠を摑まなければ、握りつぶされる可能性がある。なんせ、俺が疑っているのは本部のトップだからな。多少のことはなかったことにできる。事件の真相を暴くには、かなりの労力を伴う」

黒瀬は言葉を続ける。

「もし、俺の見立て違いで、本部長は事件になんら関わっていなかったとしたら、一生、駐在所暮らしだ。本部には戻れん。場合によっては、退職を強いられるかもしれない。それに――」

黒瀬の眉間に、深い皺が寄った。

「中国の詐欺グループが裏で絡んでいるとしたら、場合によっては口を封じにくる可能性がある」

市場が説くように言う。

「労力と危険を避けていては、この仕事は務まらんでしょう」

泉も同意する。

「どのような状況下においても事件の真相を追及する、それが捜査員の仕事です」

黒瀬はなにも言わない。黙っている。

店の入り口のほうで、人の声がした。雑談を交わしている気配がして、女性の陽気な笑い声が聞こえた。客が来たらしい。

黒瀬は、諦めとも安堵ともとれる息を吐いた。

「俺はもう、自分のせいで誰かが傷つくのは見たくない。が、お前たちは簡単にくたばりそうにないな」

市場が小さく笑う。

「人ひとりが動かせるものなんて、限られていますよ。それが、命という大きなものだったらなおさらだ。仁さんが自分のせいだと思っていることは、驕《おご》りですよ」

こんどは黒瀬が笑う。

「驕りか。俺ごときに、人の命をどうこうする力などないってことか」

「仁さんが、じゃない。誰もが、です」

傍《はた》から見ていても、黒瀬の身体から力が抜けるのがわかった。空になった猪口をじっと見ている。

市場が徳利を差し出した。

「それに、こいつはレッドリストですからね。国際的に、命が保護されているみたいですよ」

酌を受けながら、黒瀬は眉根を寄せた。

市場が泉を見る。

「誰かに、マヌルネコのようだ、と言われたみたいです。ネットで調べたら、味のある姿の野生動物でしたよ」

黒瀬が苦笑いする。

「大は猪突猛進、春は毒舌、真は優等生、森口は絶滅危惧種か。うちの係はなんでもありだな」

「なんでもありをまとめられるのは、仁さんしかいませんよ」

市場は真顔になった。

「メンバーは全員、仁さんの指示を待っています。これから、どう動きますか」

黒瀬は座卓に置いていた受け子リストを開き、市場と泉に差し出した。

「そこにあがっている人物の周辺をあたってくれ」

市場が念を押すように訊ねる。

「本部長の息子と接触があった者がいないか調べろ、ということですね」

具体的な捜査内容を訊かれた黒瀬は、市場と泉を鋭い目で見た。

「そうだ」

泉は背を伸ばし、天井を仰いだ。自分の人生を左右する捜査がはじまる。

市場は上着のポケットから、手帳を取り出した。リストを書き写す。泉も市場に続き、バッグから取り出した手帳にペンを走らせた。

ふたりが書き終えると、黒瀬はリストの紙を封筒に入れ、懐に収めた。

市場は、いましがた書き写したページを見ながらつぶやく。

「このリストをメンバーと共有して、調べを割り振ります」

黒瀬はなにか考えるように少し間をおき、市場を見た。

「ひとつだけ言っておく。この捜査は俺の見立てだ。メンバーで手を引きたいやつがいれば、本部の見立てに沿った捜査を続けるように伝えてくれ」

市場は面倒そうに、首をぐるりと回した。

「まだそんなことを――わかりました。手を引きたいと申し出たメンバーには、そう伝えます。誰もいないと思いますがね」

すみません、と部屋の外から声がして、襖が開いた。主人が顔を出す。

「なにか、ご注文はありますか」

黒瀬は親爺に向かって、いらないというように手を振った。

「俺は、酒はもういい。なにか、腹にたまるものをくれ。あと温かい茶を」

市場も同様だった。泉もあとに続く。

親爺は肯いて、襖を閉めた。

黒瀬は猪口に残っている酒を飲み干し、音を立てて座卓に置いた。

「今後は、出来る限りひとりにならないようにしてくれ」

「暗い道と背後も、ですか」

すこしおどけた感じで、市場が補足する。

黒瀬は肯いた。

「鬼が出るか蛇が出るか。もしくは、なにも出てこないかもしれん。とにかく、身の安全を最優先にしてくれ」

「もちろんです。私もまだ、やりたいことがある」

黒瀬は市場に続いて、泉にも命じた。

「お前もだ」

自分に向けられた目を、泉は真っ向から見据えた。

「充分に、気を配ります。黒瀬さんも――」

黒瀬は悔しそうに、顔を歪めた。

「気をつけるもなにも、謹慎が解けない限り、俺は表立っては動けん。お前たちに頼るしかない」

「それもいいでしょう。仁さんは、すべて自分で背負い過ぎだ。まあ、この貸しはいずれ、返してもらいますよ」

黒瀬は泣きそうな顔をして笑った。

「お待ちどおさま」

親爺の声がして、襖が開いた。手にした盆に、いくつかの握り飯が載っていた。湯呑もある。

「梅、鮭、筋子が二個ずつです。足りなかったら言ってください。ほかにもありますから」

親爺が部屋から出ていくのと同時に、黒瀬と市場は握り飯に手を出した。

泉も摑んで頰張る。米が立っていて美味い。泉は握り飯にかぶりつきながら、自分が空腹だったことに気づいた。

第五章

黒瀬と会った翌日、市場は朝礼の場で、昨夜の『庫裏』での話を伝えた。

真剣な面持ちで、メンバーを見やる。

「いま話したことが、昨日、仁さんと森口さん、私の三人で話した内容のすべてだ。私と森口さんは、仁さんの指示に従い動く。が、君たちは自由にしていい。これは、強制や命令じゃない。自分の意志で、決めてくれ」

市場が話し終えても、口を利く者は誰もいなかった。深刻な顔をして、黙りこんでいる。毒舌の春日でさえ、言葉を失っているようだ。

「まさか――」

里見だった。雑踏の中なら聞き漏らしそうな小声だが、静まり返った部屋では隅々まで響いた。

「市場さん、いまの話、本当ですか。本部長が窃盗事件に関与しているかもしれないって」

メンバーたちが、息を呑む気配がした。みな、市場の返答を待っている。

市場は肯定も否定もしなかった。事実だけを述べる。

「本当かどうか、それをこれから調べるんだ」

市場は再び、メンバーを見渡した。

「この捜査から外れる者は、いまの話は聞かなかったことにしてほしい。いままでと変わりなく、通常の捜査をしてくれ」

メンバーたちは、しばらくその場に立ち尽くしていた。

最初に動いたのは、春日だった。春日はおもむろに席を離れ、ドアに向かった。

「春日」

市場が呼び止める。部屋を出る前に、お前の考えを言っていけ、そう目が訴えている。

春日はドアの前で立ち止まり、肩越しに振り返る。

「本部長の息子——大須賀光大の資料を取ってきます。本部長の雇用記録に、家族構成が載っているでしょう」

市場は表情を引き締めて、春日に訊ねた。

「いいのか」

春日は首の後ろを掻いた。

「事件に関わっているのが警視クラスなら、関わりません。そんな小者に、自分の人生をかけるつもりは毛頭ない。が、警視正となると話は別です。いまの話が事実なら、犯罪者の下で働くことになる。汚物にまみれて生きるのと、同じです。僕は汚物にたかる、蠅や蛆にはなりたくない」

春日の毒舌は健在だ。喩えは気持ち悪いが、春日の決意は伝わってくる。

部屋を出ていこうとする春日を、市場が引き留めた。

「記憶違いでなければ、『ニンベン便り』に本部長の家族写真が載ったことがある。ハッピーライフ、というコーナーだったはずだ」

『ニンベン便り』とは、米崎県警内のみで配布される、月刊広報誌だ。ハッピーライフは、米崎県警の捜査員や職員が、身の回りであった嬉しいことを、投稿するコーナーだ。毎月、ふたつかみっつほどの出来事が、ページの左隅に掲載される。

日下部が、ああ、と納得したような声を発した。

「覚えています。たしか、息子さんの高校の入学式だったはずです。となると、いまから二年半くらい前ですね」

「それも調べてきます。発行年と号がわかれば、適当に理由をつけて、広報課からデータをもらってきますよ」

「あとひとつ、お願いしてもいいですか」

泉は春日を引き留めた。

「受け子リストに記載されている、事件の発生日時前後と場所付近の防犯カメラのデータも必要です」

泉は自分の手帳に書き留めた、受け子リストの情報を素早くコピーし、春日に渡した。

「このリストのなかの人物で、本部長の息子さんや仲間と接触していた動画が残っているかもしれません。それを調べたいんです」

春日は降参の意を示すように、肩を竦めた。

「おっしゃるとおりだ。該当のデータを持ってくる」

春日が部屋を出ていく。

市場は、日下部と里見を見た。目が、お前たちはどうする、と問うている。

日下部は、小さく息を吐いた。

「春の言い方だと、ここで外れたら蠅か蛆扱いになる。それは不本意だ。それに、私の上司の指示に従うだけです」

里見が負けじと答えた。

「俺も、黒瀬さんについていきます。当然です」

泉は、知らず拳を握りしめていた。

メンバー全員が、秘密裏の捜査から外れなかった。

黒瀬は、部下の死を自分のせいだと思っている。自己嫌悪に陥り、いまも、強い悔恨を抱いている。

過去の事件において、黒瀬に責任があるのか否か、泉にはわからない。が、メンバーたちが出した答えを見れば、黒瀬がどういう仕事をしてきたかが、わかる。

壁に備え付けの大きなモニターが、路上を映し出した。同時に無線から、緊迫した声が流れた。

「米崎市内、門善《もんぜん》一丁目交差点で、自転車と車両の接触事故発生。自転車が転倒し、負傷者一名、救急車両が出場。車両は現場から、中江町《なかえちょう》方向へ逃走。追跡願います。車両は――」

市場が厳しい顔で、メンバーに指示を出した。

「真は窃盗事件を引き続き捜査、大はいま発生した接触事故の逃走車両を追ってくれ。俺と森口さんは、受け子の調べに入る。窃盗事件、受け子リスト、通常の事件。これらの捜査を同時にするには、かなりの体力が必要だ。体調管理に留意し、捜査に全力を注いでほしい」

メンバーたちは、素早く席に着き、調べに入った。

泉も席に着き、手帳のページを開く。昨夜、受け子リストを書き留めた箇所だ。

このなかに、本部長の息子と繋がっている者がいるかもしれない。

泉は改めて、そこに書かれている氏名を食い入るように眺めた。

春日が広報課から借りてきた『ニンベン便り』のデータは、およそ二年半前の四月号のものだった。

日下部の記憶どおり、光大が高校に入学した記事が載っていた。

写真は、かしこまった大須賀と、真新しい制服に身を包んだ光大が、校門の前に並んで写っているものだった。門柱に、米崎県立第一高等学校と刻まれているのが見て取れる。

大須賀は、無理に気難しさをつくったような顔でこちらを見やり、光大は無表情だった。

光大を見て、泉は置物のようだと思った。

薄い唇は真一文字に結ばれ、切れ長の目には光がない。感情がない姿は、無機質な物体を思わせた。

もし光大が犯罪に加担しているとしたら理由はなんなのか。真面目そうな少年からは、動機が見て取れない。

エッセイは、大須賀が父親として書いたものだった。タイトルは「桜咲く」。寒さに耐えて咲いた花が、これからさらに大きく育つように願う、といった内容のものだった。

短いなかにも、難関を乗り越えて進学校に合格した我が子への誇らしさが、滲んでいる。文章は、いずれ法律家の道に進み世のために尽くす人間になってほしい、そう結ばれていた。

泉はそのデータを、自分のスマートフォンに保存した。

係で使用しているパソコンは、県警が管理している。県警の捜査員が共有しているフォルダには、二重ロックがかけられていて、ふたつのパスワードを入力しなければ、入れない仕組みになっている。

そのほかは、パソコンを使用している個人のみが閲覧可能で、必要に応じて、管理部が閲覧できる。

ほかの者に、本部長の息子を調べていることが知られてはならない。メンバーも、自分が使用しているなにかしらの外部記憶装置にコピーしているはずだ。

同じく、春日が資料室から探し出してきた大須賀の雇用記録も、泉は画像でスマートフォンに取り込んだ。

泉は自分の頭に、光大の顔と姿を強く記憶した。

林から受け取ったリストの情報は、すでに叩き込んでいる。氏名、住所、事件の発生日時、場所のすべてだ。

泉は、春日が持ってきた十個のUSBメモリを、市場とふたりで振り分けた。詐欺事件に関する防犯カメラのデータが入っているものだ。リストの人物十名のうち、一番目から五番目までを泉が、残りを市場が調べる。

割り当てられたUSBメモリのひとつを、自分のパソコンに差し込んだ。

一人目は、中野《なかの》悠斗《ゆうと》、十八歳。事件の発生日時は、去年の九月十二日、午後八時半。場所は、郊外にある大型ショッピングセンターのATMコーナーだった。

主要銀行のATMが四台設置されているコーナーの外で、悠斗はなかから出てきた年配の女性から紙袋を受け取った。その二日後、女性が騙されたと気づき、詐欺事件として発覚する。

泉は悠斗と思しき人物が女性から紙袋を受け取った箇所で、動画を止めた。悠斗の顔の部分をアップにする。

ATMコーナーの防犯カメラは、自動ドアの右斜め上に設置されていた。悠斗の髪は短く、斜め上からでも、顔はしっかりと映っている。

悠斗の顔の特徴は、高い頬骨だった。逆に鼻は低く、角度によっては、頬のほうが高いようにも見えるほどだ。薄い唇の横に、ともすれば見逃してしまいそうな小さなほくろがあることも、泉は見逃さなかった。

悠斗の顔を記憶し、泉は事件発生当日を中心にして前後一週間の映像を確認した。

再生速度を速めて、画面に集中する。

ATMコーナーには、性別年齢問わず、何人もの利用者が出入りしていた。

一週間のデータで悠斗が確認されたのは、事件発生前日の午後八時半と、当日の午前中だった。前日は、おそらく受け取り時間のあたりの様子を探りに行ったのだろう。当日は、最終確認といったところか。

調べたデータのなかに、光大はいなかった。悠斗と会っている記録もなければ、ひとり、もしくは誰かと訪れた形跡もない。

泉は別のUSBメモリに変えた。

残りの四人を同様に調べ、光大との繋がりが出てこなければ、黒瀬が言っていた、少年たちの自宅周辺やたまり場などにも、捜査の範囲を広げるつもりだった。

気になる人物を見つけたのは、三人目のデータを調べているときだった。

三人目は、昨夜、黒瀬の口から出た小沼隼人。光大が会っていた飛田優樹と、つながりがあった少年だ。今年の三月に受け子の罪で逮捕された。

小沼が現金を受け取った場所は、米崎駅から地下鉄でひと駅のところにある、総合スポーツセンターの側だった。

被害者は、初老の女性だった。正面入り口に設置されている敷地案内図が、待ち合わせ場所だったのだろう。今年の三月二十九日午後三時、敷地案内図の前で、女性は小沼に現金が入った袋を渡していた。

気になる人物は、事件発生の三日前、三月二十六日の午後四時あたりに映っていた。

事件発生現場となった敷地案内図の前に、小沼が午後三時五十分ごろにやってきた。小沼はしばらく、手持ち無沙汰な様子でそのあたりをうろうろしている。

十分後の午後四時に、ひとりの男が小沼に近づいてきた。白っぽいパンツに、ダウンジャケットを着ている。背格好や身なりから、青年と呼べる年齢であることが窺えた。

青年は、後ろを向いている小沼の肩を軽く叩いた。小沼は驚いた様子で振り返り、青年に向かって何度も頭を下げた。

青年はパンツのポケットに両手を突っ込み、あたりの様子を窺いながら小沼に話しかけている。

小沼は薄いジャンパー姿だ。寒いのか、腕を組んで小さく足踏みをしている。熱心に話を聞いているらしく、顔はずっと青年のほうを向いていた。

ふたりは二、三分会っていただけで、すぐに別れた。青年が立ち去ると、小沼は人目を気にするようにあたりを眺め、画面から消えた。

泉の頭に、詐欺の話を持ち掛けた大学生の存在が浮かんだ。

この青年が、その大学生ではないか。現金を受け取る場所の確認を、小沼としているのかもしれない。

泉は市場を呼んだ。

市場がパソコンから顔をあげる。

「ここに映っている人物の確認を取りたいので、林さんに連絡してもいいでしょうか」

市場が席を立ち、泉の側へきた。画面を覗きこみ、難しい顔をする。

「こいつか」

泉は肯く。

「事件が発生した場所で、小沼に接触しているんですが、この人物が小沼に話を持ち掛けた大学生ではないかと思うんです。事件に関係した大学生の顔写真を、林さんからもらいたいんです」

物事は、どこでどう繫がっているかわからない。詐欺事件に関係した人物の周辺は、ひとり残らず調べるつもりだった。

市場は林への連絡を許可した。

「俺が頼んでもいいが、君のほうがいいだろう。外部へ出してはいけない情報を渡すなんて、かなり見込まれた証拠だからね」

泉はすぐさま、卓上電話の受話器をあげた。交換に出た女性に、林に繋いでもらう。

林はすぐに電話に出た。

「お忙しいところすみません。本部の森口です。至急、お願いしたいことがありお電話しました」

林は早口で応答する。

「はい、ああ、どうも」

話し方がひどく他人行儀だ。泉からの電話だと、悟られたくないらしい。

泉は手短に用件を伝えた。

「小沼に話を持ち掛けた大学生の容貌が知りたいんです。データをもらえませんか」

電話の向こうで、林が戸惑う気配がした。

「いや、それはどうでしょうか。必要な理由が明確でなければ、こちらも動きようがないのですが」

林は言葉を濁す。

本部長の息子を調べている、とは言えない。

泉は腹を括り、捨て身で頼んだ。

「お願いです。事件解決のために——謹慎処分で身動きが取れない黒瀬さんのために、協力してください」

思案しているのだろう。林が沈黙する。

ここで断られたら、直接、林のところへ乗り込んでいくしかない。そう考えたとき、林が答えた。

「承知しました。では三十分後に取りに来てください。お待ちしています」

メールやＦＡＸでは、記録が残る。それを避けるために、手渡しするのだ。

「ありがとうございます」

受話器を強く握り、泉は見えない相手に頭を下げた。

三十分後に中央署へ行くと、正面玄関に林が立っていた。

林は、駐車場に車を停めた泉を目ざとく見つけ、そばへやってきた。車を降りようとする泉を手で制し、手ぶりで窓を開けるように指示する。

泉が窓を開けると、林は一通の茶封筒を差し出した。

「お前が欲しがっているものだ」

泉は茶封筒の中身を確認した。若い男の顔写真のコピーだった。正面を向いている。重要参考人として取り調べたときに撮ったのだろう。

泉は男の顔写真を持っている手に、力を込めた。

――やっぱり。

そこに写っている男は、総合スポーツセンターそばで小沼と接触していた人物――小沼に詐欺の受け子を持ち掛けた大学生だった。

林は明後日のほうを見ながら言う。

「名前と住所、生年月日は余白にあるだろう」

泉は言われるまま、コピー用紙の隅を見た。右下にボールペンの手書きで、矢島壮介《やじまそうすけ》とある。住所は市内のマンション、年齢は現在二十一歳だった。

矢島は年齢の割に、幼い印象を受けた。童顔のせいもあるが、参考人調書の撮影だというのに、あっけらかんとした表情がそう思わせるのかもしれない。悪さを悪さとも思わない小学生の悪ガキが、そのまま大きくなったような感じだ。

泉はコピーを茶封筒に戻し、バッグに収めた。

「お手数かけてすみません。感謝します」

林は、明後日のほうを見ながら言う。

「詫びも礼もいらん。お前のためにしているんじゃない」

黒瀬さんのためですか、そう聞こうとしたがやめた。そうであったとしても、林は認めないだろう。憎まれ口を叩くだけだ。

「また来ます」

事件が解決したら報告に来る、そういう意味だったが、林はまたなにか頼みに来るのだと思ったらしい。迷惑そうな顔をして、吐き捨てた。

「もう来るな」

林が正面玄関に向かって歩き出す。

泉は窓を閉めると、エンジンをかけて駐車場を出た。

本部へ戻ったのは、午後の四時を過ぎていた。

泉が係に戻ると、机で作業をしていたメンバー全員が顔をあげた。

「どうだった」

市場が訊ねる。

泉は林から受け取った茶封筒をバッグから出し、市場へ持っていった。

「やっぱりそうでした。総合スポーツセンターそばで小沼と接触した人物が、詐欺の話を持ち掛けた大学生でした」

市場が茶封筒を受け取り、中身を確認する。メンバーたちが、市場のそばへ来て覗き込んだ。

春日がぼそりと言う。

「太々《ふてぶて》しい面だな」

泉は市場に訊ねた。

「リストに載っている者たちの調べはどうなっていますか。なにか新しい情報は見つかりましたか」

市場は、手にしていた矢島の顔写真のコピー用紙を、机に置いた。首を横に振る。

「先に発生した車両の接触事故が解決したから、大にもこっちの調べに協力してもらった」

里見が言葉を引き継ぐ。

「いましがた、リストに載っている受け子が関わった事件発生時前後の映像をすべて確認したけど、本部長の息子さんがリストに載っている者と接触した映像は見当たらなかった」

泉は市場の机から、矢島の顔写真を手に取った。

「じゃあ次は、リストに載っている受け子に関わりがある人物を、調べるんですね」

市場がメンバーに指示を出す。

「戻ってきてすぐに悪いが、森口さんは捜査に必要なデータを資料室から持ってきてほしい。不良少年がたまり場にしているコンビニ周辺や裏路地の防犯カメラの映像だ。その映像を、全員で調べる」

市場は日下部を見た。

「そっちは、大丈夫か」

日下部の担当は、本部で発生した窃盗事件の捜査だ。日下部は小さく首を横に振った。

「調べようにも、新しい情報がなにも入ってこないんです。動きようがありません」

市場は肯き、泉を見た。

「すぐに、データを持ってきてくれ」

泉は部屋を出て、資料室へ向かった。

資料室から持ってきたデータは、膨大な量だった。

市場が言った、不良少年のたまり場と認識している場所はたくさんある。そのなかから、事件発生現場に近い場所を選んできたが、ひとつの現場につき五か所としても、合計で百か所近くになる。ざっと計算して、メンバーひとりがおよそ二十か所の映像を調べることになる。

メンバーたちは、五人分に振り分けたデータを手にし、自席へついた。それぞれが作業に入る。

泉も自分のパソコンに、データが入っているUSBメモリを差し込み、映像を開いた。

カーソルを動かしていると、画面の隅に表示されている現在の時刻が目に入った。十八時五十分。就業時間はとうに過ぎている。

泉は部屋を見渡した。誰も帰る気配はない。自分のパソコンの画面に食いついている。みな、事件解決——ひいては一日も早い黒瀬の復帰を願っているのだ。

気を引き締めて、防犯カメラの映像を調べはじめる。泉が担当する時期は、小沼が受け子をした事件発生日の三月二十九日前後一週間だ。場所は、小沼と矢島が会っていた総合スポーツセンター周辺にある、コンビニだ。

この店は国道沿いにあり、利用客が多い。そのため、駐車場も他店より広く、多くの車両が停められる。少年たちが自転車やバイクでやってきても空きに困ることはなく、自然とそこが少年たちのたまり場となった。近所の住人から警察へ、騒音の苦情が多く寄せられている。

小沼の自宅は、このコンビニと同じ町内にあり、自転車で十分の距離にある。少年たちのたまり場であるこの店を、小沼が頻繁に利用している可能性は高い。それは、小沼と繋がりがあった矢島が訪れているとも考えられた。

泉は映像に意識を集中した。

再生速度を十六倍にする。

画面のなかの人物が、ものすごいスピードで動きはじめた。

泉は画面を凝視する。人物の動きが、脳に刻まれていく。動きを目で追っているわけではない。目に映るものがそのまま記憶される。脳内に焼き付いた映像を、意識があとから理解していく、そんな感じだ。

画面のなかの時間が三日過ぎたとき、泉はある箇所で映像を止めた。

一台の車が駐車場に停まり、運転席から男が降りてきた。

矢島だった。

車は白のミニクーパー。ナンバーは米崎ね58××。サイドミラーの赤が特徴的だ。

泉は映像の再生速度を、通常に戻した。

矢島は店の前にある喫煙スペースに行くと、羽織っているジャンパーのポケットから煙草を取り出した。

矢島が煙草を吸っていると、自転車が駐車場に入ってきた。スポーティなクロスバイクだ。乗ってきた人物は、ジーンズにピーコートといういで立ちで、スポーツブランドのリュックを背負っている。背格好から、少年だとわかる。

少年は自転車から降りると、矢島のところへまっすぐ向かった。少年に気づいた矢島が、煙草を灰皿でもみ消す。

泉は画面に目を凝らした。

——誰。

防犯カメラから見て、真正面に矢島が立ち、少年はカメラに背を向ける形で矢島と向き合っている。矢島は全身映っているが、少年は後ろ姿だけだ。

——お願い、こっちを向いて。

画面のなかの少年に、泉は頼む。が、泉の願いは届かなかった。少年は、矢島と二、三分立ち話をしたあと、こちらを振り向くことなく、乗ってきた自転車にまたがり駐車場を出ていった。

泉は映像を、少年が自転車を止めたところまで戻した。

自転車は少年と同じ向き——矢島と向き合う形で置かれている。泉は、映像を一時停止した。自転車のペダル部分からサドルへ繋がる太いフレームを、拡大する。フレームの中心に、防犯登録シールが貼られていた。そばにあったメモに、番号を書き留める。

泉は顔をあげて、市場を呼んだ。

「市場さん、これを見てください」

声の大きさに驚いたらしく、呼ばれた市場だけでなく、メンバー全員が泉を見る。

「どうした」

市場は席を立ち、泉のそばへきた。

「これです。この防犯登録から、自転車の購入者を調べてほしいんです。これが番号のメモです」

市場は手渡されたメモと画面を交互に見て、訊ねた。

「調べる理由は」

泉は画面の拡大を解除し、もとの大きさに戻した。隣で市場が息を詰める気配がした。

「こいつは、矢島だな」

つぶやきとも問いともつかない言葉に、泉は答えた。

「そうです。この自転車は、矢島と話している少年が乗ってきたものです。少年はカメラに背を向けていたため、顔の確認はとれていません。でも、この自転車の防犯登録を調べれば、少年が誰かわかるかもしれません」

防犯登録は、自転車を購入したときに、店ですることが多い。もしかしたら、この自転車は少年自身が購入したものではなく、防犯登録の切り替えをしないまま譲り受けたものかもしれない。が、購入者さえわかれば、自転車を譲った人物に辿り着くことはできるはずだ。仮に盗んだものだとしても、購入者から自転車が盗まれたときの場所と日時を聞き、その周辺の防犯カメラを調べれば、自転車の行方を追える。

里見がいきなり、会話に割って入った。

「それは俺が調べます。ふたりは、矢島と少年の足取りを追ってください。もしかしたら、新しい情報が得られるかもしれない」

泉は市場を見ることで、指示を仰いだ。

市場は里見の提案をのんだ。

「わかった。森口さんと俺は、このコンビニ周辺の防犯カメラの映像を調べる。矢島のほうは、車のナンバーをNシステムで辿れば、ある程度は追えるだろう。が、少年のほうは難しいかもしれない。防犯カメラが設置されていない道に入ることもあり得る」

市場の意見に、泉は心で同意した。自転車利用者が、車の交通量が少ない道を選ぶ可能性は高い。

市場は泉の机越しに、防犯登録の番号が記されたメモを渡した。

「頼む」

里見はメモを受け取り、肯いた。

矢島と少年の足取りを摑むのに、そう時間はかからなかった。

コンビニ周辺の防犯カメラとNシステムの映像を繋ぎ合わせ、店を出たあとのふたりを追った。

矢島は店を出ると、目の前の国道を南下した。およそ三キロ走り、交差点を左折する。米崎市の歓楽街、三ツ谷町へ続く道だ。

矢島は三ツ谷町へ着くと、コインパーキングに車を停めて、裏道へ入っていった。そこの路地は、スナックやクラブが入っている雑居ビルが林立している。

雑居ビルには、テナントで入っている店の看板がずらりとならんでいる。その多さからこの路地は、通称、看板街と呼ばれていた。

看板街は、およそ二百メートルの道が縦に二本並ぶ形になっている。ゆっくり歩いても、十分もあれば通り抜けられる距離だ。

泉は、看板街から抜ける道の周辺にある、防犯カメラの映像を調べた。道に入ってから三十分経っても、矢島が看板街から出た形跡は見当たらなかった。おそらく、どこかの店に入ったのだろう。看板街の出入り口となる道のすべてに、防犯カメラが設置されている。防犯カメラの映像を調べ続けていけば、矢島が何時に看板街から出てきたか確認できる。

もし見失ったとしても、矢島が車を停めたコインパーキングの防犯カメラの映像を確認すれば、足取りは追える。本人が取りに来るか、代行の者が取りに来るかはわからないが、車を見張っていれば、矢島に辿り着く。自転車の少年のほうは市場が調べたが、矢島とほぼ同様の流れを辿った。コンビニの駐車場を出た少年は、国道を北上――矢島が向かったほうとは逆へ自転車を走らせた。信号ふたつほどの距離を直進し、交差点を右折する。その道は青木地区と呼ばれる住宅街へ続いていた。

青木地区は三十年ほど前に、里山を切り開いてできたニュータウンだ。かつては活気のある場所だったが、若かった住人は年を重ね、小さかった子供も巣立ち、いまでは静かな住宅地になっている。

市場は、泉が看板街を調べたのと同じ方法で、少年の足取りを追った。青木地区から抜ける道の周辺に設置されている防犯カメラの映像を、三時間分ほど確認したが、少年が住宅街から出てくることはなかった。

「自転車をどこかに置いて、誰かの車で住宅地を出た可能性も否定できない。が、それは考えづらいだろう」

市場は自席の椅子にもたれ、矢島の足取りを報告にきた泉に言った。自分の意見とも、泉に対する問いともとれる言い方だ。

泉は直立したまま、自分の考えを口にした。

「私もそう思います。おそらく、少年の自宅が青木地区にあるのだと思います。仮に、自転車が少年のものではなく、青木地区に住む持ち主に返してその後、持ち主の車で送られていったのだとしても、少年の足取りは追えます。里見さんが調べている自転車の防犯登録から持ち主が割れれば、少年と繋がるはずです。いえ、なにがなんでも繋がらせます」

市場は黙って泉を見ていたが、聞き取るのがやっとというくらいの小さな声でつぶやいた。

「本部長の自宅は、甲南町《こうなんまち》だったな」

青木地区は、甲北町《こうほくまち》と甲南町からなっている。本部長の自宅が青木地区にあることは、泉も気づいていた。

市場のつぶやきに、泉は答えることができなかった。そうです、の四文字は、矢島と接触していた少年は大須賀光大であり、本部で発生した盗難事件に本部長が関与している、と同意語のような気がした。

泉がどう答えるべきか迷っていると、里見のそばの卓上電話が鳴った。

里見が電話に出る。応対していた里見の顔色が変わった。

「それは間違いありませんか」

里見が確認を取っている。厳しい表情から、なにか重大な情報なのだとわかる。

「わかりました。ご協力ありがとうございました」

里見が電話を切ると同時に、市場が訊ねた。

「なんの電話だ」

里見は怖い顔で市場を見た。

「県の自転車軽自動車商協同組合からです」

県内の自転車軽自動車商協同組合とは、自転車や二輪バイクの販売店で構成された事業協同組合だ。該当車両の防犯登録協会も内包している。

防犯登録の内容は、販売店から県の自転車軽自動車商協同組合に届けられ、そこから防犯登録協会へ送られる。最終的にデータは、協会から県警本部に渡り、そこに保管されていた。

同じ屋根の下に知りたい情報があるのだから、本部の資料室へ行き調べるほうが早い。が、里見はそうせず、外部組織へ照会を求めた。本部内で動いては、万が一にも誰かに、本部長の身辺を探っていると知られる危険性があるからだ。

メンバー全員が、里見を見た。目が、言葉の続きを促している。

里見はどこか痛むように顔を歪め、声を絞り出した。

「例の自転車の、防犯登録の照会がでました。自転車の購入者は、大須賀定充——本部長でした」

泉は息をのんだ。

やはり、という思いと、まさか、というふたつの感情が胸のなかでぶつかる。

日下部と春日は、複雑そうな顔をしている。市場は空を睨んでいた。

「黒瀬さんへ、伝えますか」

泉は市場に訊ねた。

窃盗事件の捜査の進捗を、誰よりも気にかけているのは黒瀬のはずだ。

市場は少し考えて、首を横に振った。

「もう少し調べを進めてからがいいだろう。中途半端な報告は、仁さんの気を揉ませるだけだ。いまは捜査を進めることに集中してくれ」

泉は素直に肯くことができなかった。自分が黒瀬だったら、どんな小さなことでも、動きがあれば知りたいと思う。捜査が気がかりでろくに食事もとれず、寝不足で目を真っ赤にしているのではないか。

表情から泉の考えを察したのか、市場は説くように言う。

「仁さんなら心配ない。刑事は忍耐強くなければ務まらない。仁さんはベテランの刑事だ。そう簡単に腐らないよ」

「これからどうします」

日下部が、市場に指示を仰いだ。

詐欺事件の受け子を指示した矢島と、光大が繋がっていた事実はわかった。次にどう動くべきか。

市場はメンバーの顔をみやった。

「これからの捜査は、大須賀光大に重点を置く。真と大、春の三人は、青木地区周辺の防犯カメラの映像を、徹底的に洗ってくれ。調べる時期は、小沼が受け子で逮捕された三月以降に絞る。光大の動きを丹念に調べて、人間関係を把握してほしい」

「私はなにをすればいいですか」

泉は急いて訊ねた。

市場は即答した。

「君と私は、光大の行動確認《コウカク》だ。すぐに公用車を手配してくれ」

泉は里見を目の端で見た。係に配属になったときを思い出したからだ。

そのとき泉は黒瀬の指示で、駐車場の防犯カメラの映像確認を担当した。新米に盗難事件の重要な捜査を割り振った黒瀬に、里見は不服をあらわにしたが、今回の市場の指示に不満を持っている様子はない。重要な捜査を泉に任せてもいい、と少しは思ってくれたのだろうか。

泉の視線に気づいたらしく、里見が顔をこちらに向けた。

「なんだ」

泉は首を横に振った。いまの里見を見て泉が喜んでいると知ったら、里見はきっと憎まれ口をきいて否定する。敢えて否定の言葉を聞く必要はない。自分がそうだと思っていれば、それでいい。

「なんでもない」

泉は自席に戻り、内線電話で総務に連絡をとった。


翌日から、市場と泉は光大についた。

朝、光大が自宅を出て予備校に向かうのを確認する。

高校が冬休みに入った光大は、毎日、朝から午後の三時半まで高校の近くにある予備校に通っていた。

光大が授業を受けているあいだは本部へ戻り、現在発生している事件や、窃盗事件に関わる捜査を行った。同時に、光大が通う予備校周辺の防犯カメラの映像のチェックもした。光大が早退する可能性があるからだ。

泉と市場は三時になると、予備校の近くに張り込んだ。自転車の光大のあとをつけるには、車では難しい。低速走行は、人目につきすぎる。そう考えて、車のトランクに折り畳み式の自転車を積んでいた。光大が門を出てきたところで泉が自転車に乗り、追跡した。

行動確認をはじめて三日間は、光大に問題行動は見られなかった。朝七時半に自宅を出て、矢島と会っていたときに乗っていたクロスバイクで予備校に向かう。授業が終わる午後三時半になると、建物から出てきて、どこにも立ち寄らずに帰宅した。

光大が怪しい人物と会っているところを目撃したのは、行動確認をはじめてから四日目だった。その日、光大は予備校を出たあと、いつも帰る道とは違うほうへ自転車を走らせた。自宅とは逆の方向だ。

運転席にいる市場は光大の背を目で追いながら、泉に命じた。

「急いであとをつけてくれ。絶対に気づかれるな」

泉は急いで車から降り、用意していた自転車で光大を追った。

光大は長い上り坂を、自転車で進んでいく。泉は見失わないように、必死にペダルを漕いだ。

やがて上り坂は下り坂になり、光大は速いスピードで下っていく。丘をひとつ越える形だ。

坂を下った先は、かつて花街として栄えた路地だった。花柳界の衰退とともに街は廃れ、いまは商店街になっている。おまつ商店街という名前は、花街時代に一番繁盛していた店の名前からとったと誰かから聞いた。

光大は商店街のアーケードをくぐると、自転車の速度を緩めた。細道の端を、項垂れた様子で進んでいく。誰にも顔を見られたくない、という感じだ。

小さな商店しかない道は、夕食の買い出しの時間だというのに、ひと気がなかった。

商店街のなかほどにくると、光大は足を止めてあたりを見渡した。自転車を押してつけていた泉はそのまま歩いた。

光大を追い抜き、少し進んだところで、泉は立ち止まった。なにか買い忘れた、というような素振りをして、振り返る。

ちょうど、光大が横道に入っていくところだった。

泉はゆっくり後戻りをして、道の脇に自転車を止めた。顔だけ出して、光大が入っていった横道を覗く。

道は、軽自動車一台分の幅しかない、一方通行だった。自分を追い抜いた泉が、あとをつけているとは露ほども思っていないのだろう。光大は後ろを確認することもなく、ゆっくりと進んでいく。

横道を電信柱二本分ほど進んだところで、光大は自転車から降りた。「たばこ」と書かれた置き看板が、道に出ている。どうやら煙草販売店の前らしい。

光大がその場に立っていると、店から誰かが出てきた。

男だ。革素材と思しき黒のジャンパーを羽織り、ビンテージ風のジーンズを穿いている。黒い髪を短く刈り上げ、首に派手な赤いストールを巻いていた。背格好や風貌から、二十代後半のように思える。

泉はその場で、背負っていたリュックから、煙草と携帯灰皿、ライターを取り出した。煙草を箱から一本抜き出し、ライターで火をつける。泉は、煙草を吸わない。喫煙している振りをして、ふたりの様子を窺うためだ。距離があるため、会話は聞き取れない。が、男が高笑いする声はよく聞こえた。時折り笑い声に混じり、中国語で、大丈夫、とか、任せろといったことを叫んでいる。

ふたりが話していた時間は、わずか五分程度だった。男が光大の肩を叩いたのを合図のように、光大は自転車で走り出した。

光大のあとを追うか引き返すか迷い、泉は後者を選んだ。光大を追い越したとき、姿を見られている。尾行を続けて、もしまた姿を見られたら警戒されてしまうかもしれない。

泉は煙草を携帯灰皿でもみ消し、自転車を押して商店街の出口へ向かった。

落ち着け、と自分に言い聞かせながら、コートのポケットに入れていた携帯を取り出す。片手で自転車を押しながら、車で待機している市場に電話をかけた。

市場はすぐに電話に出た。

「どうした。見失ったか」

泉は周りに人がいないことを確認しながら、小さい声で答えた。

「光大が、中国人と思われる男と接触しました。すぐに係へ連絡をして、商店街周辺の防犯カメラの映像をチェックするよう伝えてください」

「なにがあった」

市場が怒るように訊ねる。

泉はいま見た出来事を手短に説明し、男の服装を伝えた。

「光大くんの様子から、彼は男と会っているところを誰かに見られてはまずい関係にあるように感じました。ふたりの動向を追えば、なにかわかるかもしれません。私はこれ以上の尾行は難しいと判断し、そっちに戻っている途中です」

「わかった。すぐに係へ伝える」

泉より先に、市場が電話を切った。携帯をコートのポケットに戻し、前を見据える。

――きっと、なにかある。

泉は、車に戻る足を速めた。

車に戻ると、ほぼ同時に市場の携帯が鳴った。

電話に出た市場は、短い相槌を打つ。慣れ親しんだ口調から、係の誰かのようだ。携帯の送話口から漏れ聞こえてくる声から、相手がなにかしら指示を出しているのだと感じた。

「わかった。こっちはしばらくここで張る。なにか動きがあったら、すぐに連絡してくれ」

市場が電話を切るのを待って、泉は急いて訊ねた。

「いまの電話、誰ですか」

「日下部だ」

市場が答える。

「ふたりの動きはどうなっていますか」

市場は背もたれから身を起こし、ハンドルに腕を預けた。

「光大くんは、森口さんから電話があったあと、すぐに横道を出た。真が、横道の出口にある防犯カメラの映像で確認している」

日下部の報告によると、横道を出た光大はいま来た道を戻る動きをしているという。

「真が、光大くんの動きは各所に設置されている防犯カメラの映像で追うから、ふたりは中国人の尾行をしてくれ、と言ってきた。その中国人の身元がわかれば、新たな情報が得られるかもしれない、そう言っていた」

本部で発生した盗難事件、保科の死の謎、それらの事件を解決するには、トカゲのしっぽではなく頭を摑まなければいけない、ということだろう。

「係のメンバーは、光大くんの行動とともに、横道周辺の防犯カメラをチェックしている。中国人に動きがあれば、すぐに連絡が入る手はずになっている」

おまつ商店街への出入りは、西アーケードか東アーケードのほかは、幹線と繋がっている細道が三本あるだけだ。それら周辺の防犯カメラの映像を確認していれば、中国人を見逃すことはない。

相手が車を利用したとしても、その車両を追跡すれば、乗降したときに当該人物か否か判別できる。出入りする車両が多い場合、一台一台追跡して運転者や同乗者をチェックするのは難しいだろう。が、幸いおまつ商店街の人や車両の出入りは少ない。捜査のプロである機動分析係のメンバーにかかれば、車の利用者の確認は容易《たやす》い。

泉は運転席を見た。

市場はハンドルに腕を載せたまま、フロントガラスの前を見据えていた。目が怖いくらいに鋭い。経験からか、勘なのか、ここが事件解決に向けての重要な局面だと感じているのだろう。

泉も気を引き締め直し、助手席のシートに深く身を沈めた。

日下部から再び市場の携帯へ連絡が入ったのは、およそ一時間後だった。

当該人物と思われる男が、徒歩で商店街を出たという。商店街の西側アーケードの鉄柱に取り付けられた防犯カメラに、泉が伝えた特徴と同じ人物が映っているという。

市場は、その映像の静止画像を、携帯に送るよう指示した。映像が届くと、市場は泉に確認を求めた。

「この男に間違いないかな」

泉は市場から携帯を受け取った。液晶画面にひとりの男性が映っている。間違いない。光大と会っていた者だ。

携帯を市場に差し出し、泉は力強く肯いた。

「間違いありません。この男です」

市場は日下部に電話を折り返し、その旨を伝えた。泉に携帯を渡し、車のエンジンをかける。

「男を追跡する。君は電話を繋いだまま、真から情報をもらってくれ」

光大に関する捜査は、秘密裏のものだ。誰かに傍受される無線は使えない。

市場がアクセルを踏む。

泉たちがいる場所は、商店街の東側アーケードだ。市場は、男が出て行った西側アーケードの方向へハンドルを切る。

泉は携帯を耳にあてた。

「日下部さんですか。森口です。男の動きを教えてください」

携帯の向こうから日下部が答える。

「西側アーケードを出て、右折。陽だまり通りを直進している」

泉は男の動きを、市場に伝えた。

市場はハンドルを操作しながら言う。

「アルバに車をつける」

陽だまり通りにある、スーパーマーケットだ。道路に面している広い駐車場は、遠目にも通行人を確認できる。

歩道から離れた場所に車を停めて、男がやってくるのを待つ。

繋がっている電話の向こうでは、日下部が防犯カメラの映像で、男の動きをチェックしている。

「脇道に逸れた形跡はありません。そのまま直進しています」

防犯カメラの映像の様子を、日下部が随時伝えてくる。日下部の報告どおりならば、まもなく男が現れるはずだ。

ほどなく、男が歩道を歩いてきた。

男の行動を注視していると、男は泉たちが車を停めている駐車場へ入ってきた。

まさか、尾行していることを気づかれたのか。

泉は反射的に、シートに身を沈めた。

「私たちに、気づいたんでしょうか」

市場は動じることなく、泉の問いに答える。

「それはない。もしそうだとしたら、姿を現すような行動はとらない。逆に煙に巻くだろう」

言われてみればそのとおりだ。

様子を見ていると、男は泉たちがいる場所の側に停めていた車に乗り込み、エンジンをかけた。

黒のセダンだ。

泉はその旨を、日下部に伝えた。車の特徴とナンバーも教える。

男の車が、駐車場を出た。

市場が車のエンジンをかける。泉は沈めていたシートから身を起こし、男の車を目で追った。日下部に言う。

「男が駐車場から出ます。私たちはこのまま尾行を続けます。防犯カメラやNシステムの追跡もお願いします」

男が運転する黒のセダンは、駐車場を出て左折した。男が徒歩で向かっていた先へ進んでいく。

市場は、乗用車三台ほどの距離を保ちながら、あとをつける。

途中、男の車を見失いそうになることがあった。男がコンビニに立ち寄ったとき、市場はそのコンビニを通り過ぎ、先のドラッグストアの駐車場で待機した。コンビニは、交差点の角にあった。男が駐車場からどの方向へ向かうのか、先にいる泉たちはわからない。

すぐに日下部に伝え、男の足取りを追うように頼んだ。交差点に設置されている防犯カメラには、コンビニを出た男が、泉たちがいる方向ではなく、西の方へ車を走らせる映像が確認できた。

市場はすぐに車を回し、男が向かった道へ向かった。

男の車は、すぐに発見できた。法定速度内の速さで、男はそのまま西へ進んでいく。

尾行を続けてからおよそ三十分後、男はとあるマンションと併設しているコインパーキングへ、車を入れた。おそらくマンションが契約している駐車場なのだろう。

かつて四階建てのファッションビルがあったが、建物の老朽化で取り壊され、十年前に建築された賃貸マンションだ。名前は、緑が丘マンション。駅まで徒歩十五分圏内という立地の良さから、家賃はほかの物件より高かった。

市場はマンションを過ぎたところで、車を路肩に停めた。

運転席と助手席のシートの隙間から、後ろの様子を窺った。市場はバックミラーを睨んでいる。

男が駐車場から、歩いて出てきた。そのまま、マンションに入っていく。

市場は運転席のドアを開けながら、指示を出した。

「森口さんは、車を調べてくれ。俺は男の様子を探ってくる」

泉は車を降りて、駐車場へ走った。走りながら、日下部にいまの状況を伝える。

「私と市場さんは、いまから車とマンションを調べます。日下部さんは、マンションの周囲の防犯カメラの映像をチェックしていてください。また、連絡します」

そう言って、泉は電話を切った。

男の車は、駐車場を入って右側にあった。駐車場と隣の敷地を隔てているフェンスに、五番と書かれたプレートが貼られている。

泉はあたりにひと気がないことを確認して、車を調べた。

フロントガラスに、入居者用の駐車許可証が置かれている。男はこのマンションの住人らしい。

車内には、これといって特徴的なものはなかった。

ドリンクホルダーにミネラルウォーターのペットボトルが置かれ、シガーソケットには、タブレットの充電器が差し込まれている。車専用の芳香剤や、マスコットキャラクターの装飾品などはない。男の身元に繫がるものは、見当たらなかった。

泉が車に戻ると、市場はすでに運転席に座っていた。泉が助手席に座ると同時に、エンジンをかけて車を出す。

「どうだった」

市場が訊ねる。

泉は、いま見てきたことを報告した。

「五番だな」

市場が、駐車場の番号を確認する。

泉は肯き、逆に問うた。

「そちらはどうでしたか」

「共用エントランスがオートロック式になっていて、なかには入れなかった。男が何号室に入っていったのかはわからない」

そう言いながら、市場は上着の内ポケットから一枚のメモ用紙を取り出した。運転しながら、泉に差し出す。手帳を破ったものだ。そこに、住所と会社名がある。

「マンションの管理会社だ。真に、その管理会社へ連絡して、駐車場の五番を利用している者を特定するよう伝えてほしい」

泉は日下部に電話を入れた。日下部はすぐに出た。

市場に言われたことをそのまま伝えて、男の動向を訊ねる。男がマンションから出た様子はなかった。車も動いていない。

「すぐに調べます」

日下部はそう言って、電話を切った。

市場は少し走ったところでUターンし、マンションの近くまで戻った。駐車場の入出庫が見える場所に車を停める。近くにある図書館の駐車場だ。開館時間内であれば、無料で利用できる。

日下部から電話が入ったのは、三十分後だった。

泉は電話に出た。

電話の内容は、当該者が割れた、とのものだった。

駐車場の五番を利用している者は、李浩宇《リハオユー》。三年前から五階の五〇三号室を借りている。

「個人情報の管理が厳重で時間がかかったよ。里見が管理会社へ行って調べてきた」

日下部がめずらしくぼやいた。

泉は携帯を握った。名前の特徴から、李が光大と会っていた中国人の男に間違いないと思う。が、捜査に、思う、は通用しない。確かな証拠が必要だ。

泉は日下部に頼んだ。

「李の顔写真を手に入れることはできないでしょうか。それがあれば、光大くんが会っていた男かどうか確かめることができます」

日下部は即答した。

「それは間違いない。大が、防犯カメラに映っていた中国人の顔を、管理会社の社員に見てもらった。その社員は、李が契約を結びにきたときに居合わせていた社員のひとりだ。応対に出た管理課長に頼んで、李の顔を知っている社員を呼んでもらったんだが、その女性が、李であることを確認した。賃貸者のなかで数少ない中国人であることと、ひと目で高価だとわかる腕時計をつけていたことが印象に残り、よく覚えていた」

平成二十四年に新たになった外国人住民の登録方法により、帰化した者だけでなく、滞在者にも住民票が作成されるようになった。正式な手続きを踏んでいるならば、米崎市に住民票があるはずだ。それを調べれば、李に関する詳しい情報がわかる。

市場も同じことを考えたのだろう。隣からふたりの会話に割って入った。

「すぐに住民票を調べるよう言ってくれ」

泉は肯き、日下部に伝えた。

「ただちに動きます」

そう言って日下部は電話を切ろうとした。

泉はあることが頭に浮かび、携帯の向こうにいる日下部を呼び止めた。

「待ってください。住民票と一緒に、念のため逮捕歴も調べたほうがいいと思います」

逮捕歴とは、起訴されて有罪判決を受けた場合につく前科とは違い、逮捕された場合につく履歴のことだ。前科は、逮捕、起訴されて有罪判決がついた記録しかないが、逮捕歴は、有罪無罪問わず、警察に事件性があると判断された細かな事象の記録が残っている。

日下部は了承して電話を切った。

泉は電話が切れた携帯を握りながら、市場を見た。

市場は、よく気づいた、とでもいうように、大きく肯いた。

夕方の六時まで、李が住むマンションに張り付き、動きがないことを確認してから、市場と泉は本部へ戻った。

途中、係に連絡を入れて、おまつ商店街を出たあとの光大の動きを訊ねた。電話に出た里見によると、李と別れた光大は、まっすぐ自宅へ帰り、そのまま家から出ていない、とのことだった。

係へ戻ると、日下部と里見がいた。春日はいない。所用か調べで席を外しているのだろう。里見はふたりに駆け寄ると、それぞれに数枚のコピーを差し出した。

「李の住民票と逮捕歴です」

泉はひったくるように受け取り、紙に目を走らせた。

住民票の氏名欄には、マンションの賃貸名義と同じ李浩宇とある。世帯主欄も李になっている。国籍は中国、住所は緑が丘マンションの五〇三号室だ。

生年月日は、一九九〇年九月二十日、現在二十八歳。外国人住民となったのは、いまから三年前の四月三日となっている。

住民基本台帳法第三十条四十五に規定する区分の欄には、国際業務とある。

この区分とは、外国人が日本に住む目的を示す、在留資格のことだ。李の在留資格である国際業務は、外国人の感性や思考などを必要とする活動で、翻訳や通訳、ホテルでの外国語を用いた接客、旅行会社のガイドなどがあたる。

自分の机で、書類にペンを走らせていた日下部が顔をあげた。

「実際のところ、なにをしているのかわかりませんが、ひと気がない商店街で観光客相手のガイドとは考えづらいですね」

今日の李のくだけた服装は、休日でもない限り、雇用契約書を交わすしっかりした会社に勤めているようには見えなかった。フリーかバイトといった感じだ。

泉の隣で、李の住民票を見ていた市場がつぶやいた。

「D56921××――」

住民票に記載されている、李の在留カードの番号だ。

法務大臣が発行する証明書で、本人の氏名、生年月日、在留期間などが記載されている。偽装されたものでない限り、この番号を調べれば、李に関する大筋のことはわかるだろう。

泉が住民票を熱心に見ていると、市場が泉に向かって言った。

「それより、下の紙を見てくれ」

険しい声音に身を固め、反射的に市場を見る。市場は自分の手元の紙を睨んでいた。

急いで、住民票の下になっている紙を見る。

李の逮捕歴だった。李の名前、逮捕された年月日、場所、容疑、捜査の結果が書かれている。逮捕歴には、本人を逮捕した捜査官の報告書が添付されていた。

李は二年前の八月七日、米崎市にある居酒屋『八兵衛』で、自分と同じ中国人の宋梓豪《ソンズーハオ》と酒を飲んでいるところを逮捕された。

宋は、二日前に発生した詐欺事件の関係者として、警察がマークしていた人物だった。宋を発見した警察は、宋と李に職務質問をし、ふたりを詐欺事件の重要参考人として逮捕している。

その後の捜査で、宋は詐欺事件の受け子として起訴された。裁判所は、宋は初犯だが、被害額が二千万円という高額であることから悪質性があると判断し、懲役二年を言い渡した。

李も事件発生当日、宋と行動をともにしていたとの証言があり、受け子容疑で取り調べを受けたが、決定的な証拠がなく不起訴になっている。

泉は市場に顔を向けた。

「この八兵衛って、たしか」

市場は深く肯く。

「小沼に受け子の話を持ちかけた大学生——矢島壮介が出入りしていた居酒屋だ」

小沼は今年の三月に、詐欺の受け子の罪で逮捕された少年だ。光大がたびたび会っていた飛田と親しくしていた。

泉は自分の記憶が正しいことを、市場に問うことで確かめた。

「八兵衛の経営者って、丹波博巳でしたよね。大阪で手広く商売をしていて、一年の半分は上海の自宅マンションで過ごしている。そうでしたよね」

市場が肯き、言葉を付け加えた。

「組織犯罪対策《ソタイ》課は、丹波が中国の大手詐欺グループと繋がっていると睨んでいる」

——もしかして。

ある推測が浮かび、泉は李の報告書に書かれた勤務先を見た。

息を吞む。

カネコ船貨整備商会、とあった。カネコ船貨整備商会には、中国の大手詐欺グループメンバーの疑いがある者が、多く勤めている。米崎県警の刑事部組織犯罪対策課も、情報提供を求めたりメンバーたちの動向に目を光らせてはいるが、決定的な証拠が摑めず逮捕には至っていない。

用紙の下にある備考欄に、李は逮捕後にカネコを辞めて、コンビニのアルバイトに就いたことが書き添えられていた。二年前の資料なので、現在のことはわからない。

市場は自分の席に着き、李の資料を手の甲で強く叩いた。

日下部は言い終えると、泉を見た。お前はそう言いたいんだろう、と目が訴えている。

その金が、本部から盗まれたものだ。と、いうことだな」

「悪事や不祥事をもみ消すのに一番有効なのは、金です。本部長は金を積んで、問題をもみ消した。

泉の話を、日下部が引き継いだ。

の方法で息子の不祥事をもみ消したからです」

にもかかわらず、光大くんは逮捕されなかった。なぜか。父親である大須賀本部長が、なにかしら

その噂は、警察内の一部上層部で広がるほど信憑性があるものでした。しかし、友人が逮捕された

「これだけ状況が揃っているんです。光大くんは詐欺事件関係者と接触し、事件に関与している。

泉は、ふたりの言い合いに割り込んだ。

「私は、日下部さんの意見に同意です」

「いいや、詰めろだ」

市場は日下部に、改めて言う。

る手だ。事件の核心にかなり迫っているが、事件解決とは言えない、と市場は言っているのだ。

う。詰めろは、次の一手で詰みだ、という指し手で、相手の手次第では状況が変わることもあり得

詰めろと詰みは、意味が違う。詰みは、相手の王将を追い詰め、自分の勝利が決定する一手を言

日下部が、市場に合わせて将棋の喩えで反論した。

「詰み、でしょう」

いまの捜査状況を、市場は将棋に置き換えた。メンバー全員が、市場を見る。

「詰めろ、だな」

泉は力を込めて肯いた。

「裏で糸を引いたのは、カネコだと思います。警察内部でもみ消すのだとしたら、評価や人事権を持っている本部長本人が、なんとでもできます。あんな多額のお金が必要だとは思いません」

「でも」

里見が横から口をはさんだ。

「本部長クラスはかなりの年収がある。危ない金に手を出す必要がありますかね」

日下部は、里見の異論をすぐさま却下した。

「いくら年収があるといっても、老後の心配がないくらいだ。羽振りのいい経営者みたいなわけじゃない。要求された額が、自分の懐では都合できないくらい大きかったんだろう」

市場が、朗読のようにつぶやく。

「本部長はカネコの人間から、息子の件を表沙汰にしない代わりに多額の金を要求された。自分の社会的立場と息子の将来を考えた本部長は、会計課の金庫に保管してある現金に目をつけた」

泉は肯き、言葉を繋いだ。

「保科さんは、多くの借金を抱えていました。高齢の母親のことも気がかりだったに違いありません。当時、金庫を管理していた会計課長の保科さんは、本部長から金庫の金を盗み出す計画を持ち掛けられた。おそらく本部長は、金庫から盗むお金の一部を保科さんに渡す、と言ったのでしょう。お金があれば借金を返済し、母親を施設にも入れられる。その証拠に、事件発生後、保科さんは借金を返済し、母親を施設へ入居させました。保科さんが時期外れの早期退職した理由は、犯人だと疑われる前に警察を去るためだったんです」

日下部が、どこかを見ながらつぶやいた。

「いまの話が事実だとしたら、警視庁の公安外事二課が出てきたのも肯ける」

——公安。

泉は拳を握りしめた。悔しさで膨れ上がった腹に力をこめる。

「保科さんは、公安に殺されたんです」

部屋にいる者が、一斉に泉を見た。

泉は全員の顔を見やった。

「公安のやり方は、枝を見捨てて幹を断つ、です。大きな摘発のためには、人ひとりの命を犠牲にすることは厭《いと》いません」

公安は密かに、大手詐欺グループの一斉逮捕に向けて、カネコに関わりがある人物をマークしていた。そこに、本部長の息子が詐欺グループの一員と接触している、との情報が入り、調べを進めるうちに、本部で盗難事件が発生する。

本部長が保科を使って、犯行に及んだ事実を摑んだ外事二課は、保科に警察捜査の手が伸びることを危惧した。保科が逮捕されれば、本部長に手が伸び、犯行の動機の部分で詐欺グループの一員に繫がってしまう。

公安の目的は、一斉摘発だ。小物を捕らえて、親玉を逃してはならない。だから、保科を殺した。

自分でも、怒りで声が震えるのがわかる。

かつて泉は、親友の津村千佳を失っている。米崎新聞の県警担当の記者だった千佳は、ストーカー殺人の真相を追うなかで、公安に命を奪われた。

事件は、新興宗教のもと信者の犯行として片づけられた。が、真相は違う。当時、県警の職員だった泉は、その事件をきっかけに、捜査官を目指した。

千佳の事件を、市場は知っているはずだ。泉の内心もわかっているだろう。気持ちを汲み取り聞き流すことができるのに、市場はしなかった。厳しい声で、泉を窘める。

「捜査官が、感情に任せて推論を述べるべきではない。必要なのは、冷静な目と、真実を突き止めるという強い意志だけだ」

部屋のなかが静まり返ったとき、ドアが開いた。

春日だった。

室内の空気の重さを感じたのか、メンバーの顔を眺めた。

「捜査は進展したはずだが、みんな時化《しけ》た顔をしている理由はなにかな」

「いや、なんでもない」

市場が答える。捜査に関係のないやり取りを伝える必要はない、そう考えたのだろう。

「いいえ」

泉は否定した。

「私が捜査に私情を挟んだんです」

この数分のやり取りを、泉はかいつまんで説明した。

「私の未熟さで、みなさんに時間を取らせてしまいました。すみません」

泉はメンバーに向かって、深く頭を下げた。

自分が目指した捜査官は、己の思い込みで動くような人間ではない。一時的にせよ、その目標を見失った自分を恥じる。

　話を聞き終えた春日は、ふうん、と鼻を鳴らし、市場に顔を向けた。

「事情はわかりましたが、これはやはり詰みでしょう」

　市場の目が、光った。

「なにか、わかったのか」

　春日は、保科の司法解剖の結果が腑に落ちず、個人的に調べ直していた。新たな情報を入手したのだろうか。

　春日は市場の前に立った。懐から、一枚の紙を取り出す。保科の足背部にあった、注射痕のようなものの画像だ。

「この画像を、鑑定医の経験がある医師に見てもらったんです。この痕がなんなのか、調べてもらったところ、ゲージ23、外径0・6、カラーはイエロー、筋肉注射にも使用しますが、静脈注射にも用いられる注射針の痕でした。細い針で、刺したときの痛みを軽減できるタイプとのことです」

　春日は報告を続ける。

「医師の話では、身体の静脈から、アルコールと薬の成分を注入すると、経口摂取より早く体内に回るそうです。そして、注入成分が強すぎた場合、呼吸器不全を起こし死亡するケースもある、と言っていました」

　泉の頭に、深夜、保科の家に侵入している男たちが浮かぶ。

　彼らはこたつで寝ていた保科の口を、ニトリルゴム素材の手袋をはめた手で塞ぎ、足背部の静脈に、多量のアルコールと液状の眠剤成分を注射した。保科の死亡を確認したあと、侵入した形跡を消し、現場を立ち去った。

公安が現場に一番に到着できた理由は、自分たちが保科を殺したからだ。本来、現場に最初に足を踏み入れるのは、機動捜査隊だ。なにかしらのミスを犯し機動捜査隊の捜査員に、他殺を疑われるのを避けるために一番に駆けつけ、手落ちがないかチェックしたのだ。

「私、本部長に会います」

驚いたように、メンバーたちが泉を見る。

泉は声に力を込めた。

「会って、真相を聞き出します」

里見が椅子から立ち上がり、泉のもとへやってきた。怒ったように言う。

「少し落ち着けよ。自分がなにを言っているのかわかってんのか」

泉は里見の目を見た。肯く。

「本部で起きた事件に本部長が関わっているなんて、誰も信じない。まして、公安が絡んでいるなら、警察庁へ報告しても握りつぶされるに決まってる。多少の犠牲を払っても、自分たちの任務――中国の大手詐欺グループの一斉摘発を遂行しようとする」

多少の犠牲、という言葉に、里見の顔が歪んだ。保科を思い浮かべたのだろう。

泉はメンバーたちの顔を見渡した。

「だから、一対一で本部長に会って真相を確かめます。ここまで私たちが情報を摑んでいると知れば、きっと真実を話すはずです。もし、言い逃れをするなら、私たちが入手している証拠を突きつけて、自首するように説得します」

「仮にも県警のトップにまでのし上がったやつだ。自首するようなタマかよ」

春日が吐き捨てるように言う。

すぐには言い返せなかった。大須賀が、捜査官のキャリアもポストもないスペカンの説得に、はいそうですか、とすんなり肯くとは思えない。が、大須賀のなかに残っている、良心の欠片に賭けるしかない。

そう泉が言おうとしたとき、横から市場が割って入った。

「それは、俺の役目だ」

泉は驚いて市場を見た。

市場は、なにもないどこかを見ていた。

「本部長に真実を問いただし、場合によっては説得を試みて、自首をさせる」

「待ってください」

泉は市場を止めた。

「駄目です。もし、見立て違いだったら、市場さんは本部にいられなくなります。ともすれば、自主退職を余儀なくされるかもしれません」

「黒瀬さんがいないいま、俺が係長代理だ。俺がすべての責任を担うのは当然だ。お前が俺のことを思ってくれるのはありがたいが――」

「違います」

泉は続く市場の言葉を、強い口調で遮った。

市場が不可解な顔をする。

「万が一、市場さんが責任を取ることになるのは嫌です。でも、それだけの理由で、自分が行くと言っているのではありません」

「ほかの理由とは、なにかな」

市場の問いに、泉は答えた。

「自己嫌悪になるのが、嫌だからです」

市場は泉を諭した。

「捜査に個人的な感情は不要だ。上の方針がすべてだ」

警察が上意下達であることは、よく知っている。が、ここだけは譲れない。

泉は市場の目をまっすぐに見据え、両脇に下ろしている手を強く握った。

「黒瀬さんなら、私を行かせます」

市場の眉間に、皺が寄る。

「どういうことだ」

泉は市場の目を、まっすぐに見据えた。

「黒瀬さんなら、私が行くことを許可します」

市場の顔色が変わる。泉を見る目に、怒りが宿った。

まずい、と思ったのだろう。日下部がふたりのあいだに、身体を割り込ませた。

「とりあえず、ふたりとも落ち着いて」

日下部は、市場に背を向ける形で泉と向き合った。

「黒瀬さんなら森口さんを行かせる、と思う理由はなんだ」

泉は理由を述べる。

「本部長が窃盗事件に関わっているのではないか、との推論を黒瀬さんと導き出したのは私です。もし、その見立てが間違っていたら、本部長と対峙した者が処分されてしまう。私は自分のせいで、誰かが犠牲になるなんて嫌です。その辛さを黒瀬さんは知っています」

市場が、ごくりと唾をのんだ。

黒瀬は自分のせいで部下を失ったと思い、その罪悪感にいまでも苛まれている、そう泉に話したのは市場だ。そのことを、市場も思い出したのだろう。

泉は市場に詰め寄った。

「一生、罪悪感と自己嫌悪に苦しめられることがどれだけ辛いか、それを知っている黒瀬さんなら、きっと私の気持ちをわかってくれます。行ってこい、あとは俺に任せろ、きっとそう言います」

泉は目を閉じ、俯いた。

「自分の責任は、自分でとります。そうしなければ、なにかあったとき、私は前に進めません」

誰も口を利く者はいない。みな、市場の言葉を待っているのだ。

やがて、重い息を吐く気配がして、市場の声がした。

「たしかに、仁さんならそう言うだろうな」

泉は目を開け、顔をあげた。

振り向いた日下部の後ろで、市場が腕を組んでいた。苦い顔で、泉を見ている。

「仁さんとの付き合いは俺のほうが長いんだが、今回は読みが浅かった。仁さんなら、森口さんを行かせる」

里見が言葉に詰まりながら、市場に訊ねる。

「それは、その、スペカンに本部長と差しで話をさせるということですか」

市場は里見を見て、きっぱりと言った。

「そうだ。仁さん——係長ならそう判断する」

「理屈はわかりますが、さすがにそれは荷が重すぎるんじゃないですか。大関と序ノ口が組み合うようなものだ。真実はどうであれ、適当にあしらわれ、僻地の駐在所に飛ばされるか、辞めさせられるのがオチですよ」

春日が口を挟んだ。泉を見下しているのか、心配しているのかわからない。

市場は泉の気持ちを確認するように、目を見た。

泉は目に力を込めて、市場を見返した。意思は変わらない。ここで保身に走ったら、その時点で自分は捜査官ではなくなる。自分はこの事件に、捜査官としての人生を賭ける。

泉の覚悟をくみ取ったのだろう。市場は首を小さく左右に振り、春日を見やった。

「森口さんの決意は、変わらないそうだ」

春日は呆れたように、息を吐いた。

「まるでコガネムシだな。虫のくせに飛ぶのが苦手で、よく落ちる。が、けっこう根性があって、諦めずになんども飛ぼうとするんだ」

マヌルネコだのコガネムシだの、言いたい放題だ。が、それでもいい。間抜けでも不格好でも関係ない。事件の真相を追求するだけだ。

「そうと決まれば、早急に考えなければいけませんね」

日下部が、冷静な声で言う。

「本部長が事件に関わっているという動かぬ証拠を入手する手段と、森口さんの身を守る方法です」

泉は唾をのんだ。

日下部の言葉に、自分の身の危険を感じる。誰が手を下したかはまだ推察の範囲だが、保科が死んでいることは確かだ。自分が次の保科にならないとは限らない。

黙り込んだ泉の耳に、市場の声がした。

「無理するな」

泉は我に返り、顔をあげた。市場が泉を見ていた。

「春が言うとおり、本部長と森口さんでは立場が違いすぎる。そして、腕力もだ。やはり、俺が行く」

市場が心配してくれる気持ちは嬉しい。が、泉は首を左右に振った。

「私は自分を裏切りたくありません。それに、私はメンバーを信頼しています。なにがあっても、私を守ってくれる。そう信じています」

里見が鼻で笑った。

「純度が高いというか、楽観主義というか。詐欺に簡単に引っかかるタイプだな」

いつもの憎まれ口に戻っている。馬鹿にされているのに、気持ちが落ち着くから不思議だ。

市場がメンバーに指示を出した。

「これから、春が言った対策を練る。俺の机に集まってくれ」

市場が自分の席に戻る。

メンバー全員が、市場の席を取り囲んだ。

泉は、ひと気のない路上を歩いていた。

米崎市の中心地から離れた郊外で、一年ほど前までは藪《やぶ》や林だった場所だ。その土地を市が買い取り、いま、新しい住宅地として開発している。

やっと道路と区画の整備が整った段階で、住宅はまだ建っていない。あるのは、大手ハウスメーカーが、一足先に建売として建築した数棟だけだ。昼間は内覧見学に訪れる者もいるが、午後十一時という遅い時間に、目につく人影はない。

敷地に入り、ひときわ大きなヨーロピアン風の家のそばに着くと、車が一台ゆっくりと近づいてきた。街路灯の下を通るときに、ボディの色が黒であることが認識できた。車は、ヘッドライトではなく、フォグランプだけを点けている。人目につかないようにしているのだ。

黒のセダンは、泉の隣で停まった。運転席の窓が開く。

大須賀だった。泉をめずらしいものでも見るように眺める。

「知らない者が見たら、不倫関係の密会だと思うだろうな」

泉は言い返した。

「密会には違いありません。関係性が違うだけです」

泉の言葉に、大須賀はなにも返さなかった。視線を前に向け、顎で助手席を指す。

「立ち話もなんだろう。乗りたまえ」

泉が助手席に座ると、大須賀はシフトレバーをドライブに入れて車を発進させた。

敷地周辺の、街路灯しかない道を、大須賀はゆっくりとした速度で走らせる。

「それにしても、君のような新米の捜査員から直《じか》に呼び出しをくらうとは驚いたよ」

「お忙しいところ、すみません」

泉は当たり障りのない言葉を返す。

大須賀はハンドルを操作しながら、話を続ける。

「本部で起きた窃盗事件について、重大な情報を摑んだ。それを、私だけに伝えたい。そう言われたら、あの事件の解決は自分の責務だと思っている私が来ないわけにはいかないよ。その情報が事実か否かは別としてね」

「その情報が事実かどうかは、本部長にしかわかりません」

大須賀が、目の端でこちらを見る気配がした。

泉は前を見ていた。目を合わせたら、なにか大きなものに飲み込まれそうな気がした。

大須賀は、敷地の隅でブレーキを踏んだ。

泉は大須賀を見た。なぜ、こんななにもないところで車を停めたのか。無表情な横顔からは、考えが読み取れない。

大須賀は、運転席と助手席のあいだにあるコンソールボックスから、メモ帳とペンを取り出した。紙に素早くペンを走らせ、泉に見せる。

少し離れた場所にある街灯の灯りを頼りに、文字を目で追う。そこに書かれていた文章に、泉は肌が粟立《あわだ》った。

『余計なことは言うな。話を合わせろ』

泉は大須賀を見た。大須賀はこちらを見ていた。泉と目が合うと、泉が座っている助手席の窓の外に、視線を投げた。

泉は大須賀の視線を追い、窓の外を見た。

人は予期しない驚きに直面したとき、声が出ないものだと泉ははじめて知った。

外に、男がふたりいた。助手席の窓からなかを覗き込んでいる。

ふたりとも若い。ひとりは短い髪をハリネズミのように立たせ、耳にいくつもピアスをつけている。もうひとりは、首に金色の太いチェーンをつけ、夜なのにサングラスをかけていた。道を歩いていたら、大抵の者は避けて通る危うさがある。

ふたりの男は、音を立てないようにドアを開け、後部座席へ座った。

背後から、冷たいものを首にあてられた。恐る恐る目の端で見る。

アーミーナイフだった。ナイフやハサミ、コルク抜きなどが短い鞘に収まっているマルチツールだ。そのなかの鋭利なナイフの刃が、右側の首にあたっていた。薄暗いなかで、頸動脈の場所を寸分たがわず見つけられることから、素人ではないとわかる。

大須賀は、足元に置いていた書類カバンから、小型の機器を取り出した。自分の画像を撮るために、スマートフォンに取り付けるスティックに似ている。スティックの先には、四角いパネルがついていた。

泉には、それがなにかすぐにわかった。

ＮＬＪＤ、盗聴器や盗撮カメラ、ＧＰＳ機能を発信している機器の発見器だ。電波のキャッチ範囲は上限１３００ＭＨｚと広く、よく使われている盗聴周波数がインプットされている。盗聴や盗撮機器の探索サービスを請け負っているセキュリティ会社が、よく使用しているものだ。

大須賀がＮＬＪＤのスイッチを入れた。パネルの電子メーターが、強く反応する。

泉は、膝の上に置いていたバッグを、大須賀に気づかれないように強く握った。

大須賀が、パネルを泉のほうへ近づける。電子メーターの反応が、さらに強くなった。それは、泉が抱えているバッグのそばで、最大になった。

大須賀が、泉を見た。薄暗い闇で、目だけが異様に光っている。節の太い手が、泉のバッグに伸びた。

——バッグを渡してはいけない。

泉はなりふり構わず、バッグを胸に抱えた。

泉のバッグを、大須賀が横から奪う。

反射的に声が出そうになった。ナイフが首に、強く押しつけられる。喉まで出かかった悲鳴を、必死に押しとどめた。

大須賀はバッグのなかをあさっていたが、やがて手を止めた。バッグのなかから、ゆっくりと手を出す。その手に、ＵＳＢメモリがあった。大須賀が、ＮＬＪＤをＵＳＢメモリにかざす。パネルの電子メーターは、最大値を示した。

——見つかってしまった。

泉はきつく目を閉じ、下を向いた。

バッグのなかに入れていたＵＳＢメモリには、盗聴器を仕込んでいた。デジタル技術が進み、携帯やパソコンが小型化したが、盗聴器も同じだ。いまや、わずかな隙間があれば、ありとあらゆるものに埋め込むことができる。

盗聴器は大須賀と会うにあたり、泉に身の危険が及ぶことを考え、市場が持たせたものだ。

大須賀を外へ誘い出す提案に、市場は難色を示した。泉の身を案じたのだ。

市場を説得したのは、泉本人だった。

大須賀と会う場所を、県警本部の会議室か本部長室にすることも考えた。しかし、すぐにそれは無理だと思った。

一介の捜査員でしかない泉とふたりで会うことを県警本部内の誰かに知られたら、余計な詮索をされかねない。そう、考えるはずだ。仮に会うことを承諾したとしても、いつ誰ともわからない者が顔を出しかねない場所で、不用意なことは口にしないだろう。大須賀と対峙するには、人目がないところしかない。

泉の提案に、市場はしばらくのあいだ悩むように難しい顔をしていたが、なにを言っても泉の気持ちはかわらないと思ったらしく、盗聴器を忍ばせることを条件に許可した。

泉は下を向いたまま、目の端で大須賀を見た。大須賀は、バッグから泉のスマートフォンを取り出していた。

泉の行動は、泉のスマートフォンの電波が発する位置情報から把握されている。

いまごろ係のメンバーたちは、USBメモリから音を傍受している無線機と、スマートフォンの位置情報を示すパネルの画面にかじりついているはずだ。

大須賀は、盗聴器とスマートフォンを取り出したバッグを泉に持たせ、NLJDを近づけた。電子メーターは反応しない。大須賀の手に渡ったふたつのほかに、泉の状況をメンバーに伝えるものはなかった。

大須賀が、泉を見る。目には強い敵意が浮かんでいた。

泉は震えそうになる足に、力を込めた。勇気を振り絞り、大須賀を睨む。

大須賀が本部で発生した事件に関与していることは、はっきりした。大須賀はこれから、どうするつもりなのか。

大須賀は、なにもなかったかのように、泉に話しかけた。盗聴器を意識してのことだろう。

「その、事件に関する重要な情報は、落ち着いたところで聞こう。ここの近くに、私の馴染みの店がある」

「いえ——」

拒もうとした泉の首に、さらに強くナイフが押しつけられる。黙るしかない。

大須賀は、穏やかな声で言葉を続ける。

「私が込み入った話をするときによく使う店で、主人もそのあたりは心得ている。安心して話せる個室を用意してくれるよ」

泉は黙ることしかできなかった。ここで騒げば、ナイフで首の動脈を掻き切られる。異変に気付いた市場たちがすぐに駆け付けるだろうが、命が助かる保証はない。

そうなった場合、大須賀もただではすまない。本部で発生した事件の関与と、泉に対する傷害容疑で逮捕される。いや、もしかしたら、殺人容疑になるかもしれない。それを承知で、大須賀は、泉の誘いに乗った。一か八かの勝負に出たのか。破滅する覚悟ができているのか。

いや——泉はそのどちらも、頭のなかで否定した。本部長を務めている男が、簡単に自分の人生を投げ出すはずはない。大須賀には、なにかしらの勝算があるのだ。

大須賀は、泉が抱えているバッグのなかに盗聴器とスマートフォンをねじ込み、車を発進させた。泉の首には、ナイフの刃が当たったままだ。泉は無言のまま、助手席に座っていることしかできない。

大須賀は車を、米内川《よないがわ》のほうへ走らせた。米崎市の西を流れる一級河川で、源流は米崎県と隣県に跨っている朝霞《あさか》連峰だ。山を下った川は市内を横断し、米崎港に流れ込んでいる。

米内川沿いには、居酒屋が並ぶ通りがある。納上《なあげ》通りだ。まだ鉄道がなく、米内川が河川水運だったころに、船着き場として栄えた場所だ。もとは荷揚げ通りと呼ばれていたが、いつしか納上通りと呼ばれるようになった。当時の賑やかさはないが、いまでも小さな店が集まり店を営んでいる。

大須賀は川にかかっている水見橋のそばにある、コインパーキングに車を停めた。夜遅いからか、ひと気はない。

「ここからすぐだ。歩いていこう」

大須賀は泉の腕からバッグを奪い、窓の外を顎で指した。

後部座席に座っていた男が車から降り、助手席のドアを外から開ける。ナイフの切っ先が、泉の顔に向けられる。泉はおとなしく、大須賀の指示に従った。

「こっちだ」

大須賀は橋に向かって歩いていく。店があるほうとは逆だ。ついていく泉の後ろから、男がふたり、ぴったりとついてくる。

後ろの様子を窺おうと、泉が顔を横に向けると、背中を硬いもので突かれた。ナイフの刃だ。下手な真似をしたら、その場で刺される。泉はなすすべもなく、大須賀のあとをついていく。

大須賀は橋の途中までくると、足をとめた。泉を振り返り、手にしているバッグを上にかざす。

「このあたりは足元が暗い。転ばないように気をつけたほうがいい」

大須賀は言い終えると同時に、泉のバッグを川に向かって放り投げた。

泉は反射的に、短い声をあげた。

バッグは暗闇に吸い込まれ、遠く離れた場所からバッグが川に落ちる音がした。

大須賀はとたんに声を変えて、泉に命じた。

「車に戻れ」

どこかに連れて行く気だ。

泉は膝から崩れ落ちそうになった。これで市場たちは、泉の足取りを追えなくなった。なにが起きたのかわからず慌てているだろう。

歩けずにいる泉に、大須賀が舌打ちをくれた。

「聞こえなかったのか。車に戻るんだ。急げ」

大須賀が、速足で車に向かい歩き出す。

泉の後ろにいたハリネズミが、泉の背にナイフを突きつけながら言う。

「快点儿《はやくしろ》！」

サングラスが、泉の肩を強く押す。

「別蹭了《ぐずぐずするな》」

ふたりとも中国人だ。

もつれそうになる足に力を込めて、泉は歩き出した。

車に戻ると、大須賀は車を郊外へ走らせた。街の明かりが遠くなる。

まばらだった民家も途絶え、車は旧道に入った。隣県に繋がる峠道だ。少しまえまでは主要道路として利用されていたが、自動車道が開通してからはほとんど使われていない。

薄暗い街灯しかない道をしばらく行くと、ヘッドライトの丸い光のなかに、古びた廃屋が浮かび上がった。工事現場のプレハブを大きくしたくらいの倉庫だ。

大須賀は車を、倉庫がある敷地に乗り入れた。地面がむき出しのため、車が大きく揺れる。

倉庫の手前で車を停めて、大須賀はヘッドライトを消した。エンジンを切る。

「降りろ」

大須賀は泉に命じ、車を降りた。後部座席の男たちも、大須賀に続く。動けずにいる泉を、ハリネズミが車から引きずり降ろした。

ナイフで脅されながら歩く泉は、月明かりに浮かぶ倉庫の看板を見つけた。錆びたトタンの看板に、ようやく読み取れる字で『カネコ船貨整備商会』とある。

足元から、怖気《おぞけ》が駆け上がった。

この倉庫は、詐欺事件の黒幕と言われている会社が所有しているものだ。カネコの息がかかっている者しか、ここにはこない。

「開けろ」

倉庫の入り口で、大須賀がサングラスに命じた。

鉄製の観音開きの扉には、南京錠がかかっていた。サングラスが、ジャンパーのポケットから取り出した鍵で錠を外す。

大須賀が先に倉庫のなかに入った。後ろを振り返り、扉の前に立ち尽くしている泉を見る。

「入れ」

泉は踵を返した。ふたりの男に体当たりし、逃げようとする。が、すぐに腕を掴まれ、引き戻される。背中を突き飛ばされ、倉庫の床に倒れ込んだ。

ハリネズミが、倉庫の扉を閉める。大須賀が、どこからか取り出した懐中電灯を点けた。光を泉に向ける。眩しくて、目を閉じた。

手を光に翳して薄目を開ける。倉庫のなかには、なにもなかった。使われていない小型のフォークリフトが一台あるだけだ。自動車道ができる前に、近県へ運ぶ荷物を保管していた場所のようだ。

泉は腹に力を込めた。光の向こう側にいる大須賀に訊ねる。

「本部長、いったいどういうことですか」

声が掠れている。

大須賀は、ささやくように答えた。

「人目につかない場所は、君の望みだ」

「そのようなことではなく――」

言い返そうとした泉の頬に、ナイフの刃が突きつけられた。横を見ると、ハリネズミが睨んでいた。

大須賀が、逆に泉に問う。

「君は――黒瀬は、いったいなにを知っているんだ」

泉は覚悟を決めた。

人を誘拐し監禁した者が、このまま帰すわけがない。どのみち自分は、無事では済まない。命だけは助かったとしても、真実を追求しなかった自分を責める。自己嫌悪に苛まれながら一生を終える。そんな生き方は嫌だ。

泉は、逆光で顔が見えない大須賀を睨みつけた。

「おそらく、本部で起きた盗難事件と、保科さんの死に関するすべてです」

大須賀が、質問を続ける。

「例えば？」

泉は考えた。いまごろ、市場たちは、必死に泉の足取りを追っているはずだ。

大須賀の芝居を信じ、川に落ちたバッグを探しながら、大須賀が口にした行きつけの店を探しているだろう。当然のことながら、どの店にも、大須賀と泉が立ち寄った形跡はない。そこではじめて、市場は異変を感じ、本格的に泉を探しはじめる。

市場たちが、旧道の廃屋と化した倉庫に閉じ込められている泉に、たどり着けるかはわからない。防犯カメラの映像を解析し、大須賀の車を追跡しようとしても無駄だ。大須賀は、市内の防犯カメラの設置場所をすべて把握している。大須賀は、設置されている道を巧みに避けて移動した。

泉は祈りを込めて、目を閉じた。

市場をはじめ、係のメンバーたちは、みな優れた捜査官だ。ありとあらゆる方法を駆使し、この場所にたどり着く。市場とメンバーたちを、自分は信じる。

泉は目を開けて、再び大須賀を見た。なにも言わない。黙って懐中電灯の向こう側を見つめる。

覚悟が顔に出ていたのか、大須賀の声に侮蔑の色がこもった。

「時間稼ぎのつもりか。機動分析係の者が、ここを見つけられるわけがないだろう。私が車の足取りを残さないように気をつけていたのは、君もわかっているはずだ」

泉はなにも言わない。無言で抵抗を示す。

懐中電灯の光が、泉の脇に逸れた。少し後ろにいる、ハリネズミを照らす。

「使之吐出《吐かせろ》」

大須賀はそう言い、懐中電灯の光を泉に戻した。

ハリネズミが、泉に近づく。その分、泉は退いた。

サングラスが泉の背後に回り込み、後ろから羽交い締めにする。身体の自由を奪う腕を振りほどこうともがくが、びくともしない。さらに締め上げてくる。痛みで口から声が漏れた。

ハリネズミが、ナイフの切っ先を、泉の顔面に突きつけた。

大須賀が言う。

「知っていることを、言え」

泉は拒絶の意を込めて、ナイフの切っ先から顔を背けた。

頬に熱さが走った。その部分から、何かが流れる。血だ。頬をナイフで切られた。

頬の痛みが、泉に死を実感させた。

無駄だとわかりながらも、身をよじり抵抗する。

「言え」

さきほどより大きな声で、大須賀が命じた。

恐怖と覚悟が、泉のなかを駆け巡る。ただ、呻くことしかできない。

いきなり、右腿の横に強烈な痛みを感じた。

悲鳴をあげる。見ると、ナイフが突き刺さっていた。ハリネズミが刺したナイフを引き抜くと、穿いていたズボンに血の染みが広がった。

衝撃と痛みで、めまいがする。膝が崩れそうになるが、背後から締め付けている腕が、無理やり立たせた。

大須賀の冷酷な声が、倉庫のなかで反響する。

「いまなら、まだ助かる。私の知人の医師に頼めば、秘密裏に治療をしてくれる。傷の理由は、適当に作ればいい。私が許す」

泉は感覚がなくなりかけている右足に力を込めた。自分の足で立ち、声を振り絞る。

「光大くんのため――ですか」

大須賀が息を詰める気配がした。

泉は顔をあげ、逆光で黒い影になっている大須賀に向かって叫んだ。

「こんなことが、息子さんのためだと思っているんですか！」

ハリネズミが手をあげる。

強く頰を張られた。反動で顔が横に、持っていかれる。

「停止《やめろ》！」

大須賀の声が、倉庫内に響く。ハリネズミは、泉から少し離れた。

懐中電灯の光が、泉の足元を照らした。大須賀の顔が、暗闇に浮かび上がる。おそらく、いまの大須賀の表情を、悪鬼の形相と呼ぶのだろう。

「なんだと」

大須賀は泉に近づき、目の前に立った。

泉は怯まない。大須賀を真っ向から見据える。

「息子の光大くんが、中国の大手詐欺グループが関与している詐欺事件の受け子をしていたことは、わかっています。あなたはその詐欺グループから、光大くんが事件に関わっていることをばらされたくなかったら口止め料をよこせ、と脅迫された。息子を守りたいあなたは、会計課長の保科さんに多額の借金があることを思い出した。そして保科さんに、現金の一部を渡すことを条件に、会計課の金庫に保管している現金を盗むように持ち掛けた」

大須賀は、泉の推論を黙って聞いている。泉は言葉をつづけた。

「お金の工面と高齢の母親の老い先に悩んでいた保科さんは、思い悩んだ末に、あなたの要求をのんだ。お金があれば、借金を返せるうえに、母親を条件のいい施設へ入居させることもできる。万が一、自分に捜査の手が伸びた場合は、自分ひとりの犯行で突き通すことも約束した。母親が穏やかな余生を送れるならば、自分はどうなってもいい、そう思ったんでしょう。そして、保科さんは自主退職し、金庫のお金を盗んだ」

ハリネズミが、泉に近づいた。ナイフを首にあて、大須賀を見る。殺すか、殺さないか、そう問うているのだ。

大須賀は、手でハリネズミを制した。ハリネズミが、再び退く。

「続けろ」

大須賀が、低くつぶやく。

泉は自分で自分を奮い立たせた。話を続ける。

「元会計課長の保科さんに容疑がかかるまでは、あなたの予測の範囲だった。容疑は確証がないまま、晴れるものと思っていたのに、予期していないことが起きた。保科さんが死んだことです」

大須賀の目が、かすかに揺れた。

立っているだけなのに、次第に息があがってきた。話していることすら辛い。歯を食いしばり、腹に力を入れる。

「保科さんが、母親を残して自殺するはずがないことは、あなたが一番よく知っていた。保科さんは誰かに殺された。でもあなたにとって、犯人が誰かなど、どうでもよかった。容疑者死亡のため、不起訴で済ませることは好都合だった。実際、あなたは記者会見で、保科さんが犯人であるかのような発言をしています」

そこまで話したとき、身体がぐらりと揺れた。膝が折れる。平衡感覚がなくなり、上下がわからなくなった。

「いい、離せ」

大須賀の声がして、サングラスの腕が身体から離れた。そのまま地面に倒れ込む。かなりの血が流れているのだろう。頭がぼんやりしてくる。

目の前に、革靴のつま先が見えた。上を見ると、大須賀が立っていた。仁王立ちで、泉を見下ろしている。

泉は立ち上がろうとした。が、できなかった。横を向いていた姿勢が、仰向けになっただけだった。

真上から、懐中電灯で照らされる。手術される患者はこんな感じなのだろうか、と頭の隅で思う。

「面白い話だな」

光の奥で、大須賀の声がする。面白いと言いながら、声には苛立ちと怒りが籠っていた。

「――黒瀬さんです」

「彼が、どうした」

大須賀の問いに、泉は答えた。

「黒瀬さんが、あなたの息子さんが、詐欺グループの受け子をしていたことに気づきました。すべてはそこからわかったことです。あなたもそこに気づいたから、黒瀬さんを謹慎処分にして、捜査から引き離した。通信本部に入った匿名の情報も、あなたが裏で画策したのではないですか」

意識が遠のきかかる。もう、誰に話しているのかもわからない。口が勝手に語る。

「公安の外事二課は、中国の大手詐欺グループの一斉摘発の機会を狙っていた。そこに、本部での盗難事件が発生した。調べを進めると、あなたが息子のために、裏で糸を引いていることがわかった。保科さんが逮捕され、すべてが明らかになったら、詐欺グループの主犯格は、自分たちに捜査の手が及ぶことを恐れて潜伏してしまう。公安の目的は、トカゲの尻尾を掴むことではなく、頭を潰すことです。そのためには、刑事警察の手が保科さんに及ばないようにしなければならなかった。そして公安は、すべての罪を保科さんに被せて殺した」

頭のなかに靄《もや》がかかり、気を失いかけた。そのとき、ナイフで傷つけられた右腿に激痛が走った。

無理やり意識を引き戻される。悲鳴をあげたかったが、口から出たのは呻き声だけだった。右腿を見ると、大須賀の靴が見えた。傷がある箇所を踏みつけている。胃がせりあがり、嘔吐《おうと》した。

サングラスとハリネズミが笑った。大須賀が、泉の腿から靴を下ろす。

「君は、公安が人を殺すと思うのか」

大須賀の問いに、泉の脳裏に千佳の顔が浮かんだ。公安が関わる事件に巻き込まれ、命を奪われた親友だ。

泉は声を絞り出した。

「殺す」

自分が口にした言葉で、死が目の前にあることを感じる。

身体が震え出した。死への恐怖からなのか、寒さ故か、傷ついた身体のなにかしらの反応なのかはわからない。

迫りくるなにかから逃れるために声を出そうとしたとき、大須賀がぼそりと言った。

「そうだ。公安は国家を守るという大義名分のもとに、人の命さえも奪う愚物だ」

泉は耳を疑った。保科の死は、大須賀にとって好都合だったはずだ。自分に有益をもたらした公安を、なぜ罵《ののし》るのか。

大須賀が、笑う気配がした。

「私がこんなことを言うのは、意外か。だが事実だ。公安だけじゃない。刑事警察、裁判官、検事、この国自体が腐っている」

大須賀の考えと、息子の罪を隠匿しようとしたことと、どのような関係があるのか。

「どうして——」

理由を訊ねると、大須賀はさきほどとは一変して声を荒らげた。

「どうしてだって？」

大須賀は泉の側にしゃがんだ。

「やつらは権力を利用して、上からの命令を機械のように遂行しているだけだ。己の理念や正義の欠片もない。データと知識と、己の保身で構築されているだけの物体だ。そんな頭の悪い者が、正義を執行できるわけがないだろう」

自己否定ともとれる言葉を、大須賀は続ける。

「私はもう、司法組織にうんざりしているんだよ。反権力の排除を掲げている警察が、裏ではその組織と繫がり利を得ていたり、罪を裁くべき人間が、愚かな判断で罪人を野放しにし、新たな被害者を生み出していたり。この国には、まともな正義を執行できる人間がいない」

泉に向かって話していた大須賀の声が、誰にでもないつぶやきに変わる。

「私はかつて、ひとりの被疑者を死なせたことがある。上の判断ミスで、自殺したのだ。そのときの本部長は、自分の過ちを認めず非をすべて部下に押し付けた。やつは自分のせいで人が死んだことも、部下が苦しんだこともなんとも思っちゃいない。頭の中には、己の出世しかなかった」

大須賀は遠くを見やった。

「私は強い憤りを覚えた。こんなことがまかり通ってはならない。私が昇りつめて腐った組織をかえてやる、そう思い必死に上を目指した。しかし、どこまで行っても、目にするものは不義ばかりだ。警察の不祥事の隠蔽、裏金の取得、保身のための責任転嫁。そのせいでこの国は腐敗した」

大須賀の声には、強い怒りがこもっていた。長い警察官人生のなかで、自分が望んだ正義を幾度となく裏切られたのだろう。

理想が打ち砕かれたときの辛さは、泉も知っている。千佳が殺された理由がわかったときだ。絶望を味わったことにおいては、大須賀と泉は似ているのかもしれない。が、決定的な違いがある。

大須賀は自分が望む正義を求めて罪を犯し、泉は自分が望む正義を求めて断罪に尽力している。大須賀の目指すべきものが、間違っているとは思わない。しかし、そのために新たな罪を犯すべきではない。罪は悲しみと苦しみしか生まない。

「あなたも――」

普通に話したつもりだが、口から出たのはか細い声だった。

「あなたも、同じ。自分の息子のために――保科さんに罪を被せた」

大須賀は、懐中電灯を泉の頬に強く当てた。光が当たる部分が熱い。

「この国を正しくするためだよ」

意味がわからない。

「息子は将来、裁判官になる」

法曹の道へ、ということだろうか。

大須賀の顔が、大きく歪んだ。本人は笑ったつもりかもしれないが、泉にはそうとしか見えなかった。大須賀は、真上から泉に顔を近づけた。

「息子の進路は決まっている。国立大学の法学部だ。そこで法曹を学び、いずれまっとうな正義の執行者になる。過ちだらけの社会を正しい方向へ導く芽を、ほんの些細な過ちで摘み取ってはいけない」

目に涙が滲んだ。痛みのせいではない。ひどく空しかった。

「本当に、そう、思っているんですか」

大須賀は答えない。少し眉根を寄せただけだ。

泉は天井を、ぼんやりと見つめた。鉄の梁《はり》が錆びている。

「自分の罪を償わない者が、人を裁くことができると思うんですか。そんなことできない。正義を執行するには、自分を律し、正しくあろうと思う強い気持ちがなければいけない。あなたに自分の断罪の機会を奪われた息子さんは、ずっとその重荷を背負い生きていかなければならない。正義の執行者になんかなれません」

頰に衝撃が走り、顔が横に吹っ飛んだ。

目の端で大須賀を見ると、懐中電灯を握った手をあげていた。懐中電灯が振り下ろされ、逆の頰にめり込んだ。

口のなかで、鉄錆びの味がする。

大須賀が、泉のジャケットの胸ぐらを摑んだ。無理やり引き起こされる。

恐ろしい顔が、目前に迫った。自分が知っている大須賀ではない。己の身勝手な思想にとり憑かれた、別人だった。

「無知は罪だ、そう私は常々思っている。そのような意味で、君は罪人、いや大罪人だ」

自分は正しい、いや、間違っている。相違する考えが、頭のなかを駆け巡る。

泉のなかに、ふたりの自分がいた。大須賀の考えに賛同する自分と、否定する自分だ。

百人の命を救うために、ひとりの命を犠牲にする公安のやり方を容認することはできない。が、ひとりの犠牲のうえに、多くの人命が救われた事実があることも知っている。

刑事警察が表ならば、公安は裏だ。世のなかは、陽と陰でできている。太陽と月、どちらがかけても成り立たない。

――でも。

泉は閉じかけている瞼を、必死に開けた。

ひとつだけは、はっきりとわかっている。人が死ぬのはいやだ。どのような理由であれ、人が人の命を奪うことは絶対に許されない。そして、許してはいけない。

泉は黒瀬の顔を思い出した。居酒屋の庫裏で、自分の過去を語る市場に、摑みかかったときのものだ。

きっと黒瀬も、自分と同じ考えでいる。どのような理由があっても、人が人の命を奪うことは許されない。その罪悪感から目を背けたら、捜査官として――人間として失格だ。そう思うから、いまでも自分を責め続けているのだ。

泉は全身の力を振り絞って、自分の胸ぐらを摑みあげている大須賀の手首を握った。

強く引き寄せ、手に嚙みつく。

大須賀が、怒声のような悲鳴をあげた。泉を振り払うためにもがく。

泉は離さなかった。食いちぎるつもりで、皮膚に歯を立てる。

いきなり後ろから、羽交い締めにされた。サングラスかハリネズミだろう。大須賀から泉を引き剝がそうとする。

抵抗していると、背中に衝撃を受けた。蹴《け》られたようだ。それでも嚙みつく。

動揺している自分と、妙に冷静な自分がいる。嚙みついた痕が残れば、大須賀の手の傷を気に掛ける者がいるかもしれない。泉になにかあっても、そこが糸口になって事件が解決に向かう可能性がある。少しでも手がかりを残さなければいけない、そう冷静な泉が、動揺している自分に訴えていた。

強い衝撃をこめかみに受けた。その反動で、口から大須賀の手が離れる。

目の前、泉と大須賀のあいだに、サングラスが立っていた。拳を握りしめている。殴られたのだ。

大須賀は地面に蹲《うずくま》り、泉が嚙んだ手を握りしめ、空いている手で押さえていた。口から呻きが漏れている。

怪我をした手を押さえている指の隙間から、血が流れていた。大須賀の血なのか、自分の口からついたものなのかはわからない。

泉はうつ伏せになった。負傷した足は動かない。匍匐《ほふく》前進のように、腕で這う。

敵に囲まれた状態で、助かる見込みはない。が、本能が倉庫の出口を求めた。

「杀了《殺せ》！」

大須賀の冷たい声が、空の倉庫に響いた。

這い続ける泉の後ろで、人が近づいてくる気配がした。

サングラスかハリネズミか。手にはなにを持っているのだろう。ナイフか、拳銃か、首を絞める紐か。

視界が赤くなる。血が、目に入ったようだ。

血とは違うなにかが、目から流れた。

死にたくない。

泉は肺に息を吸い込むと、声を張り上げた。

悲鳴でも、泣き声でも、雄たけびでもない。ただ、声をあげた。

後頭部に、硬いものがあたった。どうやら自分は、銃で殺されるらしい。

声が出なくなった。掠れた息を吐くだけだ。

力つき、地面に突っ伏した。

意識が遠のく。その耳に、かすかになにかが聞こえた。倉庫の扉を強く叩く音だ。

「おい、なかに誰かいるのか！　森口、森口か！」

ひどく懐かしい声だ。もう何年も聞いていないような気がする。

泉の名前を呼んでいるのは、黒瀬だった。

倉庫のなかが、ざわついた。

再び、黒瀬の声がする。

「森口！　無事か！」

泉は返事にならない声を出した。意識してのことではない。上司に呼ばれたから答えただけで、条件反射だった。黒瀬に届いたかは、わからない。

「闭嘴《黙れ》！」

怒声がして、後頭部を固いもので殴られた。靴か、銃のグリップで強打したのだ。

朦朧《もうろう》とする意識のなかで、為何《なぜ》、怎么办《どうする》、といった言葉が聞こえてくる。

鉄の扉を叩く音が、変わった。ノックの大きいようだったものが、工事現場の重機がなにかを壊すようなそれになる。

倉庫のなかが、騒然となる。空の倉庫に反響する怒声には、大須賀の声も交じっている。

周囲から人が遠ざかる気配がし、代わりに大勢の人間が側に駆け寄る足音がした。

うつ伏せになっていた身体を、誰かに仰向けにされた。

「動かさないでください！　頭を負傷しています！」

市場の声がして、すぐあとに黒瀬の言い返す声がした。

「わかってる！」

閉じた瞼のうえから、強い光があたる。

「森口さん、わかるかい。市場だ。仁さんもいる」

瞼を開けたいが、重くてできない。声も出せない。意識があることを伝えたくて、手を上げようとした。が、それも無理だった。指が微かに震えるだけだった。

その指に、誰かの手が触れる。黒瀬の声がした。

「大須賀とふたりの中国人を現行犯逮捕《げんたい》した。逮捕監禁および傷害罪だ。このあと、本部で起きた窃盗事件の犯罪教唆罪も加わるだろう」

頭が回らない。警察はどうやってこの場所を突き止めたのか、謹慎中の黒瀬がどうしてここにいるのか。なにもわからないなかで、自分が助かったことだけはわかった。

死への恐怖がなくなったとたん、全身に痛みを感じた。刺された足、殴られた頭、地面を這った腕、切れた口のなか、痛くない箇所がない。

苦しむ泉を、市場が励ました。

「まもなく救急車が到着する。もう少しだから、頑張れ」

市場の言葉を、黒瀬は否定する。

「もう、頑張らなくていい。とっとと、気を失っちまえ。そのほうが痛みを感じなくて済む。目が覚めたら、病院のベッドのうえだ」

——もう、頑張らなくていい。

その言葉に全身の力が抜けた。同時に、痛みと意識が消えた。

終章

病院の正面玄関で、母親の道枝は泉を振り返った。

「ねえ、さっきの話、真面目に考えてよ。あなたがどんな思いで警察官になったのか、お母さんは知ってる。だから、辞めろとは言わない。でも、せめて捜査に直接かかわらないところに、異動願いを出して。広報課とか、総務課とか」

怒ったように言う道枝に、泉は頭を下げた。

「今日はありがとう」

「今日も、でしょう」

思い返せば、母親には心配ばかりかけている。泉は道枝の顔をまともに見ることができず、下を向いたまま肯いた。

泉が米崎県立中央病院に入院してから、二週間が経った。今日、十針縫った足の抜糸をして、松葉づえを外した。そのあいだ、母親は毎日、病室を訪ねてきた。最初は心配顔だったが、泉の怪我が治るにつれて怒ることが多くなり、ここ数日は泉に部署の異動を勧めるようになっていた。

頭を下げたままの泉に、道枝のため息が聞こえた。

「この石頭は、いったい誰に似たのかしらねえ」

泉が顔をあげると、道枝は怒った顔から困った顔になっていた。

「あなたに捜査官を辞めてもらいたいのは本当よ。でも、一度やると決めたことを途中で放り投げることに、賛成はできないのよね」

道枝は、上を見て大きく息を吐くと、泉を見て笑った。

「まあ、まだ時間はあるんだから、リハビリしながらゆっくり考えなさい。一度きりの人生なんだから、後悔だけはしないでね」

母親の笑顔は、どんな薬よりも元気が出る。

道枝を見送った泉は、部屋に戻ろうとした。まだ痛む足を庇いながら歩きはじめたとき、背中に声を掛けられた。

「松葉づえ、取れたんだね」

市場だった。

泉は振り返って頭を下げようとした。が、捩じった上半身の動きに、足がついてこなかった。踏ん張りが利かずよろめく。

支えようとした市場を、泉は手で制した。

「大丈夫です」

体勢を整えて、泉は市場に礼を述べた。

「いつも、ありがとうございます」

泉の意識が戻ってから、市場は時間があると泉のところへやってきた。見舞いと大須賀に関わる捜査状況を報告しにくるのだ。

市場は道枝が出て行った方に顔を向け、済まなそうに首の後ろを掻いた。

「お母さんには、詫びの言葉もない」

泉と母親のやり取りを見ていたのか。外は雪だ。いったい、いつから来ていたのか。

訊ねると、市場は答えた。

「いましがた来たところだ。声を掛けづらい感じだったから、少し離れたところで見ていた。いずれまた、お母さんには係として正式に謝罪に伺うよ」

カネコ船貨整備商会の倉庫で気を失った泉が目を覚ましたのは、黒瀬が言っていたとおり、病院のベッドのうえだった。

泉の担当医の話によると、救出された泉は救急車で米崎県立中央病院に搬送され、そのまま入院した。

泉の意識が戻ったのは三日後で、すでに足の傷の縫合や、意識がない状態でできるすべての検査は終わっていた。

検査の結果は、今後の日常生活に支障がでるものではなかった。足の負傷は幸い神経に達しておらず、傷が塞がればいままでの生活を送れる。頭部や内臓も同様で、医師の見立てでは全治一か月。ナイフで切られた頰の傷も出血のわりには浅く、時間とともに目立たなくなっていくだろう、とのことだった。

ＩＣＵから出て一般の病室に戻ると、その日のうちに黒瀬がやってきた。大須賀の逮捕により、謹慎は解けたという。

検査結果を説明する道枝に、黒瀬は深く頭を下げた。部下を危険な目に遭わせたのは自分の責任だという。

道枝は、本人が納得した捜査で起きたのだから誰にも責任はない、と頭をあげるように促した。が、黒瀬はしばらくのあいだ、頭をあげようとはしなかった。

母親が用事で病室を出て行ったあと、泉は黒瀬にふたつ訊ねた。泉の居場所がわかった理由と、謹慎中の黒瀬が駆け付けた理由だ。

泉が大須賀から、盗聴器とスマートフォンを処分されたあと、市場たちはあらゆる手を使って泉を探そうとした。が、たどり着けない。

係が入手している確かな情報は、事件の裏にカネコ船貨整備商会が絡んでいることだけだった。数多くの事件を扱い、情報を数多く握っている黒瀬なら、泉を探し出す手掛かりを持っているかもしれない。そう考えた市場は、黒瀬に連絡をとり、事情を伝えた。

話を聞いた黒瀬は、カネコ船貨整備商会が所有している物件で、誰にも気づかれず人を監禁できる場所をいくつか思い出した。すべて、いまは使われていない倉庫だった。

黒瀬はすぐに副本部長の志鎌に連絡を取り、すべての倉庫を調べてくれ、と頼んだ。にわかには信じがたい話に、最初は志鎌もまともに話を聞こうとはしなかったが、黒瀬が言った自分の首をかける、との言葉にまったくの嘘ではないと感じ、機動捜査隊の出動を手配した。

黒瀬は志鎌との電話を切ったあと、すぐに県警本部に駆けつけた。係のメンバーに指示を出し、泉がいる確率が一番高いと思う倉庫へ、市場とともに向かった。

泉は助けてもらった礼を言ったが、黒瀬はなにも言わなかった。どこか痛むような顔で、その場に立っているだけだった。

泉と市場は、受付の横にある談話スペースに向かった。教室ほどの広さに、テーブルがいくつか置いてある。人影はまばらで、それぞれが離れたテーブルについていた。午前中は来院患者で混み合うが、来院患者が引き上げる午後はいつも静かだ。

市場から、病室に戻らなくていいのか、と訊ねられたが、ここがいい、と答えた。この二週間で、体力が落ちた。少し歩いただけで、息が切れる。少しでも身体を起こして、体力を戻したかった。

テーブルを挟んで座り、泉は市場に訊ねた。

「捜査はどうなっていますか」

市場が、難しい顔で答える。

「逮捕当初は黙秘で通していたが、ここにきてやっと、検察官の調べに対し自白をはじめたそうだ。起訴は間違いないが、ついた弁護士が刑事事件にかなり強い。しっかりと証人や証拠を揃えて闘わないと、量刑が求刑から大幅に減ることになる」

泉は、フロアの隅に目をやった。各社の新聞が、閲覧台にある。泉は自分で歩けるようになってから、毎日ここで新聞に目を通していた。

全国、地方ともに、米崎県警のトップ逮捕の記事を大きく取り上げていた。どこの社も、警察の不祥事を責め、類を見ない大事件だと報じていた。

信頼していた大須賀が事件の黒幕だったことを知った志鎌のショックは、相当なものだろう。マスコミ対応に追われていることもあり、ひどくやつれているはずだ。食事ものどを通らない状態かもしれない。

広報広聴課にいる美佐子も同じだ。警察に対する苦情の電話が、ひっきりなしに鳴っているだろう。美佐子のうんざりした顔が目に浮かぶ。

「本部長、息子さんについては、なんと言っているんですか」

泉が訊ねると、市場は不機嫌そうな態度で椅子の背にもたれた。

「そこについては、なにも言わないらしい。が、公判での被告人質問では、なにかしら答えるだろう。裁判官の心証が悪くなるからね」

大須賀光大は警察の調べにより、今年の春先に起きた詐欺事件に関与していた事実がわかった。おまつ商店街で会っていた中国人の男——李浩宇を取り調べたところ、光大を使って騙した金を受け取っていたことを吐いた。現在、光大は検察から家庭裁判所へ移され、観護措置を受けている。

光大は事件に関与した動機について、蓄積された鬱屈と好奇心によるものと答えたらしい。

物心ついたときから、光大は父親の過大な期待を背負っていた。その期待を愛情と受け止めずっと努力してきたが、高校生になった頃から気持ちが塞ぐことが多くなった。

期待に応えて県内でトップの進学校に入ったが、父親は喜ぶどころかさらに上を目指せと言う。頑張っても認めてもらえず、過度な要求だけが重くのしかかっていく生活に、光大は苦しくなっていた。

鬱屈した気持ちを抱えていたとき、かつての同級生だった飛田と再会した。話を聞く限り、飛田は自由な毎日を送っているようだった。そんな飛田を、光大は羨ましく思ったという。

話をしているうちに、飛田は光大がストレスを抱えていることに気づいたのだろう。ちょっとした息抜きにスリルを味わってみないか、との誘いを受けた。

言われた時間に指定された場所で、人から荷物を受け取るだけだ、と飛田は言う。最初、光大は断った。誰からなにを受け取るかはわからないが、危ないにおいがぷんぷんしていたからだ。が、息抜き、という言葉と好奇心に負けて、飛田の話に乗ってしまった。

人はときに、秘匿に酔う。

ずっと優等生で生きてきた光大にとって、はじめての隠し事は一時的なストレスの発散と興奮をもたらした。

一度が二度、二度が三度になり、気がつくと李と接触するまでになっていた。

光大は、自分の役割をはっきりとは知らなかった。飛田からも李からも、お前は受け子だ、と明確に言われたことはない。しかし、なにかしらの犯罪に加担しているだろうことは、容易に想像できた。そのうえで協力していたことは、罰せられなければならない。

「息子さん、どうなるんでしょう」

泉がつぶやくと、市場が答えた。

「初犯で本人も猛省《もうせい》していることから、保護観察処分が妥当ではないか、との見方が強くなっているらしい。そうなら前科はつかない。本人も、やり直す気持ちを持ちやすいだろう」

泉は、監禁された倉庫で大須賀が言った言葉を思い出した。

――この国には、まともな正義を執行できる人間がいない。

今回、李を逮捕したことにより、李の上にいる中国の大手詐欺グループは警戒を強めただろう。ある者は深く潜伏し、ある者は母国に引き上げたかもしれない。尻尾を掴み、頭を逃した。公安の目論見は、外れたことになる。

保科の死は、公安が全力で関与を消しにかかる。同じ国家組織でも、刑事警察と公安警察は他国と呼べるほど、目的も仕組みも違う。公安の計略を暴くことは、むずかしい。

――自分は、正しいのだろうか。

泉はテーブルのうえで組んだ手をみつめた。

結局、自分はなにをしたのか。保科の死の真相を明かすこともできず、国際的な詐欺集団を野放しにした。

泉は大須賀の顔を思い浮かべた。

地面に倒れた泉を見下ろす大須賀の表情は勝者のそれではなく、敗者のようだった。

大須賀も己が求める正義のために、もがき、あがき、苦しんでいたのだろうか。そして、それが叶わないと悟ったとき、邪《よこしま》な道に足を踏み入れてしまった。

今回のことで救えたものがあるとしたら、光大の良心だけかもしれない。

泉は両の手を組み、強く握った。

ひとりの犠牲のうえに、正義が成り立つことはない。親友の千佳を失ったときに、抱いた思いだ。その考えが、間違っているとは思わない。が、どうして空しくなるのか。

黙り込んだ泉に、心内を察したのだろう。市場は椅子から立ち上がり、明るい声で言った。

「身体が弱ると、気持ちも滅入る。傷が治れば、気分も晴れるよ」

泉は椅子に座ったまま、市場を見た。

市場は、諭すように言う。

「君は正しいよ。少なくとも、機動分析係のメンバーは、全員そう思っている」

泉の脳裏に、メンバーの顔が浮かぶ。日下部の真面目な顔や、里見の憎まれ口、春日のひどい喩えが恋しい。

「また来る」

市場はそう言って、フロアを出て行った。

泉は椅子に座りながら、心で母親に詫びた。

市場が言った、自分が正しいのかどうかはわからないが、自分はまだ、機動分析係にいたい。メンバーと一緒に仕事がしたい。なにより、スペカンを返上し、一人前のメンバーとして認められたい、そう思う。

側を看護師が通りかかった。長く座っている泉が心配になったのか、声を掛けられた。

「大丈夫ですか。気分が悪いですか」

泉は俯いていた顔をあげて、看護師を見た。

深呼吸をひとつする。

「大丈夫です」

力強く答える。

看護師が笑顔で立ち去る。

泉は椅子から立ち上がった。痛む足を、前に出す。

——大丈夫。

廊下を歩きながら、泉はもう一度、心で思った。

本書は、週刊「アサヒ芸能」二〇一九年一月三日号～十月三十一日号に掲載された作品を加筆訂正したものです。

なお、本作品はフィクションであり、実在の個人・団体等とはいっさい関係がありません。

柚月裕子（ゆづきゆうこ）

1968年、岩手県生まれ。2008年に『臨床真理』で第7回『このミステリーがすごい！』大賞を受賞してデビュー。2013年『検事の本懐』で第15回大藪春彦賞、2016年『孤狼の血』で第69回日本推理作家協会賞（長編及び連作短編集部門）を受賞したほか、『慈雨』で〈本の雑誌が選ぶ2016年度ベスト10〉第1位、『盤上の向日葵』で2018年本屋大賞第2位を獲得。その他の著作に『パレートの誤算』『朽ちないサクラ』『ウツボカズラの甘い息』『あしたの君へ』『暴虎の牙』など。

月下《げっか》のサクラ

二〇二一年五月三十一日　第一刷

著　者　柚月裕子

発行人　小宮英行

発行所　株式会社徳間書店

〒一四一-八二〇二　東京都品川区上大崎三―一―一
目黒セントラルスクエア

電話（〇三）五四〇三―四三四九（編集）
（〇四九）二九三―五五二一（販売）

振替　〇〇一四〇-〇-四四三九二

本文印刷
カバー印刷
製　本
大日本印刷株式会社

ISBN978-4-19-865153-4